U0117041

Photoshop CS4
中文版 基础教程

 老虎工作室

郭万军　梅林峰　马玉玲　编著

人民邮电出版社

北　京

图书在版编目（CIP）数据

Photoshop CS4中文版基础教程 ／ 郭万军，梅林峰，
马玉玲编著. -- 北京：人民邮电出版社，2010.7
　ISBN 978-7-115-22787-4

　Ⅰ．①P… Ⅱ．①郭… ②梅… ③马… Ⅲ．①图形软
件，Photoshop CS4－教材 Ⅳ．①TP391.41

中国版本图书馆CIP数据核字(2010)第086916号

内 容 提 要

　　本书以介绍实际工作中常见的平面设计作品为主线，重点讲解利用 Photoshop CS4 中文版进行平面设计的基本方法和图像处理技巧。全书共分 10 章，主要内容包括软件的基本操作、各工具按钮的应用、菜单命令讲解及个性桌面设计、报纸稿设计、包装设计、网络插画绘制、宣传海报设计、婚纱照样片处理、创意图像合成、电影海报设计、数码照片处理及各种特效制作等。各章内容的讲解都以实例操作为主，全部操作实例都有详尽的操作步骤，突出对读者实际操作能力的培养。

　　本书内容详实、图文并茂，操作性和针对性都比较强，适合初学者和在软件应用方面有一定基础并渴望提高的人士以及想从事图案设计、平面广告设计、工业设计、CIS 企业形象策划、产品包装设计、网页制作、室内外建筑效果图绘制、印刷制版等工作人员学习，还适合电脑美术爱好者阅读，同时也可供相关培训学校和高等美术院校相关专业师生作为参考书和培训教材。

Photoshop CS4 中文版基础教程

◆ 编　　著　老虎工作室　郭万军　梅林峰　马玉玲
　　责任编辑　李永涛

◆ 人民邮电出版社出版发行　　北京市崇文区夕照寺街 14 号
　　邮编　100061　　电子函件　315@ptpress.com.cn
　　网址　http://www.ptpress.com.cn
　　北京昌平百善印刷厂印刷

◆ 开本：787×1092　1/16
　　印张：18.75
　　字数：464 千字　　　　　　2010 年 7 月第 1 版
　　印数：1- 5 000 册　　　　　2010 年 7 月北京第 1 次印刷

ISBN 978-7-115-22787-4

定价：39.00 元（附光盘）

读者服务热线：(010)67132692　印装质量热线：(010)67129223
反盗版热线：(010)67171154

Photoshop 自推出之日起就一直深受广大平面设计人员以及电脑图像设计爱好者的喜爱，本书以基本功能讲解和典型实例制作的形式介绍 Photoshop CS4 中文版的使用方法和技巧。

内容和特点

本书针对初学者的实际情况，以介绍实际工作中常见的平面设计作品为主线，深入浅出地讲述了 Photoshop CS4 软件的基本功能和使用方法。在讲解基本功能时，我们对常用的功能选项和参数设置进行了详细介绍，并在介绍了常用工具和菜单命令后，都安排了一些较典型的实例制作，使读者达到融会贯通、学以致用的目的。在每一章的最后，都给出了拓展案例和本章小结，以帮助读者加深对所学内容的印象以及提高自己的动手操作能力。

本书在范例制作过程中，都给出了详细的操作步骤，读者只要根据提示一步步操作，就可以完成每个实例的制作，同时轻松地掌握 Photoshop CS4 软件的使用方法。

本书分为 10 章，各章内容简要介绍如下。

- 第 1 章：基础入门——设计个性桌面。
- 第 2 章：选区应用——设计报纸稿。
- 第 3 章：渐变和图层应用——包装设计。
- 第 4 章：路径和画笔工具——绘制网络插画。
- 第 5 章：文字工具——设计海报。
- 第 6 章：修复工具应用——处理婚纱照样片。
- 第 7 章：蒙版应用——创意图像合成。
- 第 8 章：通道应用——设计电影海报。
- 第 9 章：调整菜单——照片处理。
- 第 10 章：滤镜应用——特效制作。

读者对象

本书适合初学者和在软件应用方面有一定基础并渴望提高的人士以及想从事图案设计、地毯设计、服装效果图绘制、平面广告设计、工业设计、CIS 企业形象策划、产品包装设计、网页制作、室内外建筑效果图绘制、印刷制版等工作人员学习，还适合电脑美术爱好者阅读，同时也可作为 Photoshop 的培训教材和各高等院校学生的自学教材和参考资料。

附盘内容及用法

为了方便读者学习，本书配有一张光盘，主要内容如下。

1. "图库"目录

该目录下包含 10 个子目录，分别按章存放各章实例制作过程中用到的原始素材。

2. "作品"目录

该目录下包含 10 个子目录，分别按章存放各章实例制作的最终效果。读者在制作完范例后，可以与这些效果进行对照，查看自己所做的是否正确。

3. "avi"目录

该目录下包含 10 个子目录，分别存放本书对应章节中部分教程和课后作业案例的动画演示文件。读者如果在制作范例时遇到困难，可以参照这些演示文件进行对比学习。

注意：播放动画演示文件前要安装光盘根目录下的 "tscc.exe" 插件。

4. PPT 文件

本书提供了 PPT 文件，以供教师上课使用。

感谢您选择了本书，希望本书能对您的工作和学习有所帮助，也欢迎您把对本书的意见和建议告诉我们。

老虎工作室网站 http://www.laohu.net，电子函件 postmaster@laohu.net。

老虎工作室

2010 年 5 月

目　录

第1章　基础入门——设计个性桌面

Adobe 公司的 Photoshop 图形图像处理软件，自推出之日起就一直深受广大平面设计者的好评。Photoshop CS4 版本功能更加强大、操作更为灵活，为使用者提供了广阔的创作空间和设计空间，使平面设计工作也更加方便、快捷。本章主要介绍平面设计基本概念、Photoshop CS4 软件的界面窗口及简单的文件操作等。

【学习目标】
- 掌握平面设计基本概念。
- 了解平面设计的常用文件格式。
- 了解 Photoshop CS4 的应用领域。
- 熟悉 Photoshop CS4 的工作界面。
- 掌握控制面板的显示与隐藏。
- 掌握图像文件的基本操作。
- 熟悉利用 Photoshop CS4 进行工作的方法。

1.1　基本概念的介绍

学习并掌握平面设计中的基本概念是应用好 Photoshop 软件的关键，也是深刻理解该软件性质和功能的重要前提。本节首先来讲解一些基本概念，包括位图和矢量图、像素和分辨率及常用的文件格式等。

1.1.1　位图和矢量图

位图和矢量图，是根据软件运用以及最终存储方式的不同而生成的两种不同的文件类型。在图像处理过程中，分清位图和矢量图的不同性质是非常有必要的。

一、位图

位图，也叫光栅图，是由很多个像小方块一样的颜色网格（即像素）组成的图像。位图中的像素由其位置值与颜色值表示，也就是将不同位置上的像素设置成不同的颜色，即组成了一幅图像。位图图像放大到一定的倍数后，看到的便是一个个方形的色块，整体图像也会变得模糊、粗糙，如图 1-1 所示。

位图具有以下特点。
- 文件所占的空间大：用位图存储高分辨率的彩色图像需要较大存储空间，因为像素之间相互独立，所以占的硬盘空间、内存和显存都比较大。
- 会产生锯齿：位图是由最小的色彩单位"像素"组成的，所以位图的清晰度与像素的多少有关。位图放大到一定的倍数后，看到的便是一个个的像素，即一个个方形的色块，整体图像便会变得模糊且会产生锯齿。

- 位图图像在表现色彩、色调方面的效果比矢量图更加优越，尤其是在表现图像的阴影和色彩的细微变化方面效果更佳。

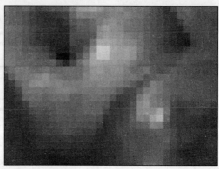

图1-1　位图图像小图与放大后的显示对比效果

在平面设计方面，制作位图的软件主要是 Photoshop，该软件可以说是目前平面设计中处理图形图像的首选软件。

二、 矢量图

矢量图，又称向量图，是由线条和图块组成的图像。将矢量图放大后，图形仍能保持原来的清晰度，且色彩不失真，如图 1-2 所示。

图1-2　矢量图小图和放大后的显示对比效果

矢量图的特点如下。

- 文件小：由于图像中保存的是线条和图块的信息，所以矢量图形与分辨率和图像大小无关，只与图像的复杂程度有关，简单图像所占的存储空间小。
- 图像大小可以无级缩放：在对图形进行缩放、旋转或变形操作时，图形仍具有很高的显示和印刷质量，且不会产生锯齿模糊效果。
- 可采取高分辨率印刷：矢量图形文件可以在任何输出设备上以输出设备的最高分辨率输出。

在平面设计方面，制作矢量图的软件主要有 CorelDRAW、Illustrator、InDesign、FreeHand 和 PageMaker 等，用户可以用它们对图形或文字等进行处理。

1.1.2　像素和分辨率

像素与分辨率是 Photoshop 中最常用的两个概念，对它们的设置决定了文件的大小及图像的质量。

一、像素

像素（Pixel）是 Picture 和 Element 这两个字母的缩写，是用来计算数字影像的一种单位。一个像素的大小尺寸不好衡量，它实际上只是屏幕上的一个光点。在计算机显示器、电视机、数码相机等的屏幕上都使用像素作为它们的基本度量单位，屏幕的分辨率越高，像素就越小。像素也是组成数码图像的最小单位，比如对一幅标有 1024 像素×768 像素的图像而言，就表明这幅图像的长边有 1024 个像素，宽边有 768 个像素，1024×768=786432，即这是一幅具有近 80 万像素的图像。

二、分辨率

分辨率（Resolution）是数码影像中的一个重要概念，它是指在单位长度中所表达或获取像素数量的多少。图像分辨率使用的单位是 PPI（Pixel per lnch），意思是"每英寸所表达的像素数目"。另外还有一个概念是打印分辨率，它的使用单位是 DPI（Dot per lnch），意思是"每英寸所表达的打印点数"。

PPI 和 DPI 这两个概念经常会出现混用的现象。从技术角度说，PPI 只存在于屏幕的显示领域，而 DPI 只出现于打印或印刷领域。对于初学图像处理的用户来说很难分辨清楚，这需要一个逐步理解的过程。

高分辨率的图像能非常好地表现图像丰富的细节，但其包含的像素越多，就会增加文件的体积，同时也就需要耗用更多的计算机内存（RAM）资源，存储时会占用更大的硬盘空间等。而对于低分辨率的图像来说，其包含的像素也就越少，图像会显得非常像粗糙，在排版打印后，效果会非常模糊。所以，在图像处理过程中，必须根据图像最终的用途选用合适的分辨率，在能够保证输出质量的情况下，尽量不要因为分辨率过高而过多占用计算机的资源。

1.1.3　常用文件格式

Photoshop 是功能非常强大的图像处理软件，它支持的文件格式也非常多。了解各种文件格式对进行图像编辑、保存以及文件转换有很大的帮助。下面来介绍平面设计软件中常用的几种图形、图像文件格式。

- PSD 格式：此格式是 Photoshop 的专用格式。它能保存图像数据的每一个细节，包括图像的层、通道等信息，确保各层之间相互独立，便于以后进行修改。PSD 格式文件还可以存储为 RGB 或 CMYK 等颜色模式的文件，但惟一的缺点是保存的文件比较大。
- BMP 格式：此格式是微软公司软件的专用格式，也是 Photoshop 最常用的位图格式之一，支持 RGB、索引颜色、灰度和位图颜色模式的图像，但不支持 Alpha 通道。
- EPS 格式：此格式是一种跨平台的通用格式，可以说几乎所有的图形图像和页面排版软件都支持该文件格式。它可以保存路径信息，并在各软件之间进行相互转换。另外，这种格式在保存时可选用 JPEG 编码方式压缩，不过这种压缩会破坏图像的外观质量。
- JPEG 格式：此格式是较常用的图像格式，支持真彩色、CMYK、RGB 和灰度颜色模式，但不支持 Alpha 通道。JPEG 格式可用于 Windows 和 Mac 平台，是所有压缩格式中最卓越的。虽然它是一种有损失的压缩格式，但在文件压缩前，可以在弹出的对话框中设置压缩的大小，这样就可以有效地控制压缩时损失的数据量。JPEG 格式也是目前网络可以支持的图像文件格式之一。

- TIFF 格式：此格式是一种灵活的位图图像格式。TIFF 在 Photoshop 中可支持 24 个通道，是除了 Photoshop 自身格式外惟一能存储多个通道的文件格式。

- AI 格式：此格式是一种矢量图格式，在 Illustrator 中经常用到。在 Photoshop 中可以将保存了路径的图像文件输出为 "*.AI" 格式，然后在 Illustrator 和 CorelDRAW 中直接打开它并进行修改处理。

- CDR 格式：此格式是 CorelDRAW 专用的矢量图格式，它将图像按照数学方式来计算，以矩形、线、文本、弧形和椭圆等形式表现出来，并以逐点的形式映射到页面上，因此在缩小或放大矢量图形时，原始数据不会发生变化。

- GIF 格式：此格式是由 CompuServe 公司制定的，能存储背景透明化的图像格式，但只能处理 256 种颜色。常用于网络传输，其传输速度要比传输其他格式的文件快很多。并且可以将多张图像存成一个文件而形成动画效果。

- PNG 格式：此格式是 Adobe 公司针对网络图像开发的文件格式。这种格式可以使用无损压缩方式压缩图像文件，并利用 Alpha 通道制作透明背景，是功能非常强大的网络文件格式，但较早版本的 Web 浏览器可能不支持。

1.2 认识 Photoshop CS4

Photoshop CS4 作为专业的图像处理软件，应用的领域非常广泛，从修复照片到制作精美的图片，从工作中的简单图案设计到专业的平面设计或网页设计，该软件几乎是无所不能。本节就来认识一下这个强大的软件。

1.2.1 Photoshop CS4 的启动与退出

首先来看一下 Photoshop CS4 软件的启动与退出操作。

一、 启动 Photoshop CS4

若计算机中已安装了 Photoshop CS4，单击 Windows 桌面左下角任务栏中的 开始 按钮，在弹出的菜单中选择【所有程序】/【Adobe Photoshop CS4】命令，即可启动该软件。

除了使用上面的方法外，启动 Photoshop CS4 的方法还有以下两种。

(1) 如桌面上有 Photoshop CS4 软件的快捷方式图标 ，可双击该图标。

(2) 双击计算机中保存的 "*.psd" 格式的文件。

二、 退出 Photoshop CS4

单击 Photoshop CS4 界面窗口右侧的【关闭】按钮 ，即可退出 Photoshop CS4。

执行【文件】/【退出】命令或按 Ctrl+Q 键、Alt+F4 键也可以退出 Photoshop CS4。

退出软件时，系统会关闭所有的文件，如果打开的文件编辑后或新建的文件没保存，系统会给出提示，让用户决定是否保存。

1.2.2　Photoshop CS4 的工作界面

启动 Photoshop CS4 之后，默认的工作界面如图 1-3 所示。

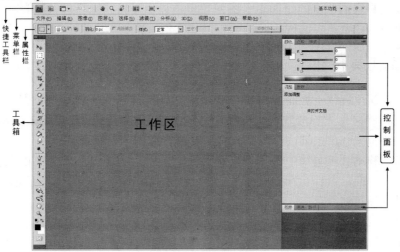

图1-3　界面窗口布局

Photoshop CS4 界面窗口按其功能可分为快捷工具栏、菜单栏、属性栏、工具箱、控制面板和工作区等几部分，下面介绍各部分的功能和作用。

一、　快捷工具栏

Photoshop CS4 重新设计了工作界面，去掉了 Windwos 本身的"蓝条"，而直接以快捷工具栏代替，位于工作界面的最上方。快捷工具栏中的工具主要用于快速调整桌面布局及显示方式。另外，在 CS4 中打开多个图像文件后，会以选项卡方式显示文档，因此增加了一个排列文档工具 ，它可以快速控制多个文件在工作区中的排列方式，具体操作将在第 1.3.2 小节中讲解。

二、　菜单栏

菜单栏位于快捷工具栏的下方，包括【文件】、【编辑】、【图像】、【图层】、【选择】、【滤镜】、【分析】、【3D】、【视图】、【窗口】和【帮助】等 11 个菜单。单击任意一个菜单，将会弹出相应的下拉菜单，其中又包含若干个子命令，选择任意一个子命令即可实现相应的操作。

三、　属性栏

属性栏显示工具箱中当前选择工具按钮的参数和选项设置。在工具箱中选择不同的工具按钮，属性栏中显示的选项和参数也各不相同。

四、　工具箱

工具箱中包含各种图形绘制和图像处理工具，如对图像进行选择、移动、绘制、编辑和查看的工具，在图像中输入文字的工具、3D 变换工具以及更改前景色和背景色的工具等。

五、　控制面板

在 Photoshop CS4 中共提供了 23 种控制面板。利用这些控制面板可以对当前图像的色彩、大小显示、样式以及相关的操作等进行设置和控制。

六、 工作区

工作区是指 Photoshop CS4 工作界面中的大片灰色区域，打开的图像文档将显示在工作区内。在实际工作过程中，为了获得较大的空间来显示图像，可以将属性栏、工具箱和控制面板隐藏，以便将它们所占的空间用于图像窗口的显示。按 Tab 键，即可将属性栏、工具箱和控制面板同时隐藏；再次按 Tab 键，可以使它们重新显示出来。

1.2.3 认识工具按钮

工具箱的默认位置位于界面窗口的左侧，包含 Photoshop CS4 的各种图形绘制和图像处理工具。注意，将鼠标光标放置在工具箱上方的灰色区域内▶▶，按下鼠标左键并拖曳即可移动工具箱的位置。单击▶▶按钮，可以将工具箱转换为双列显示。

将鼠标光标移动到工具箱中的任一按钮上时，该按钮将突起显示，如果鼠标光标在工具按钮上停留一段时间，鼠标光标的右下角会显示该工具的名称，如图 1-4 所示。单击工具箱中的任一工具按钮可将其选中。另外，绝大多数工具按钮的右下角带有黑色的小三角形，表示该工具是个工具组，还有隐藏的其他同类工具，将鼠标光标放置在这样的按钮上按下鼠标左键不放或单击鼠标右键，即可将隐藏的工具显示出来，如图 1-5 所示。移动鼠标光标至展开工具组中的任意一个工具上单击，即可将其选择。

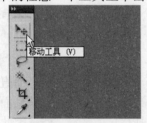

图1-4　显示的按钮名称

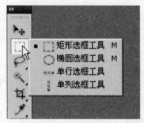

图1-5　显示出的隐藏工具

工具箱及其所有展开的工具按钮如图 1-6 所示。

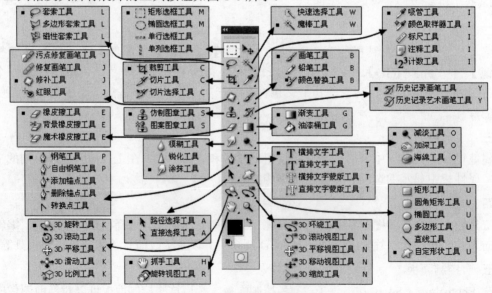

图1-6　工具箱及工具按钮

1.2.4　控制面板操作

在图像处理工作中，为了操作方便，经常需要调出某个控制面板、展开或折叠控制面板、调整工作区中部分控制面板的位置或将其隐藏等。熟练掌握对控制面板的操作，可以有效地提高工作效率。

一、　控制面板的显示与隐藏

在【窗口】菜单命令上单击，将会弹出下拉菜单，该菜单中包含 Photoshop CS4 的所有控制面板，如图 1-7 所示。其中，左侧带有☑符号的命令表示该控制面板已在工作区中显示，如【调整】和【颜色】；左侧不带☑符号的命令表示该控制面板未在工作区中显示。选择不带☑符号的命令即可使该面板在工作区中显示，同时该命令左侧将显示☑符号；选择带有☑符号的命令则可以将显示的控制面板隐藏。

> 要点提示　反复按 Shift+Tab 键，可以将工作界面中的所有控制面板在隐藏和显示之间切换。

控制面板显示后，每一组控制面板都有两个以上的选项卡。例如，【颜色】面板上包含【颜色】、【色板】和【样式】3 个选项卡，单击【色板】或【样式】选项卡，即可以显示【色板】或【样式】控制面板，这样可以快速地选择和应用需要的控制面板。

另外，单击工作界面右上角的 基本功能▼ 按钮，在弹出的下拉菜单中选择相应的命令，可快速切换至相应的工作区。如要进行绘画操作，即可在下拉菜单中选择【绘画】命令；要进行文字编排，即可在下拉菜单中选择【排版】命令，选择命令后系统会自动调出与当前工作有关的控制面板。

二、　控制面板的展开与折叠

在控制面板上方的深灰色区域上单击鼠标左键，可将显示的控制面板折叠，再次单击即可将其展开；在每个面板组上方的灰色区域上单击鼠标左键，可将该面板组最小化显示，再次单击，可将该面板组展开。控制面板折叠及最小化形态如图 1-8 所示。

图1-7　【窗口】菜单

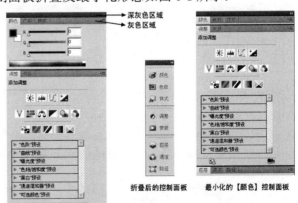

图1-8　控制面板折叠及最小化形态

在折叠控制面板的面板按钮上单击可将该面板展开，如单击 颜色 按钮，展开的【颜色】控制面板如图 1-9 所示；再次单击该按钮或单击控制面板右上角的 ▶▶ 按钮，即可将展开的面板折叠。

在面板组上方的灰色区域按下鼠标左键并向工作区中拖曳，可将控制面板拖离默认的位置；在拖离原位置的面板上方的灰色区域按下鼠标左键并向原来的位置拖曳，当出现如图1-10所示的蓝色线形时释放鼠标左键，可将控制面板移动到原来的位置。

单击工作界面右上角的 基本功能 按钮，在弹出的下拉菜单中选择【基本】命令，可快速将控制面板以按钮的形式排列到工作界面的右侧，如图 1-11 所示。这样可以节省出更多的区域来显示图像，以方便用户对图像进行调整操作。

图1-9　展开的【颜色】控制面板　　　　图1-10　拖曳控制面板时的状态　　　　图1-11　按钮形式的控制面板

三、控制面板的拆分与组合

为了使用方便，以组的形式堆叠的控制面板可以重新排列，包括向组中添加面板或从组中移出指定的面板。

将鼠标光标移动到需要分离出来的面板选项卡上，按下鼠标左键并向工作区中拖曳，释放鼠标左键后，即可将需要分离的面板从组中分离出来，其操作过程如图 1-12 所示。

图1-12　分离控制面板的操作过程示意图

将控制面板分离出来后，还可以将它们重新组合成组。例如，将鼠标光标移动到分离出的【样式】面板选项卡上，按下鼠标左键并向【颜色】面板组名称右侧的灰色区域拖曳，当出现蓝色的边框时释放鼠标左键，即可将【样式】面板和【颜色】面板组重新组合，其操作过程如图 1-13 所示。

图1-13　合并控制面板的操作过程示意图

1.3　图像文件的基本操作

由于每一个软件的性质不同，其新建、打开及存储文件时的对话框也不相同，下面简要介绍一下 Photoshop CS4 的新建、打开及存储对话框。

1.3.1　新建文件

执行【文件】/【新建】命令（快捷键为 Ctrl+N 键），会弹出如图 1-14 所示的【新建】对话框，在此对话框中可以设置新建文件的名称、尺寸、分辨率、颜色模式、背景内容和颜色配置文件等。单击 确定 按钮后即可新建一个图像文件。

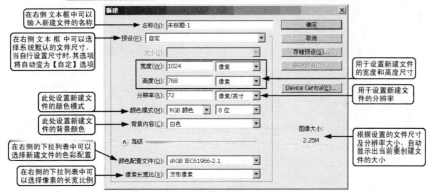

图1-14　【新建】对话框

在工作之前建立一个合适大小的文件至关重要，除尺寸设置要合理外，分辨率的设置也要合理。图像分辨率的正确设置应考虑图像最终发布的媒介，通常对一些有特别用途的图像，分辨率都有一些基本的标准。

- Photoshop 默认分辨率为 72 像素/英寸，这是满足普通显示器的分辨率。
- 发布于网页上的图像分辨率通常可以设置为 72 像素/英寸或 96 像素/英寸。
- 报纸图像通常设置为 120 像素/英寸或 150 像素/英寸。
- 彩版印刷图像通常设置为 300 像素/英寸。
- 大型灯箱图像一般不低于 30 像素/英寸。
- 只有一些特大的墙面广告等有时可设定在 30 像素/英寸以下。

以上提供的这些分辨率数值只是通常情况下使用的设置值，读者在作图时还要根据实际情况灵活运用。

1.3.2　打开文件

执行【文件】/【打开】命令（快捷键为 Ctrl+O 键）或直接在工作区中双击鼠标左键，会弹出【打开】对话框，利用此对话框可以打开计算机中存储的 PSD、BMP、TIFF、JPEG、TGA 和 PNG 等多种格式的图像文件。在打开图像文件之前，首先要知道文件的名称、格式和存储路径，这样才能顺利地打开文件。

下面利用【文件】/【打开】命令，将 Photoshop CS4 软件自带的一幅名为"鱼.psd"的图像文件打开。

【步骤解析】

1. 执行【文件】/【打开】命令，弹出【打开】对话框。

2. 单击【查找范围】下拉列表或右侧的 ▼ 按钮，在弹出的下拉列表中选择 Photoshop CS4 安装的盘符。

3. 在下方的窗口中依次双击 "Program Files\Adobe\Adobe Photoshop CS4\示例" 文件夹。

4. 在弹出的文件窗口中，选择名为 "鱼.psd" 的图像文件，此时的【打开】对话框如图 1-15 所示。

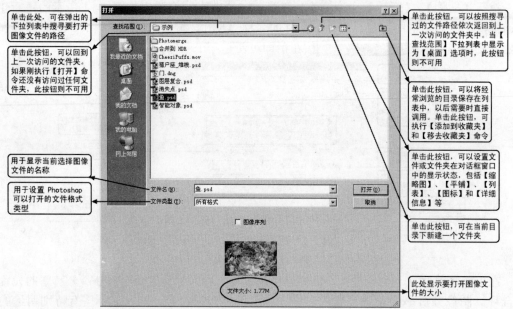

图1-15 【打开】对话框

5. 单击 打开(①) 按钮，即可将选择的图像文件在工作区中打开，如图 1-16 所示。

图1-16 打开的图像文件

从图 1-16 中可以看出，打开的图像文件将整个工作区全部占据了，这与以前版本中的排列方式完全不同。下面来具体讲解图像窗口的排列设置。

6. 用与上面相同的打开图像文件方法，将 Photoshop CS4 软件自带的"消失点.psd"文件打开，如图 1-17 所示。

图1-17　打开的图像文件

从图 1-17 中可以看出，打开的图像文件以选项卡的方式显示。此时如想显示第一次打开的"鱼"图像，可直接单击左上角的"鱼.psd"选项卡，而不必再像以前一样到【窗口】菜单中选择，这样可大大提高作图效率。

另外，单击快捷工具栏中的 按钮，可在弹出的选项板中选择更合适的文件排列方式。如选择 按钮，文件的排列方式如图 1-18 所示；选择 按钮，文件的排列方式如图 1-19 所示。读者也可自行打开多个文件，来观察一下选择其他按钮时文件的排列方式。

图1-18　垂直双联排列方式

图1-19　水平双联排列方式

如在选项板中选择下方的【使所有内容在窗口中浮动】命令，即可将图像文件的排列方式切换为以前版本的状态，如图 1-20 所示。

图1-20　图像文件浮动显示的状态

1.3.3　存储文件

在 Photoshop CS4 中，文件的存储主要包括【存储】和【存储为】两种方式。当新建的图像文件第一次存储时，【文件】菜单中的【存储】和【存储为】命令功能相同，都是将当前图像文件命名后存储，并且都会弹出如图 1-21 所示的【存储为】对话框。

图1-21　【存储为】对话框

将打开的图像文件编辑后再存储时，就应该正确区分【存储】和【存储为】命令的不同。【存储】命令是在覆盖原文件的基础上直接进行存储，不弹出【存储为】对话框；而【存储为】命令仍会弹出【存储为】对话框，它是在原文件不变的基础上可以将编辑后的文件重新命名另存储。

> **要点提示**　【存储】命令的快捷键为 Ctrl+S 键，【存储为】命令的快捷键为 Shift+Ctrl+S 键。在绘图过程中，一定要养成随时存盘的好习惯，以免因断电、死机等突发情况造成不必要的麻烦。

1.4　设计个性桌面

本节带领读者来设计一个个性桌面壁纸，使读者亲身体验 Photoshop CS4 在图像合成方面的强大功能。在操作过程中，读者可能会遇到一些不明白的地方，希望读者不要放弃，只要耐心地按照下面的操作步骤一步步地操作，一定可以完成本例作品的最终效果。

1.4.1　制作图案底纹

下面灵活运用【自定形状】工具 及移动复制功能来制作壁纸的图案底纹。

【步骤解析】

1. 执行【文件】/【新建】命令，弹出【新建】对话框，设置各选项及参数，如图 1-22 所示，单击 [确定] 按钮，创建一个新图像文件。
2. 确认【颜色】面板在界面窗口中的显示，将鼠标光标移动到【颜色】面板中依次向右调整 R、G、B 选项的颜色滑块，将前景色调整至如图 1-23 所示的颜色。

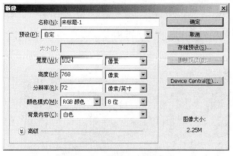

图1-22　【新建】对话框

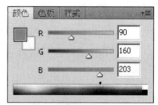

图1-23　设置的颜色参数

3. 按 [Alt]+[Delete] 键，将设置的前景色填充至新建的文件中，效果如图 1-24 所示。
4. 将鼠标光标移动到工具箱中如图 1-25 所示的 位置并单击，将前景色与背景色的颜色互换。

图1-24　填充颜色后的效果

图1-25　鼠标光标单击的位置

5. 在工具箱中单击 按钮，选择【自定义形状】工具，然后单击属性栏中【形状】选项右侧的 按钮，在弹出的【选项】面板中选择如图 1-26 所示的形状。
6. 激活属性栏中的 按钮，然后在【图层】面板中单击右下角的 按钮，新建一个"图层 1"。
7. 将鼠标光标移动到画面的左上角位置按下鼠标左键并拖曳鼠标，即可绘制出白色的图形，如图 1-27 所示。

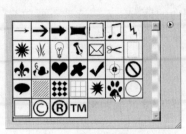

图1-26　选择的图形形状

图1-27　绘制的白色图形

8.　在工具箱中的 按钮上单击鼠标右键，在显示的工具组中选择如图 1-28 所示的工具。

> 在以后的操作步骤叙述中，如遇到选择工具操作，将直接叙述为"选择*工具"，届时不再提示如何选择，希望读者注意。另外，各工具组中所包含的工具，希望读者能熟练掌握，以确保在操作过程中能快速选择需要的工具。

9.　将鼠标光标移动到绘制图形的周围按下鼠标左键并拖曳，利用 工具框选图形，状态如图 1-29 所示。

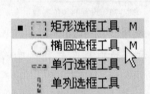

图1-28　选择的工具

图1-29　选择图形时的状态

10.　选择 工具，按住 Alt 键，然后将鼠标光标放置到选区内，当鼠标光标显示为 图标时按下鼠标左键并拖曳，移动复制选区内的图形，状态如图 1-30 所示。

11.　至合适位置后释放鼠标左键，然后再次移动复制图形，状态如图 1-31 所示。

图1-30　移动复制图形时的状态

图1-31　再次复制图形时的状态

12. 用相同的移动复制图形方法，依次移动复制选择的图形，效果如图 1-32 所示。

13. 利用 工具再次将所有的图形框选，然后将其再次移动复制，复制出的图形如图 1-33 所示。

图1-32 复制出的图形

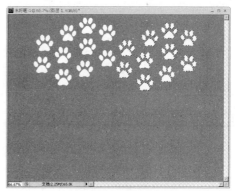
图1-33 复制出的图形

14. 依次向其他区域移动复制图形，效果如图 1-34 所示。在复制过程中要注意图形的排列位置。

15. 选择 工具，然后将鼠标光标移动到画面中按下鼠标左键并拖曳，框选任意一个完整的白色图形，状态如图 1-35 所示。

图1-34 移动复制出的图形

图1-35 选择图形时的状态

16. 释放鼠标左键后，生成的选区形态如图 1-36 所示。

17. 继续利用移动复制操作，对选择的图形进行移动复制，最终效果如图 1-37 所示。

图1-36 生成的选区形态

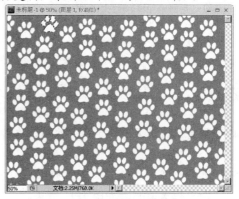
图1-37 复制出的图形

18. 按 Ctrl+D 键，将选区去除。然后在【图层】面板中，将右上角的【不透明度】参数设置为 "10%"，如图 1-38 所示。降低不透明度后的画面效果如图 1-39 所示。

图1-38 【图层】面板

图1-39 降低不透明度后的画面效果

19. 执行【文件】/【存储】命令，弹出【存储为】对话框，在【保存在】选项窗口中选择合适的保存路径。在【格式】下拉列表中选择【Photoshop（*.PSD;*.PDD）】选项，并在【文件名】文本框中输入"个性桌面"文字，最后单击 保存(S) 按钮，将当前文件命名为"个性桌面.psd"保存。

1.4.2 合成个性桌面

下面灵活运用 ⨁ 工具及【编辑】菜单栏中的【自由变换】命令将图像进行合成，然后利用 ✎ 工具输入文字，完成个性桌面的设计。

【步骤解析】

1. 接上例。

在进行下面的操作之前，读者要先将随书所附光盘放入光驱中，以便于选择需要的图像文件。读者也可将光盘中的所有内容复制到自己的计算机中，以便于随时调用。

2. 执行【文件】/【打开】命令，弹出【打开】对话框，在【查找范围】下拉列表中选择光驱所在的盘符（如光盘文件已复制至计算机中，可选光盘内容所在的盘符），然后在下面的窗口依次双击"图库\第 01 章"目录，在弹出的文件列表中选择"月历.psd"文件。

3. 单击 打开(O) 按钮，将选择的图像文件打开，如图 1-40 所示。

> 【要点提示】 在以后的操作步骤叙述中，如要打开附盘中的图像文件，我们将直接叙述为：将附盘中"图库\第*章"目录下名为"*"的文件打开。希望读者注意。

4. 单击快捷工具栏中的 ▦ 按钮，在弹出的选项板中选择【使所有内容在窗口中浮动】命令，将所有图像文件浮动显示。

5. 选择 ⨁ 工具，将鼠标光标放置在"月历"文件中按下鼠标左键并向"个性桌面.psd"文件中拖曳，状态如图 1-41 所示。

图1-40　打开的图像文件

图1-41　移动复制图像时的状态

6. 释放鼠标左键后，即可将月历图片移动复制到"个性桌面"文件中，如图 1-42 所示。同时在【图层】面板中自动生成"图层 2"。

7. 执行【编辑】/【自由变换】命令，为月历图片添加自由变换框，然后将鼠标光标放置到左上角的控制点上，当鼠标光标显示为双向箭头时按下鼠标左键并向右下方拖曳，将图片等比例缩小调整，状态如图 1-43 所示。

图1-42　移动复制的月历图片

图1-43　调整图片大小时的状态

8. 至合适的大小后释放鼠标左键，然后将鼠标光标放置到自由变换框内按下鼠标左键并拖曳，调整图片的位置，状态如图 1-44 所示。

9. 确定后释放鼠标左键，然后单击属性栏中的 按钮，完成图片的大小及位置调整。

10. 利用【文件】/【打开】命令，将附盘中"图库\第 01 章"目录下名为"人物 01.jpg"的图像文件打开，如图 1-45 所示。

图1-44　移动图片位置时的状态

图1-45　打开的图像文件

11. 利用 工具及与步骤 5 移动复制图像的相同操作方法，将打开的人物图像移动复制到"个性桌面.psd"文件中，如图 1-46 所示。

12. 执行【图层】/【排列】/【置为底层】命令，将生成的"图层 3"调整至"背景"层的上方、其他图层的下方，然后将右上角的【不透明度】参数设置为 10%，如图 1-47 所示。

要点提示 在【图层】面板中，"背景"层是不能改变堆叠顺序的，因此，执行【图层】/【排列】/【置为底层】命令，只能将图层调整至"背景"层的上方、其他图层的下方。

图1-46　图片放置的位置

图1-47　调整图层堆叠顺序后的效果

调整图层堆叠顺序及不透明度后的画面效果如图 1-48 所示。

13. 选择 工具，然后单击属性栏中【画笔】选项右侧的 按钮，在弹出的【画笔】设置面板中设置参数，如图 1-49 所示。

图1-48　图片调整后的效果

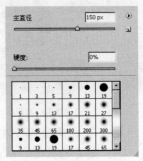

图1-49　设置的画笔参数

14. 将鼠标光标移动到图片的右上角位置，按下鼠标左键并向下拖曳，对右侧边界进行擦除，状态如图 1-50 所示。

15. 依次拖曳鼠标光标，对图片的边界进行擦除，使其能很好地与其他图像衔接，最终效果如图 1-51 所示。

图1-50　擦除图像时的状态

图1-51　图像边界擦除后的效果

16. 在【图层】面板中单击"图层 2"，将其设置为工作层，然后单击下方的 按钮，新建"图层 4"。

要点提示　此处先将"图层 2"设置为工作层，目的是为了在"图层 2"的上方新建图层，否则，新建的图层将位于"图层 3"的上方，"图层 1"的下方。

17. 选择 工具，然后将鼠标光标移动到画面中绘制出如图 1-52 所示的矩形选区。
18. 按 Alt+Delete 键，为选区填充白色，然后按 Ctrl+D 键去除选区。
19. 执行【编辑】/【自由变换】命令，为白色图形添加自由变换框，然后将鼠标光标放置到左上角的控制点上，当鼠标光标显示为旋转符号时按下鼠标左键并向右拖曳，将图形旋转至如图 1-53 所示的形态。

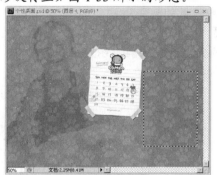
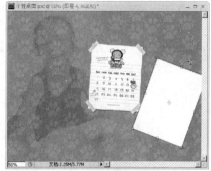

图1-52　绘制的矩形选区　　　　　　　图1-53　图形旋转后的形态

20. 将鼠标光标移动到自由变换框内按下鼠标左键并拖曳，将旋转后的图形调整至如图 1-54 所示的位置。
21. 单击属性栏中的 按钮，确认图形的角度及位置调整。
22. 执行【窗口】/【人物 01.jpg】，将"人物 01.jpg"文件设置为工作状态，然后利用 工具选择如图 1-55 所示的图像。

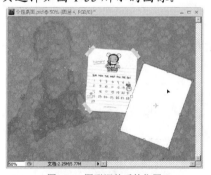

图1-54　图形调整后的位置　　　　　　图1-55　创建的矩形选区

23. 利用 工具及与步骤 5 移动复制图像的相同操作，将选择的人物图像移动复制到"个性桌面.psd"文件中，然后利用【自由变换】命令，将其调整至如图 1-56 所示的大小、旋转角度及位置。
下面来为各图片添加投影效果。
24. 在【图层】面板中单击"图层 4"，将白色图形所在的图层设置为工作层，然后执行【图层】/【图层样式】/【投影】命令，弹出【图层样式】对话框，选项及参数设置如图 1-57 所示。

19

图1-56　图片调整后的形态及位置

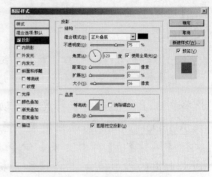

图1-57　【图层样式】对话框

25. 单击　　确定　　按钮，白色图形添加投影后的效果如图 1-58 所示。

26. 执行【图层】/【图层样式】/【拷贝图层样式】命令，将添加的投影效果复制，然后将"图层 2"设置为工作层。执行【图层】/【图层样式】/【粘贴图层样式】命令，将复制的图层样式粘贴至月历图片上，效果如图 1-59 所示。

图1-58　添加投影后的效果

图1-59　复制的投影效果

此时的【图层】面板形态如图 1-60 所示。

27. 将"图层 5"设置为工作层，然后单击 按钮，新建"图层 6"。

28. 选择 工具，然后单击属性栏中【画笔】选项右侧的 按钮，在弹出的【画笔】设置面板中设置参数，如图 1-61 所示。

图1-60　添加图层样式后的【图层】面板

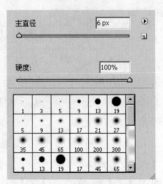

图1-61　设置的画笔参数

29. 将鼠标光标移动到画面中依次输入文字，效果如图 1-62 所示。
30. 执行【图层】/【图层样式】/【粘贴图层样式】命令，将先前复制的图层样式再粘贴至输入的文字上，效果如图 1-63 所示。

图1-62　输入的文字

图1-63　添加投影后的效果

31. 至此，个性桌面设计完成，按 Ctrl+S 键，将此文件保存。

1.4.3　拓展案例

通过对前面内容的学习，请读者自己动手设计出下面的桌面壁纸。

1.4.4　设计桌面壁纸

灵活运用 ⛭ 和 ⬚ 工具，将图片进行组合，设计出如图 1-64 所示的桌面壁纸。

图1-64　设计的桌面壁纸

【步骤解析】

1. 新建一个文件，然后将附盘中"图库\第 01 章"目录下名为"背景"和"人物 02.jpg"的图像文件打开。

2. 利用 ⊕ 工具将打开的图片依次移动复制到新建的文件中，然后利用【自由变换】命令分别将其调整至合适的大小及位置。

3. 利用 ✐ 工具对人物图像的边界进行擦除，即可完成桌面壁纸的设计。

1.4.5 设计"心情故事"壁纸

灵活运用第 1.4 节设计个性桌面的方法设计出如图 1-65 所示的"心情故事"壁纸。

图1-65　设计的桌面壁纸

【步骤解析】

用与第 1.4 节设计个性桌面相同的方法设计本例的个性桌面，其右下方的英文字母可随意输入。

1.5　小结

本章主要讲述了 Photoshop CS4 的基础入门知识，包括基本概念、Photoshop CS4 的用户界面、图像文件的基本操作等，最后还利用设计个性桌面案例来让读者大体了解利用 Photoshop CS4 软件进行工作的方法。通过本章的学习，希望读者能对 Photoshop CS4 有一个初步的认识，为今后的学习打下坚实的基础。

第2章 选区应用——设计报纸稿

在利用 Photoshop 处理图像时，对于局部图像及指定位置的处理，需要先用选区工具将其选择，然后再进行操作。Photoshop CS4 提供的选区工具有很多种，灵活运用各选区工具，可方便、快捷地创建选区或选择需要的图像。另外，灵活运用移动工具及键盘按键，可将选择的图像移动至画面中的任意位置，还可进行缩放、旋转、扭曲等变换调整。

【学习目标】

- 了解选区的作用。
- 掌握各选区工具的使用方法。
- 掌握各选区命令的功能。
- 掌握移动工具的使用方法。
- 掌握移动复制操作。
- 熟悉移动工具的变换操作。
- 熟悉报纸稿的设计方法。

2.1 选区工具

选区工具的主要功能是在图像文件中创建选区，以控制操作范围。当在图像文件中创建选区后，所做的操作都是对选区内的图像进行的，选区以外的图像将不受任何影响。

Photoshop CS4 提供的选区工具主要包括选框工具组、套索工具组和魔棒工具组。下面以列表的形式来详细讲解各工具的功能及使用方法。

	工具	使 用 方 法
【选框】工具组	【矩形选框】工具 ▢	将鼠标光标移动到图像文件中，按住鼠标左键向任意方向拖曳，可以在图像文件中创建矩形选区。按住 Shift 键的同时按住鼠标左键拖曳，可以创建正方形选区
	【椭圆选框】工具 ○	将鼠标光标移动到图像文件中，按住鼠标左键向任意方向拖曳，可以在图像文件中创建椭圆形选区。按住 Shift 键的同时按住鼠标左键拖曳，可以创建圆形选区
	【单行选框】工具 ▭	将鼠标光标移动到图像文件中单击，可以创建高度为 1 像素的单行选区
	【单列选框】工具 ▯	将鼠标光标移动到图像文件中单击，可以创建宽度为 1 像素的单列选区
【套索】工具组	【套索】工具 ◎	将鼠标光标移动到图像文件中的任意位置，按住鼠标左键拖曳，释放鼠标左键后，即可创建出不规则的选区
	【多边形套索】工具 ◎	将鼠标光标移动到图像文件中，依次在不同位置单击，当终点与起点闭合时，即可创建出不规则的多边形选区
	【磁性套索】工具 ◎	将鼠标光标移动到图像的边缘处单击，确定创建选区的起点，然后拖曳鼠标光标，当终点与起点闭合时，即可创建自动吸附色彩边缘的选区。此工具常用于图像与背景颜色差别较大或图像边界分明的选择

续　表

	工具	使用方法
【魔棒】工具组	【快速选择】工具	在需要添加选区的图像位置按下鼠标左键然后移动鼠标光标，即可将鼠标光标经过的区域及与其颜色相近的区域添加上选区
	【魔棒】工具	将鼠标光标移动到图像文件中单击，即可创建与鼠标光标单击处色彩相同或相近的选区。此工具常用于选择图像中颜色相近或有大色块单色区域的选择

在利用选区工具选择需要的图像时，要先学会观察图像，然后确定利用什么工具来选择。如果选择的图像棱角非常明显，可利用【矩形选框】工具或【多边形套索】工具；如果选择的图像是圆形或椭圆形的，可利用【椭圆选框】工具；如选择图像与背景的颜色差别较大或图像边界非常分明，可利用【磁性套索】工具；如选择的图像轮廓圆滑且与背景有明显的色差，可利用【快速选择】工具；如选择图像的背景为单一色块或大面积颜色非常相近的区域，可利用【魔棒】工具先选择背景，然后再通过反选来选择图像。

下面来看一下各选区工具的属性栏。

一、　选框工具组的属性栏

当在工具箱中选择【矩形选框】工具后，界面上的属性栏如图 2-1 所示。

图2-1　【矩形选框】工具的属性栏

二、　选区运算按钮

在 Photoshop CS4 中除了能绘制基本的选区外，还可以结合属性栏中的按钮将选区进行相加、相减和相交运算。

- 【新选区】按钮：默认情况下此按钮处于激活状态。即在图像文件中依次创建选区，图像文件将始终保留最后一次创建的选区。
- 【添加到选区】按钮：激活此按钮或按住 Shift 键，在图像文件中依次创建选区，后创建的选区将与先创建的选区合并成为新的选区。
- 【从选区减去】按钮：激活此按钮或按住 Alt 键，在图像文件中依次创建选区，如果后创建的选区与先创建的选区有相交部分，则从先创建的选区中减去相交的部分，剩余的选区作为新的选区。
- 【与选区交叉】按钮：激活此按钮或按住 Shift+Alt 键，在图像文件中依次创建选区，如果后创建的选区与先创建的选区有相交部分，则把相交的部分作为新的选区；如果创建的选区之间没有相交部分，系统将弹出【Adobe Photoshop】警告对话框，警告未选择任何像素。

三、　选区羽化设置

在绘制选区之前，在【羽化】文本框中输入数值，再绘制选区，可使创建选区的边缘变得平滑，填色后产生柔和的边缘效果。图 2-2 所示为无羽化选区和设置羽化后填充红色的效果。

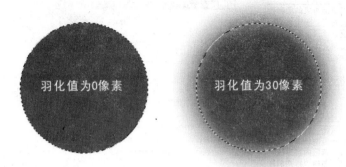

图2-2　设置不同的【羽化】值填充红色后的效果

> 要点提示　在设置【羽化】选项的参数时，其数值一定要小于要创建选区的最小半径，否则系统会弹出警告对话框，提示用户将选区绘制得大一点，或将【羽化】值设置得小一点。

当绘制完选区后，执行【选择】/【修改】/【羽化】命令（快捷键为 Shift+F6 键），弹出如图 2-3 所示的【羽化选区】对话框，在对话框中设置适当的【羽化半径】值，单击 确定 按钮，也可对选区进行羽化设置。

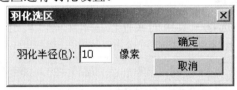

图2-3　【羽化选区】对话框

> 要点提示　羽化值决定选区的羽化程度，其值越大，产生的平滑度越高，柔和效果也越好。另外，在进行羽化值的设置时，如文件尺寸与分辨率较大，其值相对也要大一些。

四、【消除锯齿】选项

Photoshop 中的位图图像是由像素点组成的，因此在编辑圆形或弧形图形时，其边缘会出现锯齿现象。当在属性栏中勾选【消除锯齿】复选项后，即可通过淡化边缘来产生与背景颜色之间的过渡，使锯齿边缘得到平滑。

五、【样式】选项

在属性栏的【样式】下拉列表中，有【正常】、【约束长宽比】和【固定大小】3 个选项。

- 选择【正常】，可以在图像文件中创建任意大小或比例的选区。
- 选择【约束长宽比】，可以在【样式】选项后的【宽度】和【高度】文本框中设定数值来约束所绘选区的宽度和高度比。
- 选择【固定大小】，可以在【样式】选项后的【宽度】和【高度】文本框中设定将要创建选区的宽度和高度值，其单位为像素。

六、 调整边缘... 按钮

利用 调整边缘... 按钮可以将选区调整得更加平滑和细致，还可以对选区进行扩展或收缩，使其更加符合我们的要求。单击 调整边缘... 按钮，弹出的【调整边缘】对话框如图 2-4 所示。

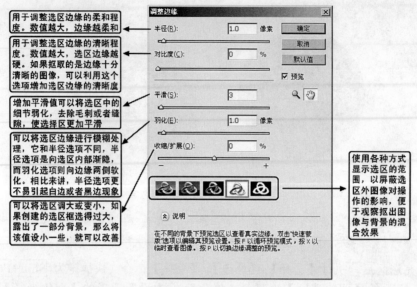

图2-4 【调整边缘】对话框

七、 套索工具组的属性栏

套索工具组的属性栏与选框工具组的属性栏基本相同，只是【磁性套索】工具 [图] 的属性栏增加了几个新的选项，如图 2-5 所示。

图2-5 【磁性套索】工具属性栏

- 【宽度】选项：决定使用【磁性套索】工具时的探测宽度，数值越大探测范围越大。
- 【对比度】选项：决定【磁性套索】工具探测图形边界的灵敏度，该数值过大时，将只能对颜色分界明显的边缘进行探测。
- 【频率】选项：在利用【磁性套索】工具绘制选区时，会有很多的小矩形对图像的选区进行固定，以确保选区不被移动。此选项决定这些小矩形出现的次数，数值越大，在拖曳鼠标光标过程中出现的小矩形越多。
- 【压力】按钮 [图]：用于设置绘图板的笔刷压力。激活此按钮，钢笔的压力增加时会使套索的宽度变细。

八、 魔棒工具组的属性栏

(1) 【快速选择】工具的属性栏如图 2-6 所示。

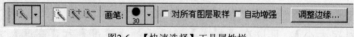

图2-6 【快速选择】工具属性栏

- 【新选区】按钮 [图]：默认状态下此按钮处于激活状态，此时在图像中按下鼠标左键拖曳可以绘制新的选区。
- 【添加到选区】按钮 [图]：当使用 [图] 按钮添加选区后会自动切换为激活状态，按下鼠标左键在图像中拖曳，可以增加图像的选择范围。
- 【从选区减去】按钮 [图]：激活此按钮，可以将图像中已有的选区按照鼠标光标拖曳的区域来减少被选择的范围。

- 【画笔】选项：用于设置所选范围区域的大小。
- 【对所有图层取样】选项：勾选此复选项，在绘制选区时，将应用到所有可见图层中。若不勾选此项，则只能选择工作层中与鼠标光标单击处颜色相近的部分。
- 【自动增强】选项：设置此选项，添加的选区边缘会减小锯齿的粗糙程度，且自动将选区向图像边缘进一扩展调整。

(2) 【魔棒】工具的属性栏如图 2-7 所示。

图2-7　【魔棒】工具的属性栏

- 【容差】：决定创建选区的范围大小。数值越大，选择范围越大。
- 【连续】：勾选此复选项，只能选择图像中与鼠标光标单击处颜色相近且相连的部分；若不勾选此项，则可以选择图像中所有与鼠标光标单击处颜色相近的部分，如图 2-8 右图所示。

图2-8　勾选与不勾选【连续】复选项创建的选区

2.1.1　利用【磁性套索】工具选图像

下面灵活运用【磁性套索】工具 来选择文件中的汽车和蝴蝶图像。

【步骤解析】

1. 执行【文件】/【打开】命令，将附盘中"图库\第 02 章"目录下名为"汽车 01.jpg"的文件打开，如图 2-9 所示。

图2-9　打开的文件

2. 按 Ctrl+|+|键将图像放大至合适的显示状态，然后选择 🖳工具，并将鼠标光标移动到如图 2-10 所示的汽车边缘位置并单击，确定创建选区的起点。

图2-10 鼠标光标放置的位置

3. 沿图像的边缘拖曳鼠标光标，选区会自动吸附在图像中对比最强烈的边缘，且自动生成吸附在图像边缘的紧固点，如图 2-11 所示。

图2-11 拖曳鼠标光标时的状态

在移动鼠标光标的过程中，如果选区的边缘没有吸附在需要的图像边缘，此时可按 Delete 键删除最近的紧固点（每按一次 Delete 键，即可删除一个紧固点），然后通过单击来添加一个紧固点，以此确定要吸附的准确位置。

4. 确定后再拖曳鼠标光标，直到鼠标光标与最初设置的起点重合，即鼠标光标的右下角将出现如图 2-12 所示的小圆圈。

图2-12 鼠标光标形态

5. 此时，单击鼠标左键即可结束选择操作，生成的选区形态如图 2-13 所示。

图2-13　生成的选区形态

6. 按 Ctrl+O 键，将附盘中"图库\第 02 章"目录下名为"蝴蝶 01.jpg"的文件打开，如图 2-14 所示。

7 利用 🔲 工具及选择图像功能，将打开文件中的"蝴蝶"图像选择，如图 2-15 所示。

图2-14　打开的文件　　　　　　　　　　　　图2-15　创建的选区

2.1.2　利用魔棒工具选图像

下面灵活运用【魔棒】工具 🔍 来选择打开文件中的人物和蝴蝶图像及艺术文字。

【步骤解析】

1. 按 Ctrl+O 键，将附盘中"图库\第 02 章"目录下名为"美女.jpg"的文件打开，如图 2-16 所示。

2. 选择 🔍 工具，并将属性栏中 容差: 5 选项的参数设置为"5"，然后将鼠标光标移动到如图 2-17 所示的位置并单击。

图2-16　打开的图像文件

图2-17　鼠标光标旋转的位置

通过观察图像，可以看出本例的背景为大面积颜色相近的区域，因此最好利用【魔棒】工具来选择，但由于人物的婚纱颜色与背景颜色非常的接近，因此，只能通过降低属性栏中的【容差】选项值来选择。

3. 单击鼠标左键后，生成的选区形态如图 2-18 所示。

4. 激活属性栏中的 按钮，然后将鼠标光标依次移动到人物的边缘位置并单击，加载如图 2-19 所示的选区。

图2-18　生成的选区形态

图2-19　加载的选区

5. 选择 工具，然后按住 Shift 键，将鼠标光标移动到左上角未被选择的区域拖曳，绘制如图 2-20 所示的矩形选区，释放鼠标左键后即可将背景全部选择。

6. 执行【选择】/【反向】命令（快捷键为 Shift+Ctrl+I 键），即可将人物图像选择，如图 2-21 所示。

图2-20　加选区时的状态

图2-21　选择的人物图像

通过放人显示（依次按 Ctrl + + 键），可以看出人物选择的并不精确，如图 2-22 所示。下面利用 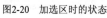 按钮来进行调整。

7. 单击属性栏中的 调整边缘… 按钮，弹出【调整边缘】对话框，激活下方的 按钮，将图像文件切换到快速蒙版的显示状态，然后设置选项及参数，如图 2-23 所示。

图2-22　放大显示的选区形态

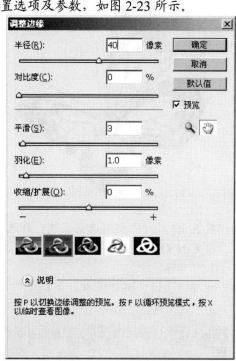

图2-23　设置的选项及参数

8. 单击 确定 按钮，调整选区前后选择的人物图像对比效果如图 2-24 所示。

图2-24 调整选区前后的对比效果

9. 按 Ctrl+O 键,将附盘中"图库\第 02 章"目录下名为"蝴蝶 02.jpg"的文件打开,如图 2-25 所示。

10. 选择 工具,确认属性栏中的 按钮处于激活状态,将鼠标光标移动到白色背景区域依次单击,创建如图 2-26 所示的选区。

图2-25 打开的图像文件

图2-26 创建的选区

11. 按 Shift+Ctrl+I 键将选区反选,即选择蝴蝶图像。

12. 按 Ctrl+O 键,将附盘中"图库\第 02 章"目录下名为"艺术字.jpg"的文件打开,如图 2-27 所示。

13. 选择 工具,并将属性栏中 容差: 32 选项的参数设置为默认的"32",然后取消 □连续 复选项的勾选。

> 要点提示 由于各文字之间有间隙,如若将需要的文字同时选择,则要取消【连续】复选项的勾选。

14. 将鼠标光标移动到需要选择的文字区域单击,生成的选区形态如图 2-28 所示。

图2-27 打开的文件   图2-28 生成的选区形态

以上灵活运用各选区工具进行了图像选择，通过案例的学习，希望读者能将各工具的功能及使用方法完全掌握，以便在实际工作过程中灵活运用。另外，各图像文件先不要急于关闭，在下面的案例操作中还要用到，此时可将各图像文件最小化显示。

2.2 选区命令

除了上面介绍的几种常用选区工具以外，在【选择】菜单中还有几种编辑选区的命令，下面以列表的形式分别介绍。

命令	功能
【全部】	可以对当前层中的所有内容进行选择，快捷键为 Ctrl+A 键
【取消选择】	当图像文件中有选区时，此命令才可用。选择此命令，可以将当前的选区去除，快捷键为 Ctrl+D 键
【重新选择】	将图像文件中的选区去除后，选择此命令，可以将刚才取消的选区恢复，快捷键为 Shift+Ctrl+D 键
【反向】	当图像文件中有选区时，此命令才可用。选择此命令，可以将当前的选区反选，快捷键为 Ctrl+Shift+I 键
【色彩范围】	此命令与【魔棒】工具的功能相似，也可以根据容差值与选择的颜色样本来创建选区。使用此命令创建选区的优势在于，它可以根据图像中色彩的变化情况设定选择程度的变化，从而使选择操作更加灵活、准确
【修改】	可以对创建的选区进行扩边、平滑、扩展、收缩和羽化处理
【扩大选区】	创建选区后，选择此命令，可以将当前的选区在图像上延伸，将与当前选区内像素相连且颜色相近的像素都扩充到选区中
【选取相似】	创建选区后，选择此命令，可以将当前的选区在图像上延伸，将图像中所有与选区内像素颜色相近的像素都扩充到选区中
【变换选区】	可以对创建的选区进行缩放、旋转和扭曲等变换处理
【在快速蒙版模式下编辑】	可转换到快速蒙版下进行编辑
【载入选区】	可以将保存的选区载入图像文件中
【存储选区】	可以将图像文件中创建的选区保存到通道中

2.2.1 选择具有羽化效果的图像

下面灵活运用【魔棒】工具及【羽化】选区功能来选择图像。

【步骤解析】

1. 按 Ctrl+O 键，将附盘中"图库\第 02 章"目录下名为"花朵.jpg"的文件打开，如图 2-29 所示。

2. 选择 工具，并勾选属性栏中的【连续】复选项，确保只选择图像中与鼠标光标单击处颜色相近且相连的部分，然后将鼠标光标移动到背景中的白色区域并单击，创建如图 2-30 所示的选区。

图2-29 打开的图像文件

图2-30 创建的选区

3. 按 Shift+Ctrl+I 键将选区反选，即选择花朵图像，如图 2-31 所示。

4. 按 Shift+F6 键，弹出【羽化选区】对话框，将【羽化半径】选项的参数设置为"20 像素"，单击 确定 按钮，选区羽化后的形态如图 2-32 所示。

图2-31 反选后的选区形态

图2-32 羽化后的选区形态

2.2.2 利用【色彩范围】命令选图像

下面利用【色彩范围】命令来选择图像。

【步骤解析】

1. 按 Ctrl+O 键，将附盘中"图库\第 02 章"目录下名为"飘带.jpg"的文件打开，如图 2-33 所示。

图2-33　打开的图像文件

2.　执行【选择】/【色彩范围】命令，弹出如图2-34所示的【色彩范围】对话框。

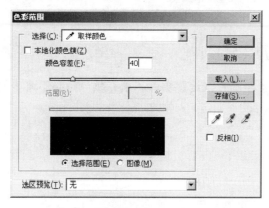

图2-34　【色彩范围】对话框

3.　确认【色彩范围】对话框中的 ✒ 按钮和【选择范围】单选项处于选择状态，将鼠标光标移动到图像中如图2-35所示的位置并单击，吸取色样。

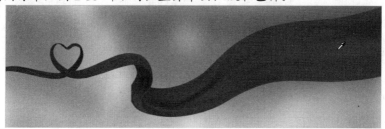

图2-35　吸取色样的位置

4.　在【颜色容差】文本框中输入数值"200"，或拖动下方的三角滑块调整选择的色彩范围，此时的【色彩范围】对话框如图2-36所示。

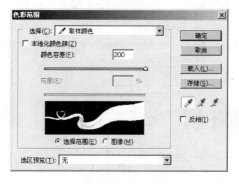

图2-36　吸取色样并设置参数后的对话框

5. 单击 确定 按钮，此时图像文件中生成的选区如图 2-37 所示。

图2-37　选择的图像

2.3　设置颜色与填充颜色

利用 Photoshop CS4 绘画时，设置颜色和填充颜色是必不可少的操作。本节来介绍有关颜色的设置和填充方法。

2.3.1　设置颜色

设置颜色的方法有 4 种，分别如下。

一、利用【拾色器】设置颜色

单击工具箱中如图 2-38 所示的前景色色块，弹出如图 2-39 所示的【拾色器】对话框。在对话框右侧的参数设置区中选择一组选项并设置相应的参数值即可改变前景色。在设置颜色时，如最终作品用于彩色印刷，通常选择 CMYK 颜色，即通过设置 C（蓝）、M（洋红）、Y（黄）和 K（黑）4 种颜色值来设置颜色；如最终作品用于网络，即在电脑屏幕上观看，通常选择 RGB 颜色，即通过设置 R（红）、G（绿）、B（蓝）3 种颜色值来设置颜色。

图2-38　工具箱中前景色和背景色色块

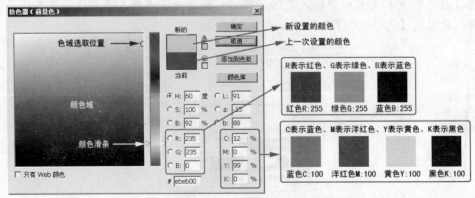

图2-39　【拾色器】对话框

设置颜色后，在参数区上方的矩形中，顶部的颜色块显示新颜色，底部的颜色块显示旧颜色。如果出现 ⚠ 图标时，表示当前所选的颜色超出了 CMYK 颜色域，其下方的颜色块表示最为接近的 CMYK 颜色，可以选择它以替代所选的颜色；当显示 ⬡ 图标时，表示当前所选的颜色超出了 Web 的 256 种安全颜色，其下方的颜色块表示了最为接近的 Web 颜色，可以选择它替代所选的颜色。

在【拾色器】对话框中设置颜色的方法如下。

(1) 分别设置【H】、【S】、【B】或【R】、【G】、【B】等选项及参数，颜色滑条及颜色域将根据不同的选项而发生变化。例如当选择了【B】选项时，颜色域变为图 2-40 所示的形态，颜色滑条代表了颜色明度的变化，这时颜色域的水平方向代表了颜色的变化，垂直方向代表了颜色的明度变化。

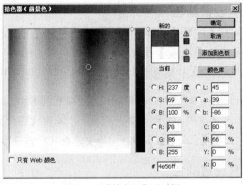

图2-40 【拾色器】对话框

(2) 拖动颜色滑条，或直接在颜色滑条上单击鼠标，颜色域将发生变化。

(3) 在颜色域中直接选择需要的颜色，这时在对话框右侧的参数设置区中将反映出所选颜色的 HSB、RGB、Lab、CMYK 颜色值。

对双色调图像模式的文件设置颜色，一般用【颜色库】来设置。在【拾色器】对话框中单击 颜色库 按钮，打开如图 2-41 所示的【颜色库】对话框。

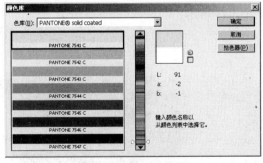

图2-41 【颜色库】对话框

在【色库】下拉列表中列出了用于印刷的常用颜色体系，其中的 "ANPA" 为美国报业联合会的颜色体系；"DIC 颜色参考" 为日本的印刷颜色体系；"HKS" 为欧洲印刷颜色体；"PANTONE" 为美国市场影响最大的一种颜色体系；"TRUMATCH" 是为桌面系统设计和服务的一种颜色体系，包含 2000 多种混合颜色，是桌面系统能够显示出来的颜色。

在颜色滑条中选择一种颜色，从左侧的颜色列表中选择带有编号的颜色，对话框的右侧将显示相对应的颜色模式的数值。

二、 利用【颜色】面板设置颜色

执行【窗口】/【颜色】命令（快捷键为 F6 键），将【颜色】面板显示在工作区中。确认【颜色】面板中的前景色色块处于选择状态（周围有一黑色边框），通过调整 R、G、B 的数值可以设置前景色；若将鼠标光标移动到下方的颜色条中，鼠标光标将显示为吸管形状，在颜色条中单击，即可将单击处的颜色设置为前景色。在【颜色】面板中单击背景色色块，使其处于选择状态，然后利用与设置前景色相同的方法可设置背景色。

 在【颜色】面板中设置前景色时，按住 Alt 键并在颜色条中单击鼠标，可将单击处的颜色设置为背景色；同样，设置背景色时，按住 Alt 键并在颜色条中单击鼠标，可将单击处的颜色设置为前景色。另外，拖动 R、G、B 颜色块下方的三角滑块，可以直接修改颜色值。

三、 利用【色板】面板设置颜色

在【颜色】面板组中单击【色板】选项卡，显示【色板】面板，此时鼠标光标将显示为吸管形状，如图 2-42 所示。在【色板】面板中某一颜色块上单击，即可将该颜色块代表的颜色设置为前景色；按住 Ctrl 键单击某颜色块，可将该颜色块代表的颜色设置为背景色。

 在【色板】面板中，按住 Alt 键单击某颜色块，可以将其删除；在空白位置单击，可以将工具箱中的前景色添加到色板中。当删除某一色块后，单击【色板】面板右上角的小三角形按钮，在弹出的菜单中选择【复位色板】命令，即可将默认的色板颜色恢复。

四、 利用【吸管】工具设置颜色

选择【吸管】工具 ，然后在图像中的任意位置单击，可将该位置的颜色设置为前景色；如果按住 Alt 键单击，单击处的颜色将被设置为背景色。

【吸管】工具组中的【颜色取样器】工具 是用于在图像文件中提取多个颜色样本的工具，它最多可以在图像文件中定义 4 个取样点。用此工具时，【信息】面板不仅显示测量点的色彩信息，还会显示鼠标光标当前所在的位置以及所在位置的色彩信息。

选择 工具，在图像文件中依次单击创建取样点，此时【信息】面板中将显示鼠标光标单击处的颜色信息，如图 2-43 所示。

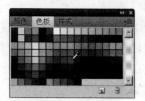

图2-42 显示的吸管形状

图2-43 选择多个样点时【信息】面板显示的颜色信息

设置了工具箱中的前景色或背景色之后，单击【切换前景色和背景色】按钮 ⤵ 或按 X 键可以
交换前景色和背景色的位置；单击【默认前景色和背景色】按钮 ▪ 或按 D 键可以设置为默认
的前景色和背景色，即将前景色设置为黑色，背景色设置为白色。

2.3.2　填充颜色

填充颜色的方法有 3 种，分别为利用工具填充、利用菜单命令填充和利用快捷键填充。
另外，还有一种填充过渡颜色的工具——【渐变】工具，具体使用方法详见第 3 章。

一、 利用工具填充颜色

利用【油漆桶】工具 ⬧ 可以在图像中填充颜色或图案。其使用方法非常简单，在工具
箱中设置好前景色或在属性栏中的图案选项中选择需要的图案，再设置好属性栏中的【模
式】、【不透明度】和【容差】等选项，然后移动鼠标光标到需要填充的图像区域内并单击，
即可完成填充操作，如图 2-44 所示。

图2-44　填充的单色及图案效果

【油漆桶】工具 ⬧ 的属性栏如图 2-45 所示。

| ⬧ ▾ | 前景 ▾ | ▾ | 模式: 正常 ▾ | 不透明度: 100% ▸ | 容差: 32 | ☑ 消除锯齿 ☑ 连续的 ☐ 所有图层 |

图2-45　【油漆桶】工具的属性栏

- 【设置填充区域的源】 前景 ▾ ：用于设置向画面或选区中填充的内容，包括
  【前景】和【图案】两个选项。选择【前景】选项，向画面中填充的内容为工
  具箱中的前景色；选择【图案】选项，并在右侧的图案窗口中选择一种图案
  后，向画面中填充的内容为选择的图案，如图 2-46 所示。

图2-46　透明背景的原图与填充单色和填充图案后的效果

- 【模式】：用于设置填充颜色后与下面图层混合产生的效果。
- 【不透明度】：用于设置填充颜色的不透明度。
- 【容差】：控制图像中填充颜色或图案的范围，数值越大，填充的范围越大，
  如图 2-47 所示。

图2-47 设置不同容差后的填充效果

- 【连续的】: 勾选此复选项，利用【油漆桶】工具填充时，只能填充与鼠标光标单击处颜色相近且相连的区域；若不勾选此项，则可以填充与鼠标光标单击处颜色相近的所有区域，如图 2-48 所示。

图2-48 设置和不设置【连续的】复选项后的填充效果

- 【所有图层】: 勾选此复选项，填充的范围是图像文件中的所有图层。

二、 利用菜单命令填充颜色

执行【编辑】/【填充】命令，弹出如图 2-49 所示的【填充】对话框，利用此对话框也可以完成填充操作，各选项的功能如下。

- 【使用】: 此下拉列表中的选项如图 2-50 所示。选择【颜色】选项，可以在弹出的【选取一种颜色】对话框中设置一种颜色来填充画面或选区；选择【图案】选项，然后单击【自定图案】图标，可在弹出的图案选项面板中选择填充图案。
- 【模式】: 用于选择填充的颜色或图案与下层图像之间的混合模式。
- 【不透明度】: 设置填充颜色或图案的不透明度。
- 【保留透明区域】: 勾选此复选项，在填充颜色或图案时将锁定工作层的透明区域。也就是说在填充颜色或图案时，只能在当前层的不透明区域进行填充。

图2-49 【填充】对话框

图2-50 【使用】下拉列表

三、 利用快捷键填充颜色

- 按 Alt + Delete 键，可以填充前景色
- 按 Ctrl + Delete 键，可以填充背景色。
- 按 Alt + Shift + Delete 键，可以填充前景色，而透明区域仍保持透明。
- 按 Ctrl + Shift + Delete 键，可以在画面中不透明区域填充背景色。

2.3.3　标志设计

下面灵活运用各选区工具及颜色设置和填充操作进行标志设计。

【步骤解析】

1. 执行【文件】/【新建】命令，弹出【新建】对话框，将【宽度】设置为 "10 厘米"、【高度】设置为 "10 厘米"、【分辨率】设置为 "200 像素/英寸"、【颜色模式】设置为 "RGB 颜色"、【背景】内容设置为 "白色"，单击 [确定] 按钮，创建一个新图像文件。

2. 执行【视图】/【标尺】命令（快捷键为 Ctrl+R 键），将标尺在图像窗口中显示，如图 2-51 所示。

> 【要点提示】 反复按 Ctrl+R 键，可将标尺在图像文件中显示或隐藏。

3. 按住 Shift 键将鼠标光标放置到水平标尺中按下鼠标左键并向下拖曳，至 "5 厘米" 处释放鼠标左键，即可创建一个参考线。用相同的方法，将鼠标光标放置到垂直标尺中按下鼠标左键并向右拖曳，至 "5 厘米" 处释放鼠标左键，为图像文件添加如图 2-52 所示的参考线。

图2-51　显示的标尺

图2-52　添加的参考线

4. 选择 ○ 工具，按住 Shift+Alt 键，然后将鼠标光标移动到参考线的交点位置按下鼠标左键并拖曳，创建出如图 2-53 所示的以参考线交点为圆心并向四周扩展的圆形选区。

5. 激活属性栏中的 ◱ 按钮，然后再次按住 Shift+Alt 键，并将鼠标光标移动到参考线的交点位置按下鼠标左键并拖曳，创建出如图 2-54 所示的圆形选区。

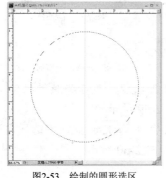
图2-53　绘制的圆形选区

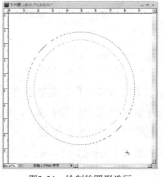
图2-54　绘制的圆形选区

释放鼠标左键后，生成的圆环选区如图 2-55 所示。

6. 在工具箱中的前景色块上单击，在弹出的【拾色器（前景色）】对话框中设置颜色，如图 2-56 所示。

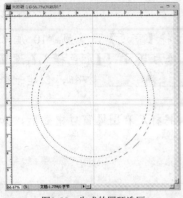

图2-55　生成的圆环选区

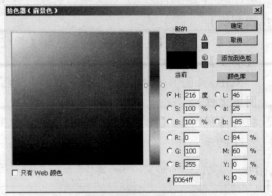

图2-56　设置的颜色

在下面的实例讲解过程中，再遇到设置颜色参数的地方，将直接叙述将颜色设置为 "*" 色，不再给出【拾色器】面板。并以 RGB 颜色参数的形式给出，如此处，将叙述为 "将颜色设置为蓝色（G:100,B:255）"，其中颜色值为 0 的参数将省略。

7. 单击　确定　按钮，然后新建 "图层 1"，并按 $\boxed{Alt}+\boxed{Delete}$ 键，将设置的颜色填充至选区中。

8. 选择 工具，并按住 $\boxed{Shift}+\boxed{Alt}$ 键，然后将鼠标光标移动到参考线的交点位置并按下鼠标左键拖曳，创建出如图 2-57 所示的以参考线交点为中心并向两边对称扩展的矩形选区。

9. 按 $\boxed{Delete}$ 键，将选区内的图形删除，效果如图 2-58 所示。

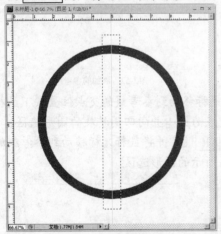

图2-57　绘制的矩形选区

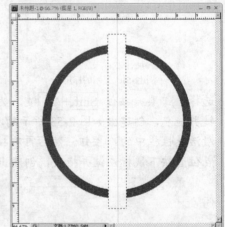

图2-58　删除图形后的效果

10. 执行【选择】/【变换选区】命令，为选区添加自由变换框，然后将属性栏中 90 度选项的参数设置为 "90 度"，选区旋转后的形态如图 2-59 所示。

11. 单击属性栏中的 ✓ 按钮，完成选区的旋转操作，然后按 $\boxed{Delete}$ 键，将选区内的图形删除，再按 $\boxed{Ctrl}+\boxed{D}$ 键，去除选区，生成的图形形态如图 2-60 所示。

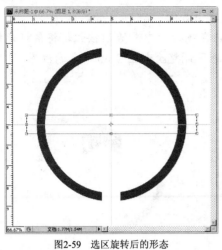

图2-59　选区旋转后的形态

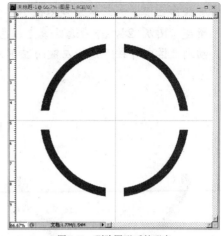

图2-60　删除图形后的形态

12. 选择 ✎ 工具，将鼠标光标移动到如图 2-61 所示的位置单击，生成的选区形态如图 2-62 所示。

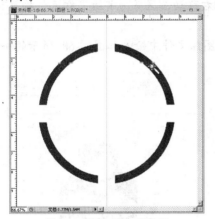

图2-61　鼠标光标放置的位置

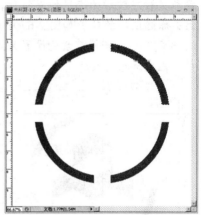

图2-62　生成的选区形态

13. 将前景色设置为洋红色（R:255,G:100,B:100），然后按 Alt+Delete 键，为选区填充洋红色，效果如图 2-63 所示。

14. 用与步骤 12～13 相同的方法，依次选择图像并修改颜色，最终效果如图 2-64 所示。填充的颜色分别为黄色（R:255,G:255）和绿色（G:255）。

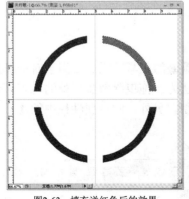

图2-63　填充洋红色后的效果

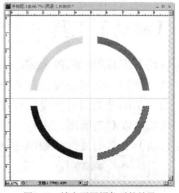

图2-64　填充不同颜色后的效果

15. 选择 ▽工具，然后依次在图像文件中单击，创建出如图 2-65 所示的选区。

16. 新建"图层 2"，并为选区填充红色，然后确认在属性栏中激活 □按钮，将鼠标光标移动到选区内并按下鼠标左键向左下方拖曳，将选区调整至如图 2-66 所示的位置。

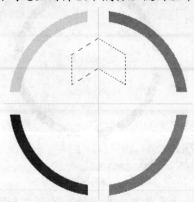

图2-65 创建的选区

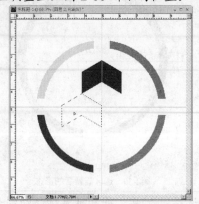

图2-66 移动选区时的状态

17. 释放鼠标左键后为选区填充红色，然后再次向右移动选区并为其填充红色，按 Ctrl+D 键去除选区后的效果如图 2-67 所示。

18. 选择 T工具，并将前景色设置为黑色，然后在图像文件中输入如图 2-68 所示的拼音字母，完成标志的设计。

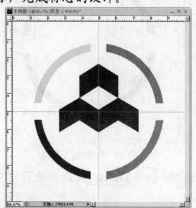

图2-67 移动选区并填色后的效果

图2-68 输入的拼音字母

19. 按 Ctrl+S 键，将此文件命名为"三鼎标志.psd"保存。

2.4 【移动】工具

【移动】工具 ▶⊕ 是 Photoshop CS4 中应用最为频繁的工具，它主要用于对选择的内容进行移动、复制、变形以及排列和分布等。其使用方法为：拖曳除背景层外的内容可以将其移动；按住 Alt 键的同时拖曳鼠标光标，可以将其复制。另外，配合属性栏中的【显示变换控件】选项可以对当前图像进行变形操作。

【移动】工具的属性栏如图 2-69 所示。

图2-69 【移动】工具的属性栏

默认情况下,【移动】工具属性栏中只有【自动选择】选项和【显示变换控件】选项可用,右侧的对齐和分布按钮只有在满足一定条件后才可用,具体使用方法参见第 3 章的内容。

- 【自动选择】选项:勾选此复选项,并在右侧的下拉列表中选择要自动移动的"图层"或者"组",然后在图像文件中移动图像,软件会自动选择当前图像所在的图层或者组;如果不勾选此项,要想移动某一图像,必须先将此图像所在的图层设置为当前层。
- 【显示变换控件】选项:勾选此复选项,图像文件中会根据当前层(背景层除外)图像的大小出现虚线的定界框。定界框的四周有 8 个小矩形,称为调节点。中间的符号为调节中心。将鼠标光标放置在定界框的调节点上按住鼠标左键拖曳,可以对定界框中的图像进行变换调节。

在 Photoshop CS4 中,变换图像的方法有 3 种。一是直接利用【移动】工具并结合属性栏中的 显示变换控件 选项来变换图像;二是利用【编辑】/【自由变换】命令来变换图像;三是利用【编辑】/【变换】子菜单命令变换图像。但无论使用哪种方法,都可以得到相同的变换效果。各种变换形态的具体操作如下。

一、　缩放图像

将鼠标光标放置到变换框各边中间的调节点上,当鼠标光标显示为 ↔ 或 ↕ 形状时,按下鼠标左键左右或上下拖曳,可以水平或垂直缩放图像。将鼠标光标放置到变换框 4 个角的调节点上,当鼠标光标显示为 ↖ 或 ↗ 形状时,按下鼠标左键并拖曳,可以任意缩放图像。此时,按住 Shift 键可以等比例缩放图像;按住 Alt+Shift 键可以以变换框的调节中心为基准等比例缩放图像。以不同方式缩放图像时的形态如图 2-70 所示。

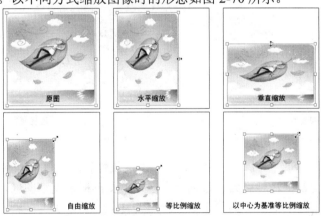

图2-70　以不同方式缩放图像时的形态

二、　旋转图像

将鼠标光标移动到变换框的外部,当鼠标光标显示为 ↻ 或 ↺ 形状时拖曳鼠标光标,可以围绕调节中心旋转图像,如图 2-71 所示。若按住 Shift 键旋转图像,可以使图像按 15° 角的倍数旋转。

在【编辑】/【变换】命令的子菜单中选择【旋转 180 度】、【旋转 90 度(顺时针)】、【旋转 90 度(逆时针)】、【水平翻转】或【垂直翻转】等命令,可以将图像旋转 180°、顺时针旋转 90°、逆时针旋转 90°、水平翻转或垂直翻转。

三、斜切图像

执行【编辑】/【变换】/【斜切】命令，或按住 Ctrl+Shift 键调整变换框的调节点，可以将图像斜切变换，如图 2-72 所示。

图2-71　旋转图像　　　　　　　　　　　　图2-72　斜切变换图像

四、扭曲图像

执行【编辑】/【变换】/【扭曲】命令，或按住 Ctrl 键调整变换框的调节点，可以对图像进行扭曲变形，如图 2-73 所示。

五、透视图像

执行【编辑】/【变换】/【透视】命令，或按住 Ctrl+Alt+Shift 键调整变换框的调节点，可以使图像产生透视变形效果，如图 2-74 所示。

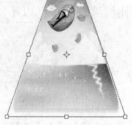

图2-73　扭曲变形　　　　　　　　　　　　图2-74　透视变形

六、变形图像

执行【编辑】/【变换】/【变形】命令，或激活属性栏中的【在自由变换和变形模式之间切换】按钮，变换框将转换为变形框，通过调整变形框来调整图像，如图 2-75 所示。

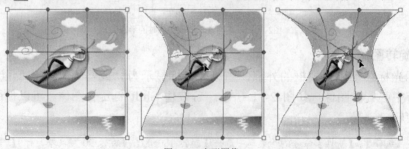

图2-75　变形图像

在属性栏中的【变形】下拉列表中选择一种变形样式，还可以使图像产生各种相应的变形效果，如图 2-76 所示。

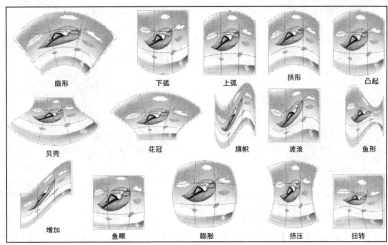

图2-76 各种变形效果

七、 变换命令属性栏

执行【编辑】/【自由变换】命令，属性栏如图 2-77 所示。

图2-77 【自由变换】属性栏

- 【参考点位置】图标：中间的黑点表示调节中心在变换框中的位置，在任意白色小点上单击，可以定位调节中心的位置。另外，将鼠标光标移动至变换框中间的调节中心上，待鼠标光标显示为形状时拖曳，可以在图像中任意移动调节中心的位置。
- 【X】、【Y】：用于精确定位调节中心的坐标。
- 【W】、【H】：分别控制变换框中的图像在水平方向和垂直方向缩放的百分比。激活【保持长宽比】按钮，可以保持图像的长宽比例来缩放。
- 【旋转】按钮：用于设置图像的旋转角度。
- 【H】、【V】：分别控制图像的倾斜角度，【H】表示水平方向，【V】表示垂直方向。
- 【在自由变换和变形之间切换】按钮：激活此按钮，可以将自由变换模式切换为变形模式；取消其激活状态，可再次切换到自由变换模式。
- 【取消变换】按钮：单击按钮（或按 Esc 键），将取消图像的变形操作。
- 【进行变换】按钮：单击按钮（或按 Enter 键），将确认图像的变形操作。

2.4.1 合并图像

下面灵活运用工具及变换操作来合并选择的图像。

【步骤解析】

1. 按 Ctrl+O 键，将附盘中"图库\第 02 章"目录下名为"背景.jpg"的文件打开，如图 2-78 所示。
2. 将"花朵.jpg"图像文件设置为工作状态，然后选择工具，并将鼠标光标放置到选区内按下鼠标左键并向"背景.jpg"文件中拖曳，状态如图 2-79 所示。

图2-78 打开的背景文件

图2-79 移动图像时的状态

3. 释放鼠标左键后，即可将选择的花朵图像移动复制到"背景.jpg"文件中，如图 2-80 所示。

4. 执行【编辑】/【自由变换】命令（或按 Ctrl+T 键），为花朵图像添加自由变换框，然后将花朵图像调整至如图 2-81 所示的大小及位置。

图2-80 移动复制的花朵图像

图2-81 图像调整后的大小及位置

5. 单击属性栏中的 ✓ 按钮，完成图像的大小及位置调整，然后在【图层】面板中，将自动生成"图层 1"的图层混合模式设置为"正片叠底"、【不透明度】参数设置为"40%"，如图 2-82 所示。

图像调整混合模式及不透明度后的效果如图 2-83 所示。

图2-82 【图层】面板

图2-83 调整混合模式及不透明度后的效果

6. 将"飘带.jpg"文件设置为工作状态，然后利用 ⊕ 工具将选择的飘带图像移动复制到"背景"文件中，并利用【自由变换】命令将其调整至如图 2-84 所示的大小及位置，最后按 Enter 键确认。

7. 将"美女.jpg"文件设置为工作状态，然后利用 ⊕ 工具将选择的美女图像移动复制到"背景"文件中。

8. 执行【编辑】/【变换】/【水平翻转】命令，将美女图像在水平方向上翻转，然后利用【自由变换】命令将其调整至如图 2-85 所示的大小及位置。

图2-84 飘带图像调整的大小及位置

图2-85 美女图像调整的大小及位置

9. 按 Enter 键确认美女图像的调整，然后执行【图层】/【图层样式】/【外发光】命令，弹出【外发光】对话框，单击浅黄色的颜色色块，在弹出的【拾色器】对话框中将颜色设置为白色。

10. 单击 确定 按钮，然后设置【图层样式】对话框中的其他选项及参数，如图 2-86 所示。

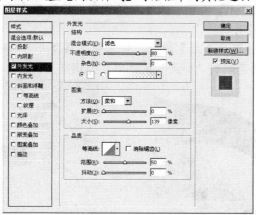
图2-86 【图层样式】对话框

11. 单击 确定 按钮，美女图像添加白色外发光后的效果如图 2-87 所示。

图2-87 添加外发光后的效果

12. 将 "汽车 01.jpg" 图像文件设置为工作状态，然后利用 工具和【自由变换】命令将选择的汽车图像移动复制到 "背景.jpg" 文件中，并调整至如图 2-88 所示的大小及位置。

13. 执行【图层】/【复制图层】命令，在弹出的【复制图层】对话框中单击 确定 按钮，将汽车图像所在的图层复制为副本层。

14. 执行【编辑】/【变换】/【垂直翻转】命令，将复制的汽车图片在垂直方向上翻转，然后按住 Shift 键，利用 工具将其向下调整至如图 2-89 所示的位置。

图2-88　汽车图像调整后的大小及位置

图2-89　复制图像调整后的位置

15. 在【图层】面板中将复制生成的图层的【不透明度】选项设置为 "30%"，图像降低不透明度后的效果如图 2-90 所示。

16. 将设计的 "三鼎标志.psd" 文件设置为工作状态，然后在【图层】面板中单击 "背景" 层前面的 图标，将其隐藏。

17. 执行【图层】/【合并可见图层】命令，将其他图层合并为一个图层，然后利用 工具将合并后的图像移动复制到 "背景" 文件中，并调整至如图 2-91 所示的大小及位置。

图2-90　降低不透明度后的效果

图2-91　标志图像调整后的大小及位置

18. 将前景色设置为白色，然后利用 T 工具依次输入如图 2-92 所示的白色文字。

图2-92　输入的白色文字

19. 确认 "全新上市" 文字层处于选择状态，然后执行【图层】/【图层样式】/【投影】命令，在弹出的【图层样式】对话框中直接单击 确定 按钮，为文字添加默认的投影效果，如图 2-93 所示。

图2-93　添加投影样式后的文字效果

20. 将"艺术字.jpg"文件设置为工作状态，然后利用 工具将选择的文字移动复制到"背景.jpg"文件中，如图 2-94 所示。

图2-94　艺术字调整后的大小及位置

21. 执行【图层】/【图层样式】/【投影】命令，在弹出的【图层样式】对话框中设置选项及参数，如图 2-95 所示。

22. 在【图层样式】对话框中单击【描边】选项，然后单击右侧参数设置区中的颜色色块，在弹出的【选取描边颜色】对话框中将颜色设置为白色。

23. 单击　　确定　　按钮，然后设置【描边】选项中的其他参数，如图 2-96 所示。

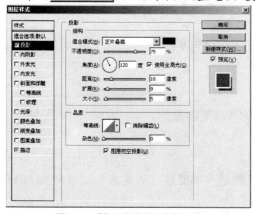

图2-95　【投影】选项及参数设置

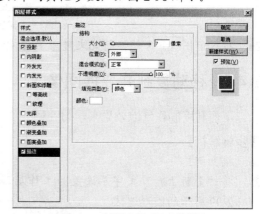

图2-96　【描边】选项及参数设置

24. 单击　　确定　　按钮，艺术字添加描边及投影后的效果如图 2-97 所示。

图2-97　添加图层样式后的效果

25. 在【图层】面板中，将鼠标光标放置到"艺术字"所在的图层上按下鼠标左键并向下拖曳，至"汽车"所在图层的下方释放鼠标左键，将艺术字调整至汽车图像的下方，调整图层堆叠顺序的过程示意图如图 2-98 所示。

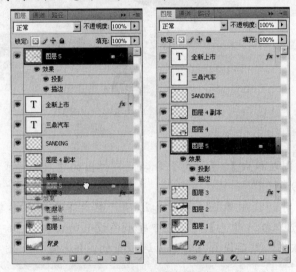

图2-98　调整图层的堆叠顺序

26. 按 Shift + Ctrl + S 键，将此文件命名为"汽车广告.psd"另存。

2.4.2　移动复制并变换图像

下面利用制作气泡效果来学习在同一文件中的移动复制操作。

【步骤解析】

1. 接上例。
2. 将"全新上市"文字层设置为工作层，然后新建一个图层，并利用 工具绘制出如图 2-99 所示的圆形选区。
3. 为圆形选区填充白色，然后选择 工具，并单击属性栏中【画笔】选项右侧的按钮，在弹出的【画笔】设置面板中选择如图 2-100 所示的画笔笔头。

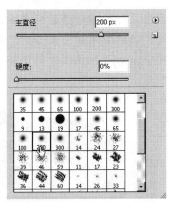

图2-99 绘制的圆形选区 　　　　　　　　图2-100 选择的画笔笔头

4. 将鼠标光标移动到圆形选区中并单击，对白色图形进行擦除，制作出气泡效果，如图 2-101 所示。

5. 选择 工具，将鼠标光标移动到选区中按下鼠标左键并向右拖曳，将气泡图形移动到如图 2-102 所示的位置。

图2-101 擦除出的气泡效果 　　　　　　　图2-102 气泡图形移动的位置

> **要点提示** 由于白色图形利用 工具进行擦除了，即将一部分图像擦除掉了，因此在移动原来的圆形选区时，选区会发生变化，而以擦除后的选区形态显示。

6. 按住 Alt 键，鼠标光标将显示为如图 2-103 所示的形态，此时按下鼠标左键并拖曳，即可将选择的图像移动复制，状态如图 2-104 所示。

图2-103 鼠标光标显示的形态 　　　　　　图2-104 移动复制图像时的状态

7. 至合适位置后释放鼠标左键，然后按 Ctrl+T 键为复制出的图像添加自由变换框，并将复制出的图像调整至如图 2-105 所示的大小及位置。

8. 按 Enter 键确认图像的调整，然后再次按住 Alt 键移动复制气泡图形，状态如图 2-106 所示。

图2-105　复制气泡调整后的大小及位置　　　　　图2-106　复制气泡时的状态

9. 用复制并调整大小的方法，依次将气泡图形进行复制，最终效果如图 2-107 所示。

图2-107　复制出的气泡图形

要点提示 在移动复制气泡图形时，不必与本例给出的位置和大小相同，读者可自己随意复制，旨在掌握移动复制图像操作。

10. 依次将"蝴蝶 01.jpg"和"蝴蝶 02.jpg"文件设置为工作状态，然后利用 工具分别将选择的蝴蝶图像移动复制到"汽车广告.psd"文件中，效果如图 2-108 所示。

图2-108　蝴蝶图像调整后的大小及位置

11. 用与移动复制气泡图形相同的方法，将"蝴蝶 02"图像移动复制并调整，完成汽车广告的设计，整体效果如图 2-109 所示。

图2-109 设计完成的汽车广告

12. 按 Ctrl+S 键，将此文件保存。

2.5 拓展案例

通过对前面内容的学习，读者自己动手设计出下面的汽车美容手册和汽车报纸广告。

2.5.1 设计汽车美容手册

灵活运用各选区工具及 🖰 工具和变换操作，将图片进行组合，设计出如图 2-110 所示的汽车美容手册封面。

【步骤解析】

1. 新建一个文件，然后灵活运用 🖰 工具绘制出如图 2-111 所示的背景效果。

图2-110 设计的汽车美容手册

图2-111 绘制的背景

2. 依次选择需要的图像，然后利用 工具及变换操作将其分别合并到新建的文件中，再利用 **T** 工具输入相应的文字。

3. 再次利用 工具绘制小矩形选区并为其填充红色，然后在未去除选区的情况下利用 工具将其依次向右移动复制，按 **Ctrl**+**D** 键去除选区后的效果如图 2-112 所示。

4. 执行【编辑】/【变换】/【斜切】命令，为复制的红色图形添加自由变换框，然后将鼠标光标放置到变换框下方中间的控制点上按下鼠标左键并向右拖曳，将红色图形扭曲变形至如图 2-113 所示的形态。

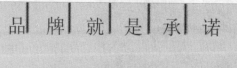

图2-112　移动复制出的红色图形

图2-113　变换时的形态

5. 单击属性栏中的 按钮，完成汽车美容手册的设计。

2.5.2　设计汽车报纸广告

灵活运用各选区工具绘制背景，并选择需要的图像，然后进行画面合成，设计出如图 2-114 所示的汽车报纸广告。

图2-114　设计的汽车报纸广告

【步骤解析】

1. 新建文件后，为"背景"填充蓝色（R:50,G:170,B:225），然后利用 工具绘制出如图 2-115 所示的椭圆形选区。

2. 执行【选择】/【变换选区】命令，为选区添加自由变换框，然后将其调整至如图 2-116 所示的形态。

图2-115 绘制的椭圆形选区

图2-116 变换后的选区形态

3. 单击属性栏中的 ✓ 按钮，完成选区的变换调整，然后按 Shift+F6 键，弹出【羽化选区】对话框，将【羽化半径】选项设置为"50 像素"，单击 确定 按钮，羽化后的选区形态如图 2-117 所示。

4. 新建"图层 1"并为选区填充白色，效果如图 2-118 所示。

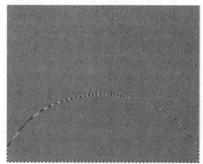

图2-117 羽化后的选区形态

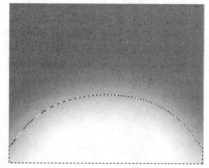

图2-118 填充白色后的效果

5. 选择 ⬚ 工具，设置合适的笔头大小及【不透明度】选项后，将鼠标光标移动到选区的下方位置拖曳，对白色图形进行擦除，效果如图 2-119 所示。

6. 按 Ctrl+D 键去除选区，然后在【图层】面板中将"图层 1"的【不透明度】参数设置为"50%"。

7. 按 Ctrl+T 键为图形添加自由变换框，然后将其调整至如图 2-120 所示的大小。

图2-119 擦除后的效果

图2-120 变换后的图形大小

8. 单击属性栏中的 ✓ 按钮，完成背景的制作，然后将选择的汽车图片移动复制到新建的文件中。

9. 调整至合适的大小后，利用 ⬭ 工具绘制出如图 2-121 所示的椭圆形选区。

10. 利用【羽化】命令将选区进行羽化处理，然后新建图层填充黑色，再执行【图层】/
    【排列】/【后移一层】命令，将新建的图层调整至汽车所在层的下方，制作出汽车的
    阴影效果，如图 2-122 所示。

图2-121　绘制的椭圆形选区

图2-122　制作的阴影效果

11. 将其他图像依次选区并合并到新建的文件中，各图像所在的位置如图 2-123 所示。

12. 利用 ▨ 和 ▨ 工具分别在画面的上方和下方绘制渐变颜色条，效果如图 2-124 所示。

图2-123　各图像在画面中的位置

图2-124　绘制的颜色条

13. 依次将标志和标牌图形合并，然后输入相关的文字，即可完成汽车广告的设计。

2.6　小结

　　本章主要学习了选区工具、选区命令、设置颜色与填充颜色及移动工具的使用，具体包括选区的创建和编辑、颜色的设置与填充、图像的移动、复制和变换等。通过本章的学习，希望读者在掌握这些基本工具和命令使用的前提下，能熟练掌握各工具的属性栏选项以及各工具之间的区别和联系，以便在今后的工作过程中能运用自如。另外，图像的变换操作是非常重要的内容，它可以将图像随意缩放、旋转、斜切、扭曲或透视处理，从而制作出各种形态的图像效果，因此读者要将其牢固掌握。

第3章 渐变和图层应用——包装设计

【渐变】工具可以在图像文件或选区中填充渐变颜色，是表现渐变背景或绘制立体图形的主要工具。图层是利用 Photoshop 进行图形绘制和图像处理最基础、最重要的功能，可以说每一幅图像的处理都离不开图层的应用。因此，灵活运用【渐变】工具和图层，可以制作出很多意想不到的特殊效果，希望读者能认真学习并掌握本章介绍的内容。

【学习目标】

- 熟悉【渐变】工具的功能。
- 掌握设置渐变颜色的方法。
- 熟悉图层的概念。
- 了解图层的类型。
- 掌握图层新建、复制、删除等基本操作。
- 掌握图层的对齐与分布及排列操作。
- 掌握【图层样式】命令的运用。
- 熟悉包装的制作流程。
- 掌握制作立体包装盒的方法。

3.1 【渐变】工具

【渐变】工具 ▣ 是向图像文件中填充渐变色的工具，其使用方法非常简单。

(1) 在图像文件中设置好需要填充的图层或创建好选区。

(2) 选择 ▣ 工具，并在属性栏中设置好渐变方式和渐变属性。

(3) 再打开【渐变编辑器】对话框选择渐变样式或编辑渐变样式。

(4) 最后将鼠标光标移动到图像文件中按下鼠标左键并拖曳，释放鼠标左键后即可完成渐变颜色填充。

3.1.1 【渐变】工具

一、 选择渐变样式

单击属性栏中 ▣▣▣▣▣ 右侧的 ▾ 按钮，弹出如图 3-1 所示的【渐变样式】面板。在该面板中显示了许多渐变样式的缩略图，在缩略图上单击即可将该渐变样式选择。

单击【渐变样式】面板右上角的 ⊙ 按钮，弹出菜单列表。在该菜单中下面的部分命令，是系统预设的一些渐变样式，选择相应命令后，在弹出的询问面板中单击 追加(A) 按钮，即可将选择的渐变样式载入到【渐变样式】面板中，如图 3-2 所示。

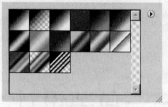

图3-1 【渐变样式】面板

图3-2 载入的渐变样式

二、 设置渐变方式

【渐变】工具的属性栏中包括【线性渐变】、【径向渐变】、【角度渐变】、【对称渐变】和【菱形渐变】等 5 种渐变方式，选择不同的渐变方式，填充的渐变效果也各不相同。

- 【线性渐变】按钮■：可以在画面中填充由鼠标光标的起点到终点的线性渐变效果，如图 3-3 所示。
- 【径向渐变】按钮■：可以在画面中填充以鼠标光标的起点为中心，鼠标光标拖曳距离为半径的环形渐变效果，如图 3-4 所示。

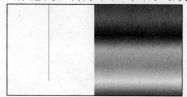

图3-3 线性渐变的效果

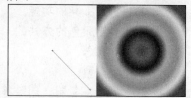

图3-4 径向渐变的效果

- 【角度渐变】按钮■：可以在画面中填充以鼠标光标起点为中心，自鼠标光标拖曳方向起旋转一周的锥形渐变效果，如图 3-5 所示。
- 【对称渐变】按钮■：可以产生以经过鼠标光标起点与拖曳方向垂直的直线为对称轴的轴对称直线渐变效果，如图 3-6 所示。

图3-5 角度渐变的效果

图3-6 对称渐变的效果

- 【菱形渐变】按钮■：可以在画面中填充以鼠标光标的起点为中心，鼠标光标拖曳的距离为半径的菱形渐变效果，如图 3-7 所示。

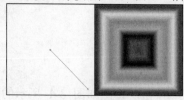

图3-7 菱形渐变的效果

三、 设置渐变选项

合理地设置【渐变】工具属性栏中的渐变选项，可以达到根据要求填充的渐变颜色效果，【渐变】工具的属性栏如图 3-8 所示。

图3-8　【渐变】工具属性栏

- 【点按可编辑渐变】按钮：单击颜色条部分，将弹出【渐变编辑器】对话框，用于编辑渐变色；单击右侧的按钮，将会弹出【渐变选项】面板，用于选择已有的渐变选项。
- 【模式】：用来设置填充颜色与原图像所产生的混合效果。
- 【不透明度】：用来设置填充颜色的不透明度。
- 【反向】：勾选此复选项，在填充渐变色时将颠倒设置的渐变颜色排列顺序。
- 【仿色】：勾选此复选项，可以使渐变颜色之间的过渡更加柔和。
- 【透明区域】：勾选此复选项，【渐变编辑器】对话框中渐变选项的不透明度才会生效。否则，将不支持渐变选项中的透明效果。

四、　【渐变编辑器】对话框

在【渐变】工具属性栏中单击【点按可编辑渐变】按钮的颜色条部分，将会弹出如图 3-9 所示的【渐变编辑器】对话框。

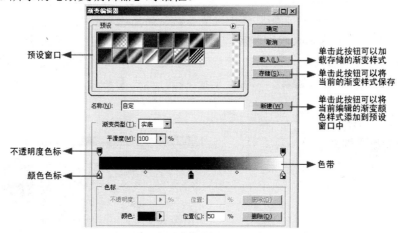

图3-9　【渐变编辑器】对话框

- 【预设窗口】：在预设窗口中提供了多种渐变样式，单击缩略图即可选择该渐变样式。
- 【渐变类型】：在此下拉列表中提供了"实底"和"杂色"两种渐变类型。
- 【平滑度】：此选项用于设置渐变颜色过渡的平滑程度。
- 【不透明度色标】按钮：色带上方的色标称为不透明度色标，它可以根据色带上该位置的透明效果显示相应的灰色。当色带完全不透明时，不透明度色标显示为黑色；色带完全透明时，不透明度色标显示为白色。
- 【颜色色标】按钮：左侧的色标，表示该色标使用前景色；右侧的色标，表示该色标使用背景色；当色标显示为状态时，则表示使用的是自定义的颜色。
- 【不透明度】：当选择一个不透明度色标后，下方的【不透明度】选项可以设置该色标所在位置的不透明度；【位置】用于控制该色标在整个色带上的百分比位置。

- 【颜色】：当选择一个颜色色标后，【颜色】色块显示的是当前使用的颜色，单击该颜色块或在色标上双击，可在弹出的【拾色器】对话框中设置色标的颜色；单击颜色块右侧的 ▶ 按钮，可以在弹出的菜单中将色标设置为前景色、背景色或用户颜色。
- 【位置】：可以设置色标按钮在整个色带上的百分比位置；单击 删除(D) 按钮，可以删除当前选择的色标。在需要删除的颜色色标上按下鼠标左键，然后向上或向下拖曳，可以快速地删除颜色色标。

3.1.2 编辑渐变颜色

系统自带的几种渐变色远远不能满足实际工作的需求，很多情况下需要对渐变颜色重新编辑。下面通过一个球体的绘制来学习编辑渐变颜色的具体方法。

【步骤解析】

1. 新建一个【宽度】为"13"厘米、【高度】为"10"厘米、【分辨率】为"120"像素/英寸、【颜色模式】为"RGB 颜色"、【背景内容】为"白色"的文件。
2. 按 D 键将工具箱中的前景色和背景色设置为默认的黑色和白色，
3. 选择 工具，然后在属性栏中 按钮的颜色条处单击，弹出【渐变编辑器】对话框，将鼠标光标移动到如图 3-10 所示的颜色色标上单击，将该颜色色标选择。
4. 单击下方【颜色】色块 ，弹出【选择色标颜色】对话框，设置颜色参数，如图 3-11 所示。

图3-10 【渐变编辑器】对话框

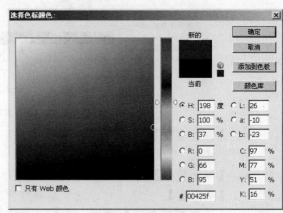

图3-11 设置的颜色

5. 单击 确定 按钮，回到【渐变编辑器】对话框中，然后选择色带右侧如图 3-12 所示的颜色色标。

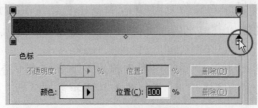

图3-12 选择的颜色色标

6. 单击下方【颜色】色块 ▶，在弹出的【选择色标颜色】对话框中将颜色设置为亮灰色（R:238,G:244,B:247）。

7. 依次单击 确定 按钮，将两个对话框关闭，然后按住 Shift 键，将鼠标光标移动到画面中的上方位置按下鼠标左键并向下拖曳，为新建文件的"背景层"填充渐变色，状态如图 3-13 所示，填充渐变色后的画面效果如图 3-14 所示。

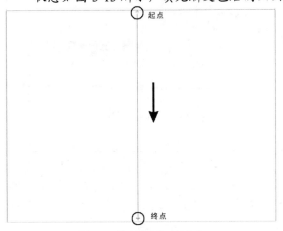

图3-13　填充渐变色时的状态　　　　　　　　图3-14　填充渐变色后的画面效果

背景绘制完成后，下面来调制球体所用的渐变色，并绘制球体。

8. 单击【图层】面板底部的 ▣ 按钮，在【图层】面板中新建"图层 1"，然后在【渐变】工具属性栏中 ▼ 按钮的颜色条处单击，弹出【渐变编辑器】对话框，并选择"前景色到背景色渐变"的渐变颜色类型。

9. 在色带下面如图 3-15 所示的位置单击鼠标，添加一个颜色色标。添加的颜色色标如图 3-16 所示。

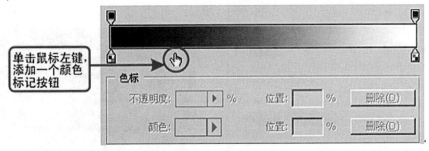

图3-15　鼠标光标单击的位置

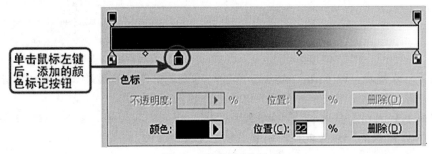

图3-16　添加的颜色色标

10. 将【位置】设置为 "25%"，如图 3-17 所示。在色带右侧 "50%" 和 "80%" 位置再添加两个颜色色标，然后从左到右分别将颜色设置为白色、灰色（R:230,G:230,B:230）、灰色（R:160,G:160,B:160）、灰色（R:62,G:58,B:57）和灰色（R:113,G: 113,B: 113），如图 3-18 所示。

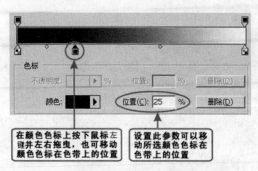
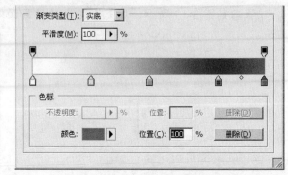

图3-17　【位置】参数设置　　　　　　　　　　　　　　图3-18　添加的颜色色标和设置的颜色

11. 单击 新建(W) 按钮，将设置的渐变颜色存储到【预设窗口】中，这样以后使用类似的渐变颜色时可以不用再去进行设置，直接在【预设窗口】中选用就可以了，如图 3-19 所示。

12. 单击 确定 按钮，然后在属性栏中单击■按钮，设置 "径向渐变" 类型。

13. 利用 ◯ 工具绘制一个圆形选区，然后再选择 ▣ 工具，并将鼠标光标移动到选区的左上方，按下鼠标左键并向右下方拖曳，为选区填充设置的渐变色，状态如图 3-20 所示。

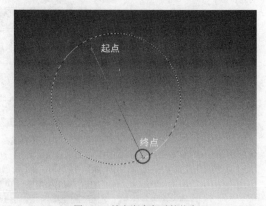

图3-19　新建的渐变颜色　　　　　　　　　　　　　　　图3-20　填充渐变色时的状态

14. 释放鼠标左键后，按 Ctrl+D 键去除选区，填充渐变色后的效果如图 3-21 所示。至此，球体就绘制完成了，下面为球体制作投影效果。

15. 在【渐变】工具属性栏中 ▦ 按钮的 ▾ 按钮上单击，弹出【渐变样式】面板，选择如图 3-22 所示的 "前景色到透明渐变" 渐变颜色类型。

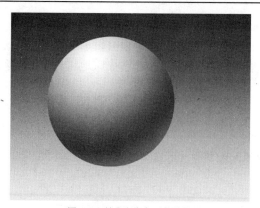

图3-21　填充渐变色后的效果

图3-22　选择的渐变颜色类型

16. 新建 "图层 2"，然后利用 工具绘制出如图 3-23 所示的椭圆形选区。

17. 选择 工具，并勾选属性栏中的 ☑透明区域 复选项，然后在选区中由左向右拖曳鼠标光标为选区填充渐变颜色，效果如图 3-24 所示。

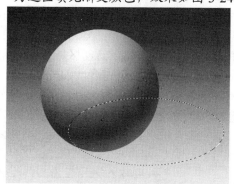

图3-23　绘制的选区

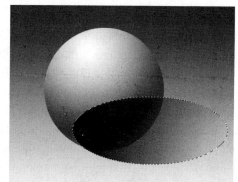

图3-24　填充渐变色后的效果

18. 按 Ctrl+D 键去除选区，然后执行【图层】/【排列】/【后移一层】命令，将 "图层 2" 调整至 "图层 1" 的下方。

19. 执行【编辑】/【变换】/【扭曲】命令，为 "图层 2" 中的投影添加自由变换框，然后将变换框右边中间的控制点向上拖动，状态如图 3-25 所示。

20. 调整变形后，单击属性栏中的 ☑ 按钮，确认图形的变形调整。

21. 执行【滤镜】/【模糊】/【高斯模糊】命令，弹出【高斯模糊】对话框，将【半径】选项的参数设置为 "5 像素"，单击 确定 按钮，制作的投影效果如 3-26 所示。

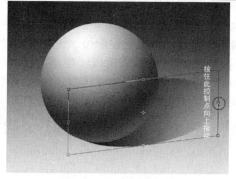

图3-25　调整图形时的状态

图3-26　制作的投影效果

22. 按 Ctrl+S 键，将此文件命名为"球体绘制.psd"保存。

通过上面球体效果的绘制，详细介绍了利用【渐变编辑器】对话框编辑渐变颜色的方法及为图像文件或选区填充渐变色的方法，希望读者多加练习，并且能够快速地将此工具熟练掌握。

3.2 图层

本节来讲解有关图层的知识，包括图层的概念和图层类型。

3.2.1 图层概念

图层就像一张透明的纸，透过图层透明区域可以清晰地看到下面图层中的图像，下面以一个简单的比喻来具体说明，这样对读者深入理解图层的概念会有帮助。比如要在纸上绘制一幅小蜜蜂儿童画，首先要有画板（这个画板也就是 Photoshop 里面新建的文件，画板是不透明的），然后在画板上添加一张完全透明的纸绘制草地，绘制完成后，在画板上再添加透明纸绘制天空、小蜜蜂等其他图形……依次类推。在绘制儿童画的每一部分之前，都要在画板上添加透明纸，然后在透明纸上绘制新图形。绘制完成后，通过纸的透明区域可以看到下面的图形，从而得到一幅完整的作品。在这个绘制过程中，添加的每一张纸就是一个图层。图层原理说明图如图 3-27 所示。

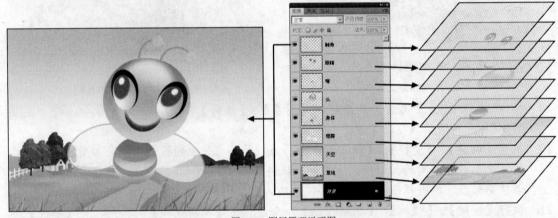

图3-27　图层原理说明图

上面介绍了图层的概念，那么在绘制图形时为什么要建立图层呢？仍以上面的例子来说明。如果在一张纸上绘制儿童画，当全部绘制完成后，突然发现草地的颜色不好，这时候只能选择重新绘制这幅作品，因为对在一张纸上绘制的画面进行修改非常麻烦。而如果是分层绘制的，遇到这种情况就不必重新绘制了，只需找到绘制草地的透明纸（图层），将其删除，然后重新添加一张新纸（图层），绘制合适的草地放到刚才删除的纸（图层）的位置即可，这样可以大大节省绘图时间。另外，除了易修改的优点外，还可以在一个图层中随意拖动、复制和粘贴图形，并能对图层中的图形制作各种特效，而这些操作都不会影响其他图层中的图形。

3.2.2　图层类型

在【图层】面板中包含多种图层类型，每种类型的图层都有不同的功能和用途。利用不同的类型可以创建不同的效果，它们在【图层】面板中的显示状态也不同。图层类型说明图如图 3-28 所示。

图3-28　图层类型说明图

下面以列表的形式来详细介绍常用图层的类型及其功能。

图层类型	功能及创建方法
背景层	背景图层相当于绘画中最下方不透明的纸。在 Photoshop 中，一个图像文件中只有一个背景图层，它可以与普通图层进行相互转换，但无法交换堆叠次序。如果当前图层为背景图层，执行【图层】/【新建】/【背景图层】命令，或在【图层】面板的背景图层上双击，便可以将背景图层转换为普通图层
普通层	普通图层相当于一张完全透明的纸，是 Photoshop 中最基本的图层类型。单击【图层】面板底部的 🔲 按钮，或执行【图层】/【新建】/【图层】命令，即可在【图层】面板中新建一个普通图层
文本层	在文件中创建文字后，【图层】面板中会自动生成文本层，其缩览图显示为 ⊤ 图标。当对输入的文字进行变形后，文本图层将显示为变形文本图层，其缩览图显示为 ⊥ 图标
形状层	使用工具箱中的矢量图形工具在文件中创建图形后，【图层】面板中会自动生成形状图层。当执行【图层】/【栅格化】/【形状】命令后，形状图层将被转换为普通图层
效果层	为普通图层应用图层效果（如阴影、投影、发光、斜面和浮雕以及描边等）后，右侧会出现一个 *fx*（效果层）图标，此时，这一图层就是效果图层。注意，背景图层不能转换为效果图层。单击【图层】面板底部的 *fx.* 按钮，在弹出的下拉列表中选择任意一个选项，即可创建效果图层
填充层和调整层	填充层和调整层是用来控制图像颜色、色调、亮度和饱和度等的辅助图层。单击【图层】面板底部的 ⊘. 按钮，在弹出的下拉列表中选择任意一个选项，即可创建填充图层或调整图层
蒙版层	蒙版层是加在普通图层上的一个遮盖，通过创建图层蒙版来隐藏或显示图像中的部分或全部。在图像中，图层蒙版中颜色的变化会使其所在图层的相应位置产生透明效果。其中，该图层中与蒙版的白色部分相对应的图像不产生透明效果，与蒙版的黑色部分相对应的图像完全透明，与蒙版的灰色部分相对应的图像根据其灰度产生相应程度的透明

3.3 图层样式

Photoshop 中提供了多种图层样式，利用这些样式可以为图形、图像或文字添加投影、发光、渐变颜色、描边等各种类型的效果。为文字添加样式后的效果如图 3-29 所示。

原文字

添加样式后的效果

添加样式后的【图层面板】

图3-29   为文字添加样式后的效果

执行【窗口】/【样式】命令，即可将【样式】面板调出，如图 3-30 所示。单击【样式】面板右上角的 按钮，在弹出的菜单中可以加载其他样式。

图3-30   【样式】面板

- 【取消】按钮 ：单击此按钮，可以将应用的样式删除。
- 【新建】按钮 ：单击此按钮，将弹出【新建样式】对话框。
- 【删除】按钮 ：将需要删除的样式拖曳到此按钮上，即可删除选择的样式。

3.3.1 【图层样式】命令

执行【图层】/【图层样式】/【混合选项】命令，弹出【图层样式】对话框，如图 3-31 所示。在此对话框中可自行为图形、图像或文字添加需要的样式。

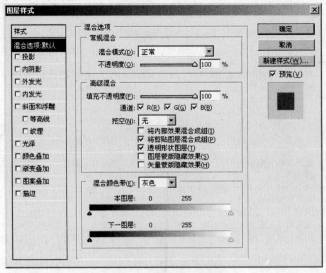

图3-31   【图层样式】对话框

【图层样式】对话框的左侧是【样式】选项区，用于选择要添加的样式类型；右侧是参数设置区，用于设置各种样式的参数及选项。

一、　【投影】

通过【投影】选项的设置可以为工作层中的图像添加投影效果，并可以在右侧的参数设置区中设置投影的颜色、与下层图像的混合模式、不透明度、是否使用全局光、光线的投射角度、投影与图像的距离、投影的扩散程度和投影大小等，还可以设置投影的等高线样式和杂色数量。利用此选项添加的投影效果如图 3-32 所示。

二、　【内阴影】

通过【内阴影】选项的设置可以在工作层中的图像边缘向内添加阴影，从而使图像产生凹陷效果。在右侧的参数设置区中可以设置阴影的颜色、混合模式、不透明度、光源照射的角度、阴影的距离和大小等参数。利用此选项添加的内阴影效果如图 3-33 所示。

图3-32　投影效果　　　　　　　　　　　　　图3-33　内阴影效果

三、　【外发光】

通过【外发光】选项的设置可以在工作层中图像的外边缘添加发光效果。在右侧的参数设置区中可以设置外发光的混合模式、不透明度、添加的杂色数量、发光颜色（或渐变色）、外发光的扩展程度、大小和品质等。利用此选项添加的外发光效果如图 3-34 所示。

四、　【内发光】

此选项的功能与【外发光】选项的相似，只是此选项可以在图像边缘的内部产生发光效果。利用此选项添加的内发光效果如图 3-35 所示。

图3-34　外发光效果　　　　　　　　　　　　图3-35　内发光效果

五、　【斜面和浮雕】

通过【斜面和浮雕】选项的设置可以使工作层中的图像或文字产生各种样式的斜面浮雕效果，同时选择【纹理】选项，然后在【图案】选项面板中选择应用于浮雕效果的图案，还可以使图形产生各种纹理效果。利用此选项添加的浮雕效果如图 3-36 所示。

六、【光泽】

通过【光泽】选项的设置可以根据工作层中图像的形状应用各种光影效果，从而使图像产生平滑过渡的光泽效果。选择此项后，可以在右侧的参数设置区中设置光泽的颜色、混合模式、不透明度、光线角度、距离和大小等参数。利用此选项添加的光泽效果如图 3-37 所示。

图3-36　斜面和浮雕效果

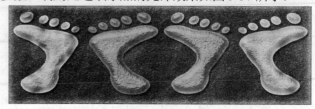
图3-37　光泽效果

七、【颜色叠加】

【颜色叠加】样式可以在工作层上方覆盖一种颜色，并通过设置不同的混合模式和不透明度使图像产生类似于纯色填充层的特殊效果。为白色图形叠加洋红色效果如图 3-38 所示。

八、【渐变叠加】

【渐变叠加】样式可以在工作层的上方覆盖一种渐变叠加颜色，使图像产生渐变填充层的效果。为白色图形叠加渐变色效果如图 3-39 所示。

图3-38　颜色叠加效果

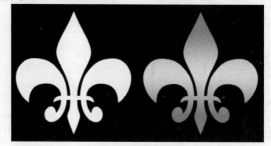
图3-39　渐变叠加效果

九、【图案叠加】

【图案叠加】样式可以在工作层的上方覆盖不同的图案效果，从而使工作层中的图像产生图案填充层的特殊效果。为白色图形叠加图案后的效果如图 3-40 所示。

十、【描边】

通过【描边】选项的设置可以为工作层中的内容添加描边效果，描绘的边缘可以是一种颜色、一种渐变色或者图案。为图形描绘紫色的边缘效果如图 3-41 所示。

图3-40　图案叠加效果

图3-41　描边效果

3.3.2　制作酒名标准字

下面主要运用【图层样式】命令来制作酒名的标准字，在制作过程中，读者要仔细按照书中参数进行设置，以得到预期的效果。课下读者也可以设置其他的参数看会出现什么样的效果。对于图层样式参数的设置并不是一成不变的，读者可大胆地尝试和体会。

【步骤解析】

1. 新建一个【宽度】为"12 厘米"、【高度】为"20 厘米"、【分辨率】为"72 像素/英寸"、【颜色模式】为"RGB 颜色"、【背景内容】为"白色"的文件。

2. 将前景色设置为黄褐色（R:205,G:140,B:77），然后按 Alt+Delete 键将其填充至"背景"层中。

3. 新建"图层 1"，利用 工具绘制如图 3-42 所示的矩形选区。

4. 将前景色设置为暗红色（R:53,B:13），然后按 Alt+Delete 键将其填充到绘制的选区内，再按 Ctrl+D 键去除选区。

5. 打开附盘中"图库\第 03 章"目录下名为"双龙.psd"的图片，如图 3-43 所示。

图3-42　绘制的暗红色图形　　　　　　　　　　　图3-43　打开的图片

6. 执行【图像】/【模式】/【RGB 颜色】命令，将打开的灰度文件转换为 RGB 颜色模式。

7. 将前景色设置为红褐色（R:130,G:43,B:35），然后激活【图层】面板左上角的 按钮，锁定图像的透明像素，再按 Alt+Delete 键，将龙纹的颜色设置为红褐色。

8. 利用 工具将左侧的龙图案选择，创建的选区如图 3-44 所示。

9. 利用 工具将选择的图案移动复制到新建的文件中，然后利用【自由变换】命令将其调整至如图 3-45 所示的大小及位置。

图3-44 选择的图案

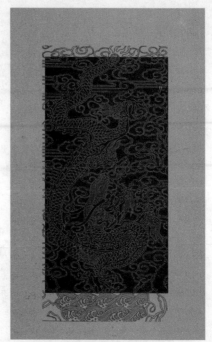

图3-45 图片放置的位置

10. 按住 Ctrl 键单击"图层 1"的图层缩览图,加载"图层 1"中图形的选区,鼠标光标单击的位置及生成的选区形态如图 3-46 所示。

11. 按 Shift+Ctrl+I 键将选区反选,然后确认"图层 2"为工作层,按 Delete 键将选区内的图案删除,按 Ctrl+D 键去除选区后的效果如图 3-47 所示。

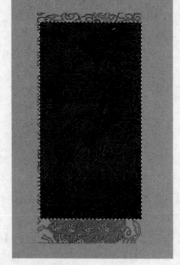

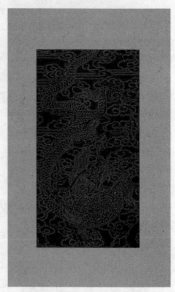

图3-46 鼠标光标所在的位置及加载的选区

图3-47 删除多余图案后的效果

12. 执行【图层】/【图层样式】/【投影】命令,弹出【图层样式】对话框,设置各选项及参数,如图 3-48 所示。

13. 在左侧的【斜面和浮雕】选项上单击,然后设置右侧的选项及参数,如图 3-49 所示。

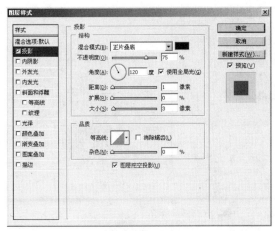

图3-48　【投影】选项及参数设置

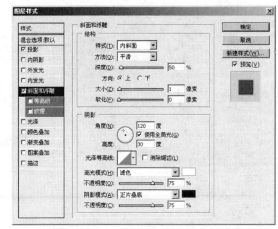

图3-49　【斜面和浮雕】选项及参数设置

14. 单击 ![确定] 按钮，图案添加图层样式后的效果如图 3-50 所示。

15. 再次按住 Ctrl 键单击"图层 1"的图层缩览图，加载"图层 1"中图形的选区，然后新建"图层 3"，并将前景色设置为浅黄色（R:255,G:138,B:170）。

16. 执行【编辑】/【描边】命令，弹出【描边】对话框，将【宽度】选项设置为"10 px"，【位置】选项设置为"居外"，然后单击 ![确定] 按钮，描绘的边缘效果如图 3-51 所示。

图3-50　图案添加图层样式后的效果

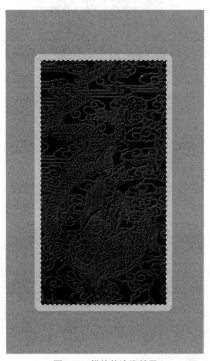

图3-51　描绘的边缘效果

17. 按 Ctrl+D 键去除选区，然后执行【图层】/【图层样式】/【投影】命令，在弹出的【图层样式】对话框中依次设置【投影】、【斜面和浮雕】及【纹理】选项的参数，如图 3-52 所示。

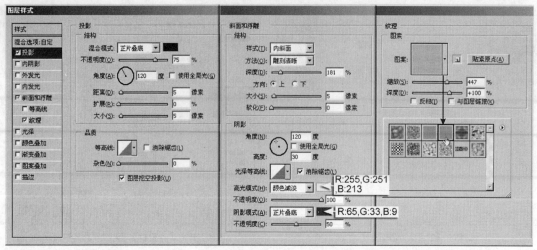

图3-52 【图层样式】对话框中各选项及参数设置

18. 单击 确定 按钮，添加图层样式后的边框效果如图 3-53 所示。

19. 将前景色设置为浅黄色（R:255,G:138,B:170），然后选择 T 工具，并在画面中输入如图 3-54 所示的文字。

图3-53 添加图层样式后的效果

图3-54 输入的文字

 输入文字并设置合适的字体与大小后，为了确保输入的文字在边框内的中心位置，可按住 Shift 键在【图层】面板中单击"图层 1"，将除背景层外的所有图层同时选择，然后依次单击 ⊕ 工具属性栏中的 ⊡ 和 ⊟ 按钮，即可将文字与边框以中心对齐。

20. 确认文字层为工作层，执行【图层】/【图层样式】/【投影】命令，在弹出的【图层样式】对话框中依次设置【投影】、【斜面和浮雕】及【渐变叠加】选项的参数，如图 3-55 所示。

21. 单击 确定 按钮，添加图层样式后的文字效果如图 3-56 所示。

22. 新建"图层 4"，然后利用 ⊡ 工具绘制矩形选区，并为其填充如图 3-57 所示的浅黄色（R:255,G:138,B:188）。

23. 按 Ctrl+D 键去除选区，然后利用 T 工具依次输入如图 3-58 所示的文字。

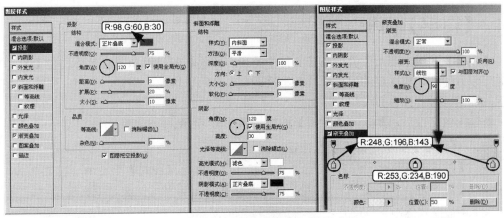

图3-55　【图层样式】对话框中的各选项及参数设置

图3-56　文字效果

图3-57　绘制出的矩形

图3-58　输入的文字

24. 将"图层 4"设置为工作层，然后利用 □ 工具绘制出如图 3-59 所示的矩形选区。

25. 执行【图层】/【新建】/【通过剪切的图层】命令（快捷键为 $\boxed{Shift}+\boxed{Ctrl}+\boxed{J}$ 键），将选区中的内容通过剪切生成一个新图层"图层 5"，然后将"图层 5"的【不透明度】参数设置为"50%"，效果如图 3-60 所示。

26. 用与步骤 22～25 相同的方法，在"古香醇"文字的右上角绘制并输入如图 3-61 所示的图形和文字，完成酒名标准字的设计。

图3-59　绘制出的矩形选区

图3-60　降低不透明度后的效果

图3-61　绘制的图形和输入的文字

27. 按 $\boxed{Ctrl}+\boxed{S}$ 键，将此文件命名为"酒名标准字.psd"保存。

3.4 【图层】面板

【图层】面板主要用于管理图像文件中的所有图层、图层组和图层效果。在【图层】面板中可以方便地调整图层的混合模式和不透明度，并可以快速地创建、复制、删除、隐藏、显示、锁定、对齐或分布图层。

新建图像文件后，默认的【图层】面板如图 3-62 所示。

一、　【图层】面板中的选项及按钮

- 【图层面板菜单】按钮：单击此按钮，可弹出【图层】面板的下拉菜单。
- 【图层混合模式】：用于设置当前图层中的图像与下面图层中的图像以何种模式进行混合。
- 【不透明度】：用于设置当前图层中图像的不透明程度。数值越小，图像越透明；数值越大，图像越不透明。
- 【锁定透明像素】按钮：单击此按钮，可以使当前图层中的透明区域保持透明。
- 【锁定图像像素】按钮：单击此按钮，在当前图层中不能进行图形绘制以及其他命令操作。
- 【锁定位置】按钮：单击此按钮，可以将当前图层中的图像锁定不被移动。
- 【锁定全部】按钮：单击此按钮，在当前图层中不能进行任何编辑修改操作。

图3-62　【图层】面板

- 【填充】：用于设置图层中图形填充颜色的不透明度。
- 【显示/隐藏图层】图标：　表示此图层处于可见状态。单击此图标，图标中的眼睛将被隐藏，表示此图层处于不可见状态。
- 图层缩览图：用于显示本图层的缩略图，它随着该图层中图像的变化而随时更新，以便用户在进行图像处理时参考。
- 图层名称：显示各图层的名称。

在【图层】面板底部有 7 个按钮，下面分别进行介绍。

- 【链接图层】按钮：通过链接两个或多个图层，可以一起移动链接图层中的内容，也可以对链接图层执行对齐与分布以及合并图层等操作。
- 【添加图层样式】按钮：可以对当前图层中的图像添加各种样式效果。
- 【添加图层蒙版】按钮：可以给当前图层添加蒙版。如果先在图像中创建适当的选区，再单击此按钮，可以根据选区范围在当前图层上建立适当的图层蒙版。
- 【创建新的填充或调整图层】按钮：可在当前图层上添加一个调整图层，对当前图层下边的图层进行色调、明暗等颜色效果调整。
- 【创建新组】按钮：可以在【图层】面板中创建一个图层组。图层组类似于文件夹，以便图层的管理和查询，在移动或复制图层时，图层组里面的内容可以同时被移动或复制。
- 【创建新图层】按钮：可在当前图层上创建新图层。

- 【删除图层】按钮 🗑：可将当前图层删除。

二、 图层堆叠顺序的调整

图层的堆叠顺序决定图层内容在画面中的前后位置，即图层中的图像是出现在其他图层的前面还是后面。图层的堆叠顺序不同，产生的图像合成效果也不相同，调整图层堆叠顺序的方法主要有以下两种。

(1) 拖曳鼠标光标调整。

在【图层】面板中要调整堆叠顺序的图层上按下鼠标左键向上或向下拖曳，将出现一个矩形框跟随光标移动，当拖曳到适当位置后，释放鼠标，即可将工作层调整至相应的位置。

(2) 利用菜单命令调整。

执行菜单栏中的【图层】/【排列】命令，在弹出的【排列】命令子菜单中选择相应的命令，也可以调整图层的堆叠顺序，各种排列命令的功能如下。

- 【置为顶层】命令：可以将工作层移动至【图层】面板的最顶层，快捷键为 Ctrl+Shift+] 键。
- 【前移一层】命令：可以将工作层向前移动一层，快捷键为 Ctrl+] 键。
- 【置为底层】命令：可以将工作层移动至【图层】面板的最底层，即背景层的上方，快捷键为 Ctrl+Shift+[键。
- 【后移一层】命令：可以将工作层向后移动一层，快捷键为 Ctrl+[键。
- 【反向】命令：当在【图层】面板中选择多个图层时，选择此命令，可以将当前选择的图层反向排列。

三、 图层的对齐与分布

对齐和分布命令在绘图过程中经常用到，它可以将指定的内容在水平或垂直方向上按设置的方式对齐和分布。【图层】菜单栏中的【对齐】命令和【分布】命令与工具箱中【移动】工具属性栏中的对齐与分布按钮的作用相同，【移动】工具属性栏如图 3-63 所示。

图3-63 【移动】工具属性栏

 当图像窗口中有选区存在时，【对齐】命令将显示为【将图层与选区对齐】命令，执行此菜单下的子命令，可以将选择的图层在选区范围内对齐。

虽在 Photoshop CS2 版本中已增加了自动吸附对齐图形的功能，即在移动某一图形时，它会根据画面中已有的图形进行自动吸附并将图形对齐。但当要将多个图形同时进行对齐或分布时，就要利用【移动】工具属性栏中的对齐和分布按钮或【图层】菜单中的【对齐】和【分布】子命令。

- 对齐操作：在【图层】面板中选择两个或两个以上的图层时，在【图层】/【对齐】子菜单中选择相应的命令，或单击【移动】工具属性栏中相应的对齐按钮，即可将选择的图层进行顶对齐、垂直居中对齐、底对齐、左对齐、水平居中对齐或右对齐，如图 3-64 所示。

 如果选择的图层中包含背景层，其他图层中的内容将以背景层为依据进行对齐。

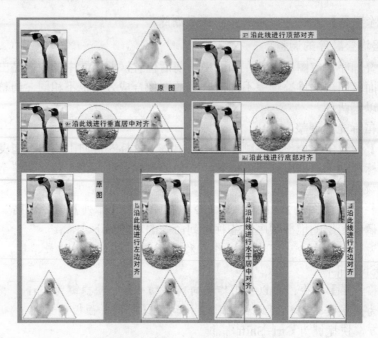

图3-64　选择图层执行各种对齐命令后的形态

- 分布操作：在【图层】面板中选择 3 个或 3 个以上的图层时（不含背景层），在【图层】/【分布】子菜单中选择相应的命令，或单击【移动】工具属性栏中相应的分布按钮，即可将选择的图层在垂直方向上按顶端、垂直中心或底部平均分布，或者在水平方向上按左边、水平居中和右边平均分布，如图 3-65 所示。

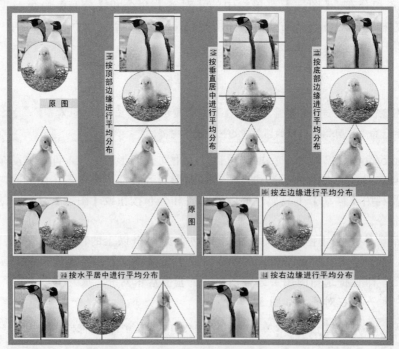

图3-65　选择图层执行各种分布命令后的形态

3.4.1 设计酒包装平面展开图

下面以"古香醇"酒包装为例来介绍图层的灵活运用，包括设计酒包装的平面展开图和立体效果图。

【步骤解析】

1. 设计平面展开图底图

(1) 新建一个【宽度】为"48 厘米"、【高度】为"44 厘米"、【分辨率】为"100 像素/英寸"、【背景内容】为"黑色"的文件。

(2) 按 Ctrl+R 键，将标尺显示在图像窗口中，然后依次在图像窗口中添加出如图 3-66 所示的参考线。

> 要点提示　添加参考线的水平位置分别为 1、3、4、13、14、32、33、38、40 和 43 厘米处；垂直位置分别为 1、3、8、13、16、22、25、35、38、44 和 47 厘米处。

在画面中添加参考线后，选择工具箱中的【移动】工具，将鼠标光标放置在参考线上，当鼠标光标显示为双向箭头图标时，按下鼠标左键拖曳，可移动参考线的位置；当将鼠标光标拖曳到画面之外时，参考线会被删除。

(3) 新建"图层 1"，并将前景色设置为黄褐色（R:205,G:140,B:77）。

(4) 利用 工具根据添加的参考线绘制选区，然后按 Alt+Delete 键为选区填充黄褐色，再按 Ctrl+D 键去除选区，绘制出的图形如图 3-67 所示。

> 要点提示　为了使绘制的选区能够与添加的参考线对齐，可以在绘制选区之前执行【视图】/【对齐】命令（快捷键为 Shift+Ctrl+; 键）。

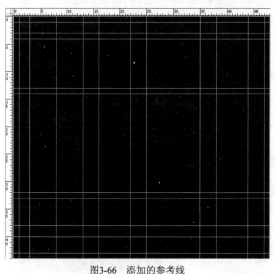

图3-66 添加的参考线　　　　　　　　　　图3-67 绘制的图形

(5) 继续利用 工具，依次绘制选区并填充白色，最终效果如图 3-68 所示。

(6) 按 Ctrl+R 键将标尺隐藏，然后按 Ctrl+H 键，将参考线隐藏。

(7) 打开附盘中"图库\第 03 章"目录下名为"福字.jpg"的图片文件，如图 3-69 所示。

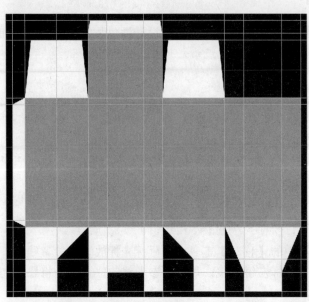

图3-68　绘制的白色图形　　　　　　　　　　　　　　　　图3-69　打开的文件

(8) 将工具箱中的前景色设置为白色，然后执行【选择】/【色彩范围】命令，弹出【色彩范围】对话框，设置各选项及参数，如图 3-70 所示。

(9) 单击 ▭ 确定 ▭ 按钮，将画面中的白色选择，然后按 Shift+Ctrl+I 键，将选区反选，选择的文字如图 3-71 所示。

(10) 选择 ▸♦ 工具，将鼠标光标移动到选区内按下鼠标左键并向新建的文件中拖曳，将选择的文字移动复制到新建的文件中，然后利用【自由变换】命令将其调整至如图 3-72 所示的大小及位置。

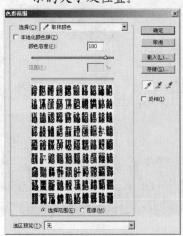 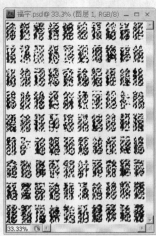 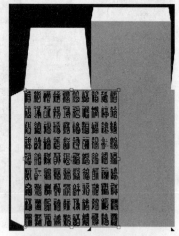

图3-70　【色彩范围】对话框　　　　图3-71　选择的文字　　　　图3-72　文字调整的大小及位置

(11) 按 Enter 键确认文字的调整，然后按住 Ctrl 键单击自动生成的"图层 2"，加载文字的选区，再利用移动复制操作移动复制文字，状态如图 3-73 所示。

(12) 依次复制文字，使其覆盖下方的黄褐色图形，去除选区后的效果如图 3-74 所示。

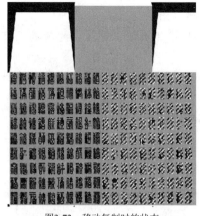

图3-73 移动复制时的状态

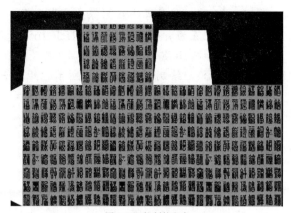

图3-74 复制的文字

(13) 执行【图层】/【图层样式】/【投影】命令，弹出【图层样式】对话框，依次设置【投影】和【斜面和浮雕】选项的参数，如图 3-75 所示。

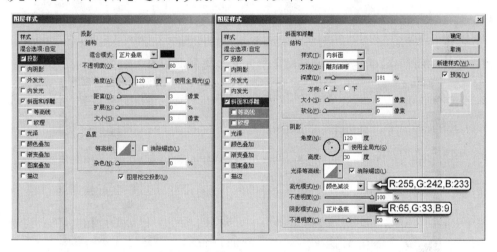

图3-75 【图层样式】对话框选项及参数设置

(14) 单击 ▢确定▢ 按钮，添加图层样式后的文字效果如图 3-76 所示。

(15) 将"图层 2"的【不透明度】参数设置为"25％"、【填充】参数设置为"7％"，修改图层属性后的效果如图 3-77 所示。

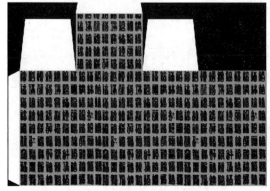

图3-76 添加图层样式后的效果

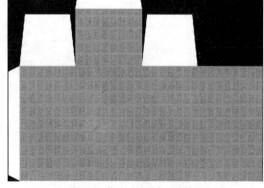

图3-77 修改不透明度后的效果

(16) 按 Ctrl+H 键，将参考线在图像窗口中显示，然后新建"图层 3"。

(17) 将前景色设置为黄色（R:250,G:215,B:165），然后利用 工具绘制选区并为其填充前景色，效果如图 3-78 所示。

(18) 利用 工具，绘制出如图 3-79 所示的矩形选区，然后用移动复制操作将选区内的图形向右移动复制，复制出的图形如图 3-80 所示。

图3-78 绘制的图形　　　　图3-79 绘制的矩形选区　　　　图3-80 复制出的图形

(19) 用与步骤 18 相同的创建选区并移动复制方法，复制出如图 3-81 所示的图形。

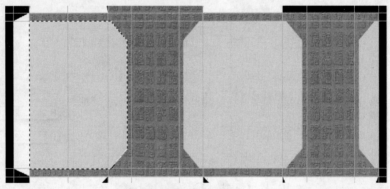

图3-81 复制出的图形

(20) 执行【图层】/【图层样式】/【投影】命令，弹出【图层样式】对话框，设置各选项及参数，如图 3-82 所示。

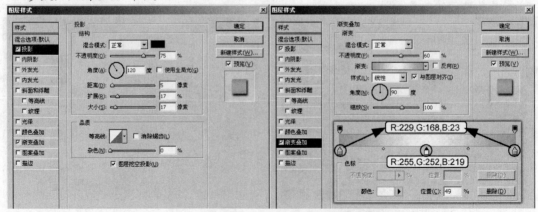

图3-82 【图层样式】对话框各选项及参数设置

(21) 单击 确定 按钮，添加图层样式后的图形效果如图 3-83 所示。

(22) 打开附盘中 "图库\第 03 章" 目录下名为 "底纹.psd" 的文件，如图 3-84 所示。

(23) 按 Ctrl+A 键将底纹全部选择，然后按 Ctrl+C 键将选择的底纹图案复制到剪贴板中。

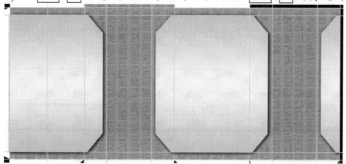

图3-83　添加图层样式后的效果

图3-84　打开的文件

(24) 将新建的文件设置为工作状态，然后按 Ctrl+H 键，将参考线隐藏。

> **要点提示** 为了更好地查看画面效果，在不需要参考线的时候可以将其隐藏，当需要的时候再将其显示。在后面的操作中，将不再叙述参考线的显示或隐藏，读者可以灵活运用。

(25) 按住 Ctrl 键，单击 "图层 3" 的图层缩览图，为其添加选区，然后按 Shift+Ctrl+V 键，将剪贴板中的底纹图案贴入添加的选区中，效果如图 3-85 所示，此时会在【图层】面板中生成 "图层 3" 的蒙版层，如图 3-86 所示。

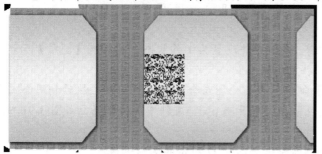

图3-85　粘贴入的图案效果

图3-86　【图层】面板形态

(26) 用与步骤 11～12 相同的方法，在画面中移动复制出如图 3-87 所示的底纹图案。

(27) 单击【图层】面板左上角的 █ 按钮，锁定 "图层 3" 蒙版层的透明像素，然后将前景色设置为橘黄色（R:228,G:170,B:80），按 Alt+Delete 键，为 "图层 3" 蒙版层中的底纹图案填充设置的前景色。

(28) 将 "图层 3" 蒙版层的图层混合模式设置为 "滤色"，【不透明度】参数设置为 "45%"，效果如图 3-88 所示。

图3-87　移动复制出的底纹图案

图3-88　调整后的图案效果

(29) 打开附盘中 "图库\第 03 章" 目录下名为 "龙纹样.psd" 的图片文件，然后执行【编辑】/【变换】/【旋转 90 度（顺时针）】命令，将打开的图案顺时针旋转 90°。

(30) 单击【图层】面板左上角的 ⊠ 按钮，锁定 "图层 1" 的透明像素，然后将前景色设置为橘黄色（R:228,G:170,B:80），并按 Alt + Delete 键为龙纹样图案填充设置的前景色。

(31) 利用 ▶⊕ 工具，将龙纹样图案移动复制到新建的文件中，并将其调整至合适的大小后放置到如图 3-89 所示的位置。

(32) 用移动复制图形的方法，依次移动复制图案，并灵活运用【编辑】/【变换】/【水平翻转】命令，将复制出的图案水平翻转，复制图案分别放置的位置如图 3-90 所示。

图3-89　图案放置的位置　　　　　　　　　　　　图3-90　移动复制出的图案

(33) 按 Ctrl + S 键，将此文件命名为 "酒包装平面展开图.psd" 保存。

2.　绘制主面图形

(1) 将第 3.3.2 节制作的 "酒名标准字.psd" 文件设置为工作状态，然后在【图层】面板中单击 "背景" 层前面的 ◉ 图标，将其隐藏。

(2) 执行【图层】/【合并可见图层】命令，将其他图层合并为一个图层，然后利用 ⊕ 工具将合并后的图像移动复制到 "酒包装平面展开图.psd" 文件中，并调整至如图 3-91 所示的大小及位置。

(3) 新建 "图层 5"，然后利用 ◯ 工具绘制出如图 3-92 所示的圆形选区。

图3-91　酒名调整后的大小及位置　　　　　　　　图3-92　绘制的圆形选区

(4) 将工具箱中的前景色设置为黑色，然后执行【编辑】/【描边】命令，弹出【描边】对话框，设置各选项及参数，如图 3-93 所示。

(5) 单击 <u>确定</u> 按钮，描边后的效果如图 3-94 所示，再按 Ctrl+D 键去除选区。

图3-93 【描边】对话框参数设置

图3-94 描边后的效果

(6) 执行【图层】/【图层样式】/【投影】命令，弹出【图层样式】对话框，设置各选项及参数，如图 3-95 所示。

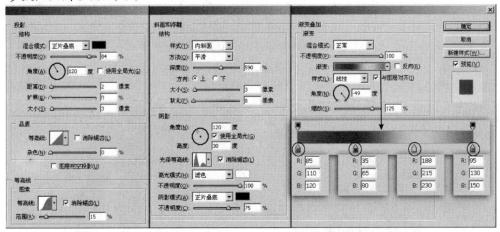

图3-95 【图层样式】对话框各选项及参数设置

(7) 单击 <u>确定</u> 按钮，添加图层样式后的图形效果如图 3-96 所示。

(8) 用移动复制图形的方法，依次移动复制出如图 3-97 所示的 4 个圆环图形。

图3-96 添加图层样式后的效果

图3-97 移动复制出的图形

(9) 按 Ctrl+O 键，将附盘中"图库\第 03 章"目录下名为"绳子.jpg"的文件打开，如图 3-98 所示。

图3-98 打开的文件

(10) 将绳子移动复制到"酒包装平面展开图"文件中，然后按 $\boxed{Ctrl}$+$\boxed{T}$ 键为其添加自由变换框，并将其调整至如图 3-99 所示的大小形态及位置。

图3-99 图形调整后的形态及位置

(11) 按 $\boxed{Enter}$ 键确认图形的变换操作，然后执行【图层】/【图层样式】/【混合选项】命令，在弹出的【图层样式】对话框左侧勾选【投影】和【斜面和浮雕】选项，为其添加【投影】和【斜面和浮雕】两种图层样式，参数为默认设置。

(12) 单击 $\boxed{确定}$ 按钮，然后利用 工具，在绳子图形的左侧端头位置绘制出如图 3-100 所示的选区，并按 $\boxed{Delete}$ 键删除选区中的内容。

(13) 用与步骤 12 相同的方法，将绳子图形右侧的端头删除一部分，然后将其向下移动复制，并将复制出的绳子图形放置到如图 3-101 所示的位置。

图3-100 绘制出的选区

图3-101 绳子图形放置的位置

(14) 按 $\boxed{Ctrl}$+$\boxed{O}$ 键，将附盘中"图库\第 03 章"目录下名为"瓦当.psd"的文件打开，如图 3-102 所示。

(15) 将打开的瓦当图案的颜色填充暗红色（R:83,G:22,B:23），然后将其移动复制到"酒包装平面展开图"文件中，并将其调整至合适的大小后放置到如图 3-103 所示的位置。

图3-102 打开的图片

图3-103 图案调整大小后放置的位置

(16) 利用【图层】/【图层样式】命令为瓦当图案添加【投影】和【斜面和浮雕】两种图层样式，添加图层样式后的图案效果如图 3-104 所示。

(17) 选择 T 工具，在瓦当图案的下方输入如图 3-105 所示的黑色文字。

图3-104 添加样式后的图案效果　　　　　　　图3-105 添加图层样式后的图案效果

(18) 新建 "图层 8"，然后利用 工具，在酒名标准字的下方绘制出如图 3-106 所示的暗红色（R:105）矩形。

(19) 新建 "图层 9"，执行【编辑】/【描边】命令，为矩形向内描【宽度】为 "5 px" 的浅黄色（R:253,G:233,B:190）边缘，如图 3-107 所示。然后按 Ctrl+D 键去除选区。

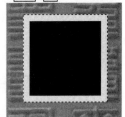

图3-106 输入的文字绘制出的矩形　　　　　　　图3-107 描绘出的边缘

(20) 利用 T 工具，在矩形中输入如图 3-108 所示的浅黄色（R:253,G:233,B:190）文字，字体为 "汉仪粗篆繁"。

(21) 按 Ctrl+T 键，为输入的文字添加自由变换框，然后将文字调整至如图 3-109 所示的大小形态，再按 Enter 键确认文字的大小变形调整。

(22) 按 Ctrl+E 键，将 "酒" 文字层向下合并到 "图层 9" 中，然后利用【图层】/【图层样式】命令为其添加【投影】和【斜面和浮雕】图层样式。参数可以参见作品，也可以尝试设置其他参数，只要效果漂亮就可以，本例效果如图 3-110 所示。

图3-108 输入的文字　　　　图3-109 变形后的文字形态　　　　图3-110 文字效果

(23) 在【图层】面板中按住 Shift 键单击酒名标准字所在的图层，将 "主面图形" 中的所有图层同时选择，如图 3-111 所示。

(24) 执行【图层】/【新建】/【从图层建立组】命令，在弹出的【从图层新建组】对话框中单击 确定 按钮，将选择的图层置入新建的 "组 1" 图层组中，单击 "组 1" 前面的 ▶ 图标，即可观察其下包含的图层，如图 3-112 所示。

图3-111　选择的图层　　　　　　　　　　　　　　　图3-112　图层组

因为本例包装中两个面的图案和文字内容是完全相同的，所以下面只需要将已经绘制完成的内容复制到另一个面中就可以。由于所包含的文字和图形内容太多，为了后面操作的方便，可以将每一个面中的内容单独放置在一个图层组中。实际工作过程中，读者要好好掌握图层组的使用。

(25) 将鼠标光标放置到"组 1"上按下鼠标左键并向下方拖曳，至 ▣ 按钮上释放鼠标左键，将"组 1"复制为"组 1 副本"，复制状态及复制出的图层组如图 3-113 所示。

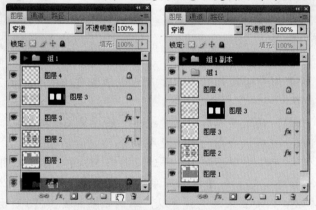

图3-113　复制图层状态及复制出的图层

(26) 选择 ▸+ 工具，然后将复制出的图形及文字内容水平向右移动至如图 3-114 所示的另一个面中。

图3-114　复制出的图形及文字内容放置的位置

(27) 将"组 1 副本"图层组再次复制生成为"组 1 副本 2"图层组，然后将复制出的图形及文字内容水平移动至如图 3-115 所示的位置。

(28) 将鼠标光标移动到中间的线绳图形上并单击鼠标右键，在弹出的快捷菜单中选择如图 3-116 所示的图层名称，然后按 Delete 键删除该图层。

图3-115 复制出的图形及文字放置的位置

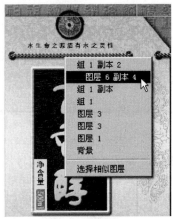

图3-116 选择图层

(29) 用与步骤 28 相同的方法，将"组 1 副本 2"图层组中的另一条线绳和圆环图形删除，然后再调整一下图形和文字在画面中的位置，调整后的效果如图 3-117 所示。

图3-117 重新排列后的效果

3. 绘制另一侧面图形

(1) 按 Ctrl+O 键，将附盘中"图库\第 03 章"目录下名为"边框.psd"的文件打开，然后将其移动复制到"酒包装平面展开图"文件中，并调整至合适的大小后放置到如图 3-118 所示的位置。

(2) 利用【图层】/【图层样式】菜单中的【投影】和【斜面和浮雕】命令为边框图形添加如图 3-119 所示的投影和浮雕效果（参数设置可参见作品）。

(3) 打开附盘中"图库\第 03 章"目录下名为"龙纹样.psd"的文件，将图案颜色填充为橘黄色（R:210,G:140,B:45），然后将其移动复制到"酒包装平面展开图"文件中，并调整合适的大小后放置到如图 3-120 所示的位置。

(4) 打开附盘中的"图库\第 03 章"目录下名为"鸟纹.psd"的文件。

图3-118　边框图形调整后的大小及位置

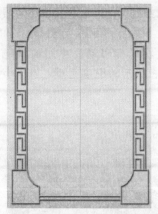

图3-119　添加图层样式后的效果

(5) 用移动复制和垂直翻转操作，将鸟纹图案移动复制到"酒包装平面展开图"文件中，对其进行复制后，在 4 个装饰角上分别放置一个，如图 3-121 所示。

图3-120　龙纹样放置的位置

图3-121　图案放置的位置

(6) 将鸟纹图案的颜色填充浅黄色（R:215,G:170,B:80），然后将"边框"图形所在的图层设置为工作层，并在该层上单击鼠标右键，在弹出的快捷菜单中选择【拷贝图层样式】命令。

(7) 将"鸟纹"所在的图层设置为工作层，并在该层上单击鼠标右键，在弹出的快捷菜单中选择【粘贴图层样式】命令，粘贴边框图层样式后的效果如图 3-122 所示。

(8) 利用 T 工具和【图层样式】命令，在画面中依次输入并制作出如图 3-123 所示的文字。

图3-122　添加图层样式后的图案效果

图3-123　输入的文字

4.　将"瓦当"图案再次移动复制到"酒包装平面展开图"文件中，调整大小后放置到顶面位置，然后为其添加斜面和浮雕效果，完成酒包装平面展开图的设计，整体效果如图 3-124 所示。

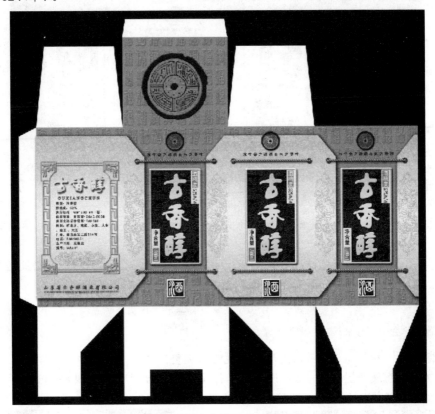

图3-124　设计完成的酒包装平面展开图

5.　按 Ctrl+S 键，将此文件保存。

3.4.2　制作酒包装的立体效果图

包装立体效果图是体现包装设计最终成品效果的参照图，下面利用设计完成的平面展开图来制作包装盒的立体效果图，以此来熟悉【自由变换】命令的灵活运用。

【步骤解析】

1.　新建一个【宽度】为"20 厘米"、【高度】为"20 厘米"、【分辨率】为"150 像素/英寸"的文件。

2.　将背景色设置为黑色，前景色设置为蓝灰色（R:118,G:140,B:150）。

3.　选择 ▆ 工具，并激活属性栏中的 ▆ 按钮，确认选择"前景到背景"的渐变样式，将鼠标光标移动到画面下方的中间位置按下鼠标左键并向上拖曳，为背景层填充如图 3-125 所示的渐变色。

图3-125　填充渐变色后的效果

4. 将"包装平面展开图.psd"文件打开，然后按 Shift+Ctrl+E 键，将所有可见图层合并。

5. 利用 □ 工具将"包装平面展开图.psd"文件中如图 3-126 所示的面选择。

图3-126 选择的正面图形

6. 将选择的正面图形移动复制到新建的文件中，然后按 Ctrl+T 键，为其添加自由变换框。

7. 按住 Ctrl 键，将鼠标光标放置在变换框右下角的控制点上稍微向上移动此控制点，然后稍微向上移动右上角的控制点，调整出如图 3-127 所示的透视效果。

> **要点提示** 由于透视的原因，右边的高度要比左边的高度矮一些，即遵循近大远小的透视规律。在以后的制作立体图形效果时，希望读者注意。

8. 调整完成后，按 Enter 键确认图形的透视变形调整。

9. 将"包装平面展开图.psd"文件设置为工作状态，然后利用 □ 工具将侧面图形选择，再移动复制到新建的文件中，调整大小后放置到如图 3-128 所示的位置。

图3-127 透视变形调整时的状态

图3-128 移动复制入的侧面图形

10. 用与步骤 6~7 相同的透视变形调整方法，将侧面图形进行透视变形调整，状态如图 3-129 所示，然后按 Enter 键确认透视调整。

11. 利用 □ 工具将"包装平面展开图.psd"文件中的顶面图形选择后移动复制到新建的文件中，并利用【自由变换】命令将其调整至如图 3-130 所示的透视形态，然后按 Enter 键确认透视调整。

图3-129 透视变形调整时的状态

图3-130 调整后的图形形态

12. 单击【图层】面板下方的 ⊘. 按钮，在弹出的下拉菜单中选择【亮度/对比度】命令，弹出【调整】面板，设置选项及参数如图 3-131 所示。

13. 调整亮度和对比度后的画面效果及【图层】面板如图 3-132 所示。

图3-131 【调整】面板

图3-132 画面调整后的效果及【图层】面板形态

14. 单击【图层】面板底部的 ▢ 按钮，为调整层添加图层蒙版。

15. 将前景色设置为黑色，然后按 Alt+Delete 键，为调整层的图层蒙版填充黑色，在蒙版中先暂时恢复调整亮度及对比度前的效果。

16. 按住 Ctrl 键，单击"图层 2"的图层缩览图，为其添加选区，如图 3-133 所示。

17. 将前景色设置为白色，然后按 Alt+Delete 键，在蒙版中为选区填充白色，此时又显示出了利用蒙版调整层调整后的效果了，效果如图 3-134 所示。

图3-133 添加的选区

图3-134 填充颜色后的画面效果

18. 选择 ✐工具，并将属性栏中【画笔】的参数设置为 "400px"、【不透明度】的参数设置为 "10%"。

19. 确认前景色为黑色，将鼠标光标移动到选区内按住鼠标左键并拖曳编辑蒙版，使其表现出透视的明暗效果，如图 3-135 所示，然后将选区去除。

20. 再次单击【图层】面板中的 ⊘.按钮，在弹出的下拉菜单中选择【亮度/对比度】命令，弹出【调整】面板，设置选项及参数如图 3-136 所示。

21. 用与步骤 14～19 相同的方法，制作出包装盒顶面的明暗效果，如图 3-137 所示。

图3-135 制作出的远近明暗效果

图3-136 【调整】面板

图3-137 制作出的顶面明暗透视效果

 在制作立体包装盒时，一般的设计者往往是直接将侧面和顶面调整成不同的明暗效果，使用这种方法的坏处是不方便再次修改，而使用调整层来制作明暗效果虽然有点麻烦，但便于修改，且不会破坏每一个面。

包装盒的面和面之间的棱角结构转折位置应该是稍微有点圆滑的，而并不是刀锋效果般的生硬，所以读者要注意物体结构转折的微妙变化规律，只有仔细观察、仔细绘制，才能使表现出的物体更加真实自然，下面进行棱角处理。

22. 新建 "图层 4"，然后将前景色设置为浅黄色（R:255,G:251,B:213）。

23. 选择 ✐工具，激活属性栏中的 □按钮，并设置 粗细: 2px 选项的参数为 "2px"，然后沿包装盒的面和面的结构转折位置绘制出如图 3-138 所示的直线。

24. 执行【滤镜】/【模糊】/【高斯模糊】命令，弹出【高斯模糊】对话框，将【半径】的参数设置为 "2像素"，然后单击 确定 按钮，模糊后的直线效果如图 3-139 所示。

图3-138 绘制出的直线

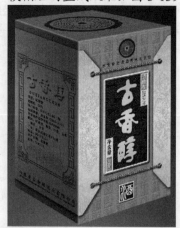
图3-139 模糊后的直线效果

下面为包装盒绘制投影效果，增强包装盒在光线照射下的立体感。需要读者注意的是，每一种物体的投影形态根据物体本身的形状结构也是不同的，投影要跟随物体的结构变化以及周围环境的变化而变化。

25. 新建 "图层 5"，然后执行【图层】/【排列】/【置为底层】命令，将其放置在 "图层 1" 的下方，然后将前景色设置为黑色。

26. 利用 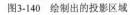 工具，根据包装盒的结构绘制出投影区域，然后为其填充黑色，效果如图 3-140 所示。

27. 按 Ctrl+D 键去除选区，然后执行【滤镜】/【模糊】/【高斯模糊】命令，弹出【高斯模糊】对话框，将【半径】的参数设置为 "10 像素"，然后单击 确定 按钮。

28. 单击【图层】面板底部的 按钮，为 "图层 5" 添加图层蒙版，然后将前景色和背景色分别设置为白色和黑色。

29. 选择 工具，确认属性栏中的渐变样式为 "前景到背景"，渐变类型为 "线性渐变"，然后在投影位置拖曳鼠标光标填充渐变色，制作出投影逐渐消失的虚化效果，如图 3-141 所示。

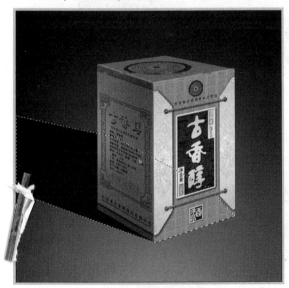

图3-140　绘制出的投影区域

图3-141　制作出的虚化投影效果

30. 至此，酒包装盒的立体效果就制作完成了，按 Ctrl+S 键，将此文件命名为 "酒包装立体效果图.psd" 保存。

3.5　拓展案例

通过本章的学习，读者自己动手设计出下面的保健品外包装。

3.5.1　设计平面展开图

灵活运用图层及本章制作包装盒的相同方法，设计出如图 3-142 所示的 "健康动力" 保健品包装盒的平面展开图。

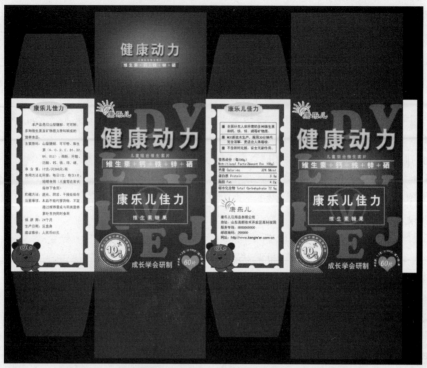

图3-142　设计的包装平面展开图

【步骤解析】

1.　新建一个文件后，依次添加如图 3-143 所示的参考线。

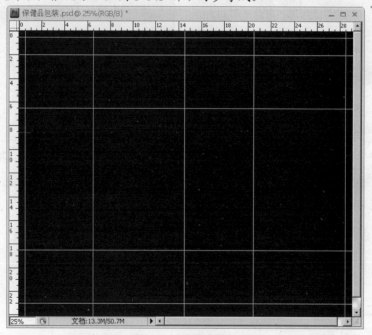

图3-143　添加的参考线

2.　新建图层，然后利用 ▽ 和 ▭ 工具依次绘制出平面展开图的整体形状，如图 3-144 所示。

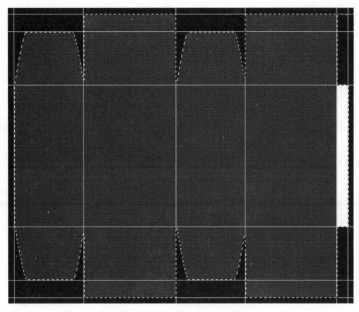

图3-144　绘制的平面展开图整体形状

3. 利用 T 工具依次输入白色字母，并分别将其【填充】选项设置为 "30%"，效果如图 3-145 所示。

4. 新建一个图层，利用 ◯ 工具绘制椭圆形选区，羽化后填充青色（G:242,B:242），然后将附盘中 "图库\第 03 章" 目录下名为 "标志.jpg" 的文件打开，选择标志图形后移动复制到如图 3-146 所示的位置。

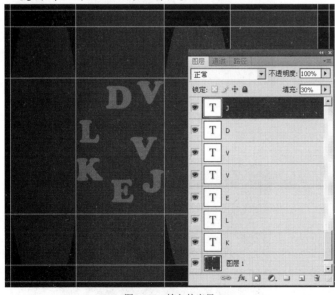

图3-145　输入的字母　　　　　　　　　　　　　　　图3-146　标志放置的位置

5. 输入白色文字并在其下方绘制如图 3-147 所示的矩形，然后分别为其添加图层样式（参数设置可参见作品），效果如图 3-148 所示。

6. 灵活运用各选区工具及 T 工具在画面中绘制图形并输入文字，制作的标贴图形如图 3-149 所示。

图3-147　输入的文字及绘制的矩形

图3-148　添加图层样式后的效果

图3-149　制作的标贴

7. 新建一个图层并绘制洋红色的三角形，然后新建一个图层绘制水平长条矩形并依次垂直向下移动复制（注意要带选区复制）。

8. 将长条矩形旋转角度后，根据绘制的三角形，利用 🖊 工具对长条矩形进行擦除，效果如图 3-150 所示。

9. 执行【图层】/【创建剪贴蒙版】命令，通过下方图层中的图像显示本图层的内容，生成的效果及【图层】面板形态如图 3-151 所示。

图3-150　擦除后的效果

图3-151　创建剪贴蒙版后的效果及【图层】面板

10. 依次添加其他图形及文字，完成包装的正面图形，整体效果如图 3-152 所示。

11. 用移动复制操作将相关图层中的内容移动复制，并分别调整至如图 3-153 所示的位置。

图3-152　制作出的正面效果

图3-153　移动复制内容放置的位置

12. 灵活运用图层及各选区工具和 T 工具，制作出如图 3-154 所示的侧面图形，完成平面展开图的设计。

图3-154　制作出的侧面图形

3.5.2　制作包装盒的立体效果

灵活运用图层及本章制作包装盒的相同方法，制作出如图 3-155 所示的"健康动力"保健品包装盒的立体效果图。

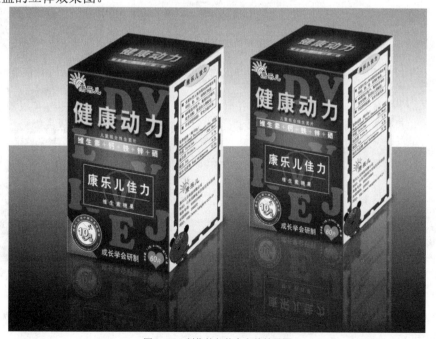

图3-155　制作的包装盒立体效果图

【步骤解析】

1. 新建一个文件后，灵活运用 工具绘制出如图 3-156 所示的背景效果。

图3-156　制作的背景效果

2. 用与第 3.4.2 节制作酒包装立体效果图相同的方法，制作出如图 3-157 所示的包装立体效果。【图层】面板形态如图 3-158 所示。

3. 将正面图形所在的"图层 1"复制为"图层 1 副本"层，然后执行【图层】/【排列】/【向下一层】命令，将其调整至"图层 1"层的下方。

4. 将复制的正面图形向下调整位置，并利用【自由变换】命令将其调整至如图 3-159 所示的形态。

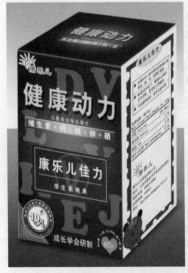
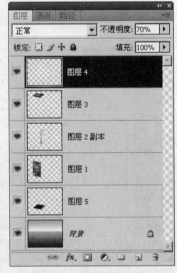

图3-157　制作的包装盒效果　　　图3-158　【图层】面板形态　　　图3-159　复制图形调整后的形态

5. 将"图层 1 副本"层的【不透明度】参数设置为"20%"，然后单击 ⊡ 按钮为其添加图层蒙版，并利用 ▭工具编辑蒙版，编辑蒙版后的效果及【图层】面板形态如图 3-160 所示。

6. 用相同的方法制作出侧面图形的倒影效果，完成包装盒的立体效果制作，如图 3-161 所示。

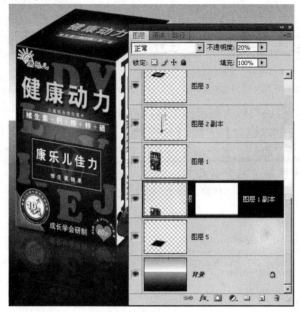

图3 160　制作的倒影效果及【图层】面板

图3-161　制作的立体包装盒效果

3.6　小结

　　本章主要学习了图层的应用，包括图层的概念、图层类型、图层的基本操作方法及使用技巧，并以列表和插图的形式详细说明了【图层】面板中各图标和按钮的作用。本章中讲解的内容是成为 Photoshop 图像处理高手必须具备的先决条件，所以希望读者在深入理解的基础上，能够将其熟练掌握，以便灵活运用图层，为图像处理及合成工作带来方便。另外，本章实例中制作的包装，是实际工作过程中经常要做的工作，因此也希望读者能将其制作方法掌握。

第4章 路径和画笔工具——绘制网络插画

路径和画笔工具是除选区工具组外另两组使用较为频繁的工具，路径工具包括【钢笔】工具、【自由钢笔】工具、【添加锚点】工具、【删除锚点】工具、【转换点】工具、【路径选择】工具、【直接选择】工具以及各种矢量形状工具；画笔工具包括【画笔】工具和【铅笔】工具。熟练掌握这些工具，对于提高图像处理工作效率是非常有必要的。另外，路径工具除能绘制图形外，还可以精确地选择背景中的图像，因此在实际工作中起着非常重要的作用。

【学习目标】

- 了解什么是路径，并掌握路径的绘制与编辑。
- 熟悉【路径】面板的运用。
- 掌握画笔工具的应用。
- 熟悉【画笔】面板。
- 掌握绘制雪人的方法。
- 熟悉网络插画。

4.1 路径

路径是由一条或多条线段、曲线组成的，每一段都有锚点标记，通过编辑路径的锚点，可以很方便地改变路径的形状。路径的构成说明图如图 4-1 所示。其中角点和平滑点都属于路径的锚点，选中的锚点显示为实心方形，而未选中的锚点显示为空心方形。

在曲线路径上，每个选中的锚点将显示一条或两条调节柄，调节柄以控制点结束。调节柄和控制点的位置决定曲线的大小和形状。移动这些元素将改变路径中曲线的形状。

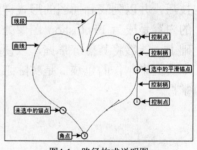

图4-1 路径构成说明图

要点提示 路径不是图像中的真实像素，而只是一种矢量绘图工具绘制的线形或图形，对图像进行放大或缩小调整时，路径不会产生影响。

4.1.1 使用路径工具

使用路径工具，可以轻松绘制出各种形式的矢量图形和路径。具体绘制图形还是路径，取决于属性栏中左侧的选项。

- 【形状图层】按钮 ▢：激活此按钮，可以创建用前景色填充的图形，同时在【图层】面板中自动生成包括图层缩览图和矢量蒙版缩览图的形状层，并在

【路径】面板中生成矢量蒙版，如图 4-2 所示。双击图层缩览图可以修改形状的填充颜色。当路径的形状调整后，填充的颜色及添加的效果会跟随一起发生变化。

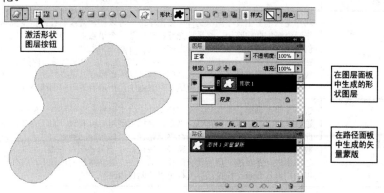

图4-2　绘制的形状图形

- 【路径】按钮▨：激活此按钮，可以创建普通的工作路径，此时【图层】面板中不会生成新图层，仅在【路径】面板中生成工作路径，如图 4-3 所示。

图4-3　绘制的路径

- 【填充像素】按钮▢：使用【钢笔】工具时此按钮不可用，只有使用【矢量形状】工具时才可用。激活此按钮，可以绘制用前景色填充的图形，但不在【图层】面板中生成新图层，也不在【路径】面板中生成工作路径，如图 4-4 所示。

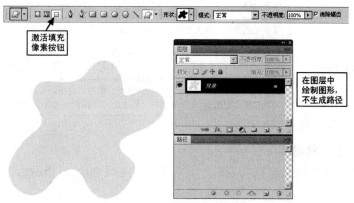

图4-4　绘制的填充像素图形

本节主要来讲解绘制路径操作。下面以列表的形式来详细讲解【钢笔】工具组及【路径选择】工具组中各工具的功能及使用方法。

	工具	使 用 方 法
【路径】工具组	【钢笔】工具	利用【钢笔】工具在图像文件中依次单击，可以创建直线路径；拖曳鼠标光标可以创建平滑流畅的曲线路径；将鼠标光标移动到第一个锚点上，当笔尖旁出现小圆圈时单击可创建闭合路径；在未闭合路径之前按住 Ctrl 键在路径外单击，可完成开放路径的绘制。在绘制直线路径时，按住 Shift 键，可以限制在 45° 角的倍数方向绘制路径；在绘制曲线路径时，确定锚点后，按住 Alt 键拖曳鼠标光标可以调整控制点。释放 Alt 键和鼠标左键，重新移动鼠标光标至合适的位置拖曳，可创建锐角的曲线路径
	【自由钢笔】工具	选择【自由钢笔】工具后，在图像文件中按下鼠标左键并拖曳，沿着鼠标光标的移动轨迹将自动添加锚点生成路径。当鼠标光标回到起始位置时，右下角会出现一个小圆圈，此时释放鼠标左键即可创建闭合钢笔路径。鼠标光标回到起始位置之前，在任意位置释放鼠标左键可以绘制一条开放路径；按住 Ctrl 键释放鼠标左键，可以在当前位置和起点之间生成一条线段，从而闭合路径。另外，在绘制路径的过程中，按住 Alt 键单击，可以绘制直线路径；拖曳鼠标光标可以绘制自由路径
	【添加锚点】工具	选择【添加锚点】工具后，将鼠标光标移动到要添加锚点的路径上，当鼠标光标显示为添加锚点符号时单击，即可在路径的单击处添加锚点，此时不会更改路径的形状。如在单击的同时拖曳鼠标光标，可在路径的单击处添加锚点，并可以更改路径的形状
	【删除锚点】工具	选择【删除锚点】工具后，将鼠标光标移动到要删除的锚点上，当鼠标光标显示为删除锚点符号时单击，即可将路径上单击的锚点删除，此时路径的形状将重新调整以适合其余的锚点。在路径的锚点上单击后并拖曳鼠标光标，可重新调整路径的形状
	【转换点】工具	利用【转换点】工具可以使锚点在角点和平滑点之间切换，并可以调整调节柄的长度和方向，以确定路径的形状 将鼠标光标放置到角点位置按下鼠标左键并拖曳，可将角点转换为平滑点；将鼠标光标放置到平滑点上单击，可将平滑点转换为角点；另外，利用【转换点】工具调整带调节柄平滑点一侧的控制点，可以调整锚点一侧的曲线路径形状；按住 Ctrl 键调整，可以同时调整平滑点两侧的路径形态；按住 Ctrl 键在锚点上拖曳鼠标光标，可以移动该锚点的位置
【调整路径】工具组	【路径选择】工具	【路径选择】工具主要用于编辑整个路径，包括选择、移动、复制、变换、组合以及对齐和分布等。在使用其他路径工具时，按住 Ctrl 键并将鼠标光标移动到路径上，可暂时切换为【直接选择】工具 利用 工具单击路径，路径上的锚点将显示为黑色，表示该路径被选择；若要选择多个路径，可以按住 Shift 键依次单击路径，即可将多个路径同时选择。另外，按住左键拖曳鼠标光标，可以将选择框接触到的路径全部选择。在选择的路径上按下鼠标左键并拖曳，路径将随鼠标光标而移动，释放鼠标左键后即可将其移动到一个新位置；移动路径时，如按住 Alt 键，鼠标光标右下角会出现一个 "+" 符号，此时拖曳鼠标光标，即可复制路径。利用【路径选择】工具将路径拖曳到另一幅图像文件中，待鼠标光标显示为 形状时释放鼠标左键，即可将该路径复制到其他文件中
	【直接选择】工具	【直接选择】工具主要用于编辑路径中的锚点和线段 利用 工具在路径中的锚点上单击，即可将其选择，锚点被选择后将显示为黑色；按住 Shift 键依次单击其他锚点，可以同时选择多个锚点。按住 Alt 键在路径上单击，可以选择整条路径。另外，在要选择的锚点周围拖曳鼠标光标，可以将选择框包含的锚点选择；利用【直接选择】工具选择锚点，然后按住鼠标左键并拖曳，即可将锚点移动到新的位置。利用 工具拖曳两个锚点之间的路径，可改变路径的形态

　　下面来看一下各工具的属性栏。

一、【钢笔】工具的属性栏

　　在属性栏中选择不同的绘制类型时，其属性栏也各不相同。当激活 按钮时，其属性栏如图 4-5 所示。

图4-5 【钢笔】工具的属性栏

- 是路径工具和矢量图形工具的集合。单击相应的按钮，即可方便快捷地完成各工具之间的相互转换，不必再到工具箱中去选择。单击右侧的 按钮，会弹出相应工具的选项面板，激活不同的路径工具按钮，弹出的面板也各不相同。

- 【自动添加/删除】选项：在使用【钢笔】工具绘制图形或路径时，勾选此复选项，【钢笔】工具将具有【添加锚点】工具和【删除锚点】工具的功能。

- 运算方式：属性栏中的 按钮、 按钮、 按钮、 按钮和 按钮，主要用于对路径进行相加、相减、相交或反交运算，具体操作方法和选区运算的相同。

二、【自由钢笔】工具属性栏

选择【自由钢笔】工具 ，并单击属性栏中的 按钮，弹出【自由钢笔选项】面板，如图 4-6 所示。在该面板中可以定义路径对齐图像边缘的范围和灵敏度以及所绘路径的复杂程度。

图4-6 【自由钢笔选项】面板

- 【曲线拟合】：控制生成的路径与鼠标光标移动轨迹的相似程度。数值越小，路径上产生的锚点越多，路径形状越接近鼠标光标的移动轨迹。

- 【磁性的】：勾选此复选项，【自由钢笔】工具将具有磁性功能，可以像【磁性套索】工具一样自动查找不同颜色的边缘。其下的【宽度】、【对比】和【频率】分别用于控制产生磁性的宽度范围、查找颜色边缘的灵敏度和路径上产生锚点的密度。

- 【钢笔压力】：如果电脑联接了外接绘图板绘画工具，勾选此复选项，将应用绘图板的压力更改钢笔的宽度，从而决定自由钢笔绘制路径的精确程度。

三、【路径选择】工具属性栏

【路径选择】工具 的属性栏如图 4-7 所示。

图4-7 【路径选择】工具的属性栏

- 变换路径：勾选【显示定界框】复选项，在选择的路径周围将显示定界框，利用定界框可以对路径进行缩放、旋转、斜切和扭曲等变换操作。

- 组合路径：属性栏中的 按钮、 按钮、 按钮和 按钮用于对选择的多个路径进行相加、相减、相交或反交运算。选择要组合的路径，激活相应的组合按钮，然后单击 组合 按钮即可。

- 对齐路径：当选择两条或两条以上的工作路径时，利用对齐工具可以设置选择的路径在水平方向上顶对齐 、垂直居中对齐 、底对齐 ，或在垂直方向上左对齐 、水平居中对齐 和右对齐 。

- 分布路径：当选择 3 条或 3 条以上的工作路径时，利用分布工具可以将选择的路径在垂直方向上进行按顶分布 、居中分布 、按底分布 ，或在水平方向上按左分布 、居中分布 和按右分布 。

4.1.2 【路径】面板

【路径】面板主要用于显示绘图过程中存储的路径、工作路径和当前矢量蒙版的名称及缩略图，并可以快速地在路径和选区之间进行转换、用设置的颜色为路径描边或在路径中填充前景色等。本节将介绍【路径】面板的一些相关功能，【路径】面板如图 4-8 所示。

图4-8 【路径】面板

一、 存储工作路径

默认情况下，利用【钢笔】工具或矢量形状工具绘制的路径是以"工作路径"形式存在的。工作路径是临时路径，如果取消其选择状态，当再次绘制路径时，新路径将自动取代原来的工作路径。如果工作路径在后面的绘图过程中还要使用，应该保存路径以免丢失。存储工作路径有以下两种方法。

(1) 在【路径】面板中，将鼠标光标放置到"工作路径"上按下鼠标左键并向下拖曳，至 按钮释放鼠标左键，即可将其以"路径 1"名称为其命名，且保存路径。

(2) 选择要存储的工作路径，然后单击【路径】面板右上角的 按钮，在弹出的菜单中选择【存储路径】命令，弹出【存储路径】对话框，将工作路径按指定的名称存储。

> **要点提示** 在绘制路径之前，单击【路径】面板底部的 按钮，或者按住 Alt 键单击 按钮，创建一个新路径，然后再利用【钢笔】或矢量形状工具绘制，系统将自动保存路径。

二、 路径的显示和隐藏

在【路径】面板中单击相应的路径名称，可将该路径显示。单击【路径】面板中的灰色区域或在路径没有被选择的情况下按 Esc 键，可将路径隐藏。

三、 路径与选区的相互转换

使用路径工具，可以轻松绘制出各种形状的路径。通过调整路径，可以得到精确的选区。另外，灵活运用选区与路径的相互转换功能，还可以随时修改路径的形状，从而得到新的选区。

(1) 将路径转换为选区的操作为：在【路径】面板中选择要转换为选区的路径，然后单击面板底部的【将路径作为选区载入】按钮 ，或按 Ctrl+Enter 键。

(2) 将选区转换为路径的操作为：绘制选区，然后单击面板底部的【从选区生成工作路径】按钮 ，即可将选区转换为临时工作路径。

四、 复制路径

(1) 将【路径】面板中的路径（注意不是工作路径）向下拖曳至 按钮处，释放鼠标左键后即可以"该路径名称的副本"为名复制路径，如"路径 1"将复制为"路径 1 副本"；如果在复制的同时要为路径重命名，则按住 Alt 键用鼠标将路径拖曳到面板底部的 按钮上即可。

(2) 如要在同一路径层中复制路径，可选择 工具，并按住 Alt 键移动要复制的路径，释放鼠标左键后，即可将该路径复制。

五、　填充路径

(1)　在【图层】面板中设置图层，然后设置前景色，再在【路径】面板中选择要填充的路径，单击面板底部的 ● 按钮即可。

(2)　按住 Alt 键单击 ● 按钮，将弹出【填充路径】对话框，设置填充内容、混合模式及不透明度等选项后单击 确定 按钮。

六、　描边路径

(1)　在【图层】面板中设置图层，然后设置前景色，选择要用于描边路径的绘画工具，并设置工具选项（如选择合适的笔尖、设置混合模式和不透明度等），再在【路径】面板中选择要描绘的路径，最后单击面板底部的 ○ 按钮即可。

(2)　按住 Alt 键单击 ○ 按钮，将弹出【描边路径】对话框，在对话框的下拉列表中选择相应工具后单击 确定 按钮即可。

4.1.3　绘制网络插画背景

下面灵活运用【渐变】工具及路径工具来绘制网络插画的背景。

【步骤解析】

1. 新建一个宽度为"25 厘米"、高度为"20 厘米"、分辨率为"100 像素/英寸"、颜色模式为"RGB 颜色"、背景内容为"白色"的文件。

2. 选择 ■ 工具，并单击属性栏中 ▬▬▬ 的颜色条部分，在弹出的【渐变编辑器】对话框中设置渐变颜色如图 4-9 所示。

3. 单击 确定 按钮，并激活属性栏中的 ● 按钮，然后为背景填充如图 4-10 所示的渐变色。

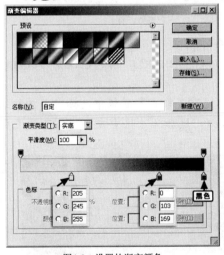

图4-9　设置的渐变颜色

图4-10　填充渐变色后的效果

4. 选择 ♦ 工具，将鼠标光标移动到画面的下方位置依次单击，绘制出如图 4-11 所示的闭合路径。

5. 选择 ▶ 工具，将鼠标光标放置到路径中右上角的锚点上按下鼠标左键并向下拖曳，锚点的两端将出现如图 4-12 所示的调节柄。

图4-11 绘制的路径

图4-12 出现的调节柄

6. 至合适位置后释放鼠标左键，然后将鼠标光标移动到调节柄上方的控制点上按下鼠标左键并向左拖曳，调整路径的形态，如图 4-13 所示。

7. 用与步骤 5～6 相同的方法，依次对路径上方的锚点进行调整，调整后的路径形态如图 4-14 所示。

图4-13 调整控制点时的状态

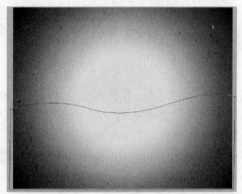

图4-14 路径调整后的形态

8. 按 Ctrl+Enter 键，将路径转换为选区，形态如图 4-15 所示。

9. 新建"图层 1"，然后分别将前景色设置为深蓝色（G:77,B:142），背景色设置为浅蓝色（R:104,G:196,B:237）。

10. 选择▇工具，并单击属性栏中的▇按钮，在弹出的【渐变样式】面板中选择"前景色到背景色渐变"渐变样式，再激活属性栏中的▇按钮，然后为选区自左上向右下填充由深蓝色到浅蓝色的线性渐变色，效果如图 4-16 所示。

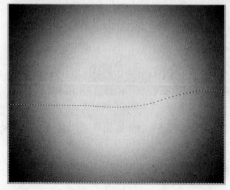

图4-15 生成的选区形态

图4-16 填充渐变色后的效果

11. 按 Ctrl+D 键去除选区，然后执行【图层】/【图层样式】/【外发光】命令，在弹出的【图层样式】对话框中设置选项及参数，如图 4-17 所示。

12. 单击 确定 按钮，图形添加外发光后的效果如图 4-18 所示。

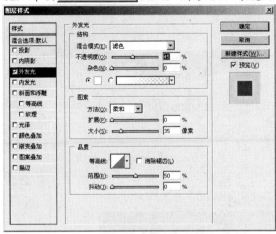

图4-17　【图层样式】对话框　　　　　　　　　　图4-18　添加外发光后的效果

13. 利用 和 工具及步骤 5～6 相同的调整路径方法，绘制出如图 4-19 所示的路径。

图4-19　绘制的路径形态

14. 按 Ctrl+Enter 键，将路径转换为选区，然后新建"图层 2"，并为选区填充浅绿色（R:167,G:254,B:246）。

15. 去除选区后，利用【图层】/【图层样式】/【内发光】命令为图形添加外发光效果，参数设置及生成的效果如图 4-20 所示。

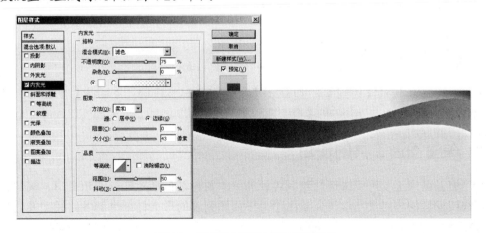

图4-20　【内发光】参数设置及生成的效果

16. 继续利用 ![笔] 和 ![箭] 工具绘制出如图 4-21 所示的路径, 然后按 Ctrl+Enter 键将其转换为选区。

17. 新建"图层 3", 然后利用 ![渐变] 工具为选区自上向下填充由浅蓝色（R:81,G:221,B:254）到白色的线性渐变色, 效果如图 4-22 所示。

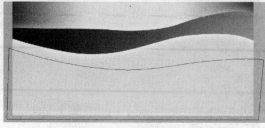

图4-21　绘制的路径　　　　　　　　　　　　　　　　　图4-22　填充渐变色后的效果

18. 按 Ctrl+D 键去除选区, 完成网络插画的背景绘制, 效果如图 4-23 所示。然后按 Ctrl+S 键, 将此文件命名为"网络插画.psd"保存。

图4-23　绘制的网络插画背景

4.2　矢量图形工具

矢量图形工具包括【矩形】工具 ![矩]、【圆角矩形】工具 ![圆角]、【椭圆】工具 ![椭]、【多边形】工具 ![多]、【直线】工具 ![直] 和【自定形状】工具 ![自]。

4.2.1　矢量图形工具的使用

利用矢量图形工具可以快速地绘制各种简单的图形, 包括矩形、圆角矩形、椭圆、多边形、直线或任意的自定义形状的矢量图形。下面以列表的形式详细讲解各路径工具的功能及使用方法。

工　具	使　用　方　法
【矩形】工具 ▢	可以绘制矩形或路径，按住 Shift 键可以绘制正方形或路径
【圆角矩形】工具 ▢	可以绘制带有圆角效果的矩形或路径，当属性栏中的【半径】值为"0"时，此工具的功能相当于矩形工具
【椭圆】工具 ◯	可以绘制椭圆图形或路径，按住 Shift 键可以绘制圆形或路径
【多边形】工具 ◯	可以创建任意边数（3～100）的多边形或各种星形图形。属性栏中的【边】选项，用于设置多边形或星形的边数
【直线】工具 ╲	可以绘制直线或带箭头的直线图形。通过设置【直线】工具属性栏中的【粗细】选项，可以设置绘制直线或带箭头直线的粗细
【自定形状】工具 ✍	可以绘制各种不规则图形或路径。单击属性栏中的【形状】按钮 ✹，可在弹出的【形状】选项面板中选择需要绘制的形状图形；单击【形状】选项面板右上角的 ⏵ 按钮，可加载系统自带的其他自定形状

矢量图形工具的属性栏与【钢笔】工具 ✒ 的属性栏大部分相同，具有相同功能的选项和按钮将不再介绍，此处只介绍其独特部分。

(1) 当激活 ▢ 按钮时，其属性栏如图 4-24 所示。

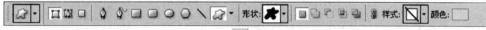

图4-24　激活 ▢ 按钮时的属性栏

- 【形状】：单击 ✹ 图标，系统会弹出如图 4-25 所示的【自定形状】面板。在面板中选择需要的图形，然后在图像文件中拖曳鼠标光标，即可绘制相应的图形。
- 【样式】：单击 ◪ 图标，弹出【样式】选项面板，以便在形状层中快速应用系统中保存的图层样式。如在弹出的【样式】选项面板中选择如图 4-26 所示的样式，再在图像窗口中拖曳鼠标光标绘制图形，图形将自动应用选择的样式，如图 4-27 所示，【图层】面板形态如图 4-28 所示。
- 【颜色】：单击颜色色块，可以设置形状图形的颜色。

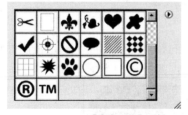

图4-25　【自定形状】面板

图4-26　选择的样式

图4-27　绘制的图形

图4-28　【图层】面板

(2) 当激活 ▫ 按钮时，其属性栏如图 4-29 所示。

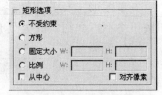

图4-29 激活 ▫ 按钮时的属性栏

- 【模式】：可以设置绘制的图形与原图像的混合模式。
- 【不透明度】：用来设置绘制图形时的不透明度，可以直接输入数值，也可以通过单击右侧的 ▸ 按钮，再用鼠标拖动弹出的滑块来调节。

> **要点提示** 在英文输入状态下，可以通过按键盘上的数字按键来改变【不透明度】选项的数值，从 1～9 分别指 10%～90%，0 代表 100%，也就是说，当按键盘上的数字"3"时，可以将【不透明度】选项的参数设置为 30%。

接下来介绍各矢量工具的选项面板。

(3) 【矩形】工具。

单击属性栏中的 ▾ 按钮，将弹出【矩形选项】面板，如图 4-30 所示。

- 【不受约束】：选择此单选项，可以绘制任意长度和宽度的矩形。
- 【方形】：选择此单选项，可以绘制正方形。

图4-30 【自由钢笔选项】面板

- 【固定大小】：选择此单选项，并在右侧的文本框中设置矩形的长度和宽度，可以绘制固定大小的矩形。
- 【比例】：选择此单选项，并在右侧的文本框中设置矩形的长宽比，可以绘制具有固定比例的矩形。
- 【从中心】：勾选此复选项，在绘制矩形时，将以鼠标光标的起点为中心绘制矩形。
- 【对齐像素】：勾选此复选项，绘制的矩形边缘将与像素边缘对齐，从而避免图形边缘出现锯齿。

(4) 【圆角矩形】工具。

【圆角矩形】工具 ▢ 的选项面板与【矩形】工具 ▢ 的作用完全相同，只是在属性栏中多了一个【半径】选项。该选项用于控制矩形边角的大小，如图 4-31 所示。

半径: 0 px   半径: 50 px   半径: 100 px

图4-31 设置不同数值绘制的圆角矩形

(5) 【椭圆】工具。

【椭圆】工具 ◯ 的属性栏同【矩形】工具 ▢ 的属性栏完全相同，在此不再赘述。

(6) 【多边形】工具。

单击【多边形】工具 ◯ 属性栏中的 ▾ 按钮，弹出【多边形选项】面板，如图 4-32 所示。

- 【半径】：用于设置多边形或星形的半径。该文本框中无数值时，拖曳鼠标光标可绘制任意大小的多边形或星形；在文本框中设置相应的数值，则可以绘制固定大小的多边形或星形。

- 【平滑拐角】: 勾选此复选项, 可以绘制具有平滑拐角形态的多边形或星形。
- 【星形】: 勾选此复选项, 可以绘制星形图形。
- 【缩进边依据】: 勾选【星形】复选项后此项才可用, 用于控制边向中心缩进的程度, 数值越大缩进量越大, 效果越明显, 如图 4-33 所示。

图4-32 【多边形选项】面板

图4-33 设置不同数值时绘制的星形

- 【平滑缩进】: 勾选此复选项, 可以使星形的边平滑地向中心缩进。

(7) 【直线】工具。

单击【直线】工具 ╲ 属性栏中的 ▾ 按钮, 弹出的【箭头】面板如图 4-34 所示。

- 【起点】、【终点】: 勾选【起点】复选项, 直线的起点带箭头; 勾选【终点】复选项, 直线的终点带箭头; 两者同时勾选, 直线的两端均带箭头。
- 【宽度】、【长度】: 用于设置箭头的宽度和长度与直线宽度的百分比, 以此来决定箭头的大小。
- 【凹度】: 文本框中的数值决定箭头中央凹陷的程度。数值大于 0 时, 箭头尾部向内凹陷; 数值小于 0 时, 箭头尾部向外凸出; 数值为 0 时不凹陷。如图 4-35 所示。

(8) 【自定形状】工具。

单击【自定形状】工具 ▨ 属性栏中的 ▾ 按钮, 弹出的【自定形状选项】面板如图 4-36 所示。

图4-34 【箭头】面板

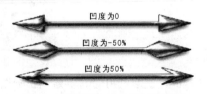

图4-35 设置不同凹度绘制的箭头图形

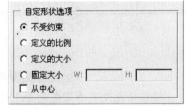

图4-36 【自定形状选项】面板

- 【定义的比例】: 选择此单选项, 或拖曳鼠标光标时按住 Shift 键, 将根据定义此图形时的长宽比例绘制图形。
- 【定义的大小】: 选择此单选项, 会根据定义此图形时的大小绘制图形。

4.2.2 添加松树及雪花图形

下面灵活运用矢量图形工具及移动复制路径操作来为网络插画添加松树及雪花图形。

【步骤解析】

1. 接上例。

2. 选择 工具，并单击属性栏中【形状】图标 ，在弹出的【自定形状】面板中单击右上角的 按钮。

3. 在弹出的下拉菜单中选择【全部】命令，然后在弹出的如图 4-37 所示的询问面板中单击 确定 按钮，用【全部】的形状图形替换【自定形状】面板中的形状图形。

> 如想恢复默认的形状库，可再次单击 按钮，在弹出的下拉菜单中选择【复位形状】选项，在弹出的询问面板中单击 确定 按钮即可。

4. 拖动【自定形状】面板右侧的滑块，然后选择如图 4-38 所示的形状图形。

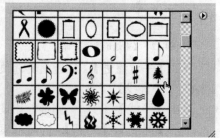

图4-37 询问面板

图4-38 选择的形状图形

5. 将前景色设置为深蓝色（G:50,B:116），然后激活属性栏中的 按钮，再将鼠标光标移动到画面中绘制出如图 4-39 所示的松树图形，此时在【图层】面板中将自动生成形状层，如图 4-40 所示。

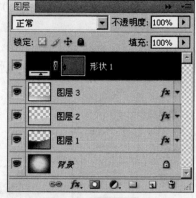

图4-39 绘制的松树图形

图4-40 生成的形状层

6. 将前景色设置为蓝灰色（G:87,B:140），然后利用 工具绘制出如图 4-41 所示的松树图形。

7. 选择 工具，在绘制的图形上单击即可选择该图形，效果如图 4-42 所示，此时在选择的图形上按下鼠标左键并拖曳，即可调整该图形的位置。

8. 按住 Alt 键将鼠标光标移动到选择的矢量图形上，鼠标光标将显示如图 4-43 所示的形态。此时按下鼠标左键并移动，即可将图形移动复制，状态如图 4-44 所示。

> 在移动复制图形或图像时，如要确保复制的图形或图像在同一图层中，就要先为复制的图形或图像加载选区；在移动复制路径或矢量图形时，如要确保复制出的路径或矢量图形也在同一图层中，就是先利用 工具将其选择。

图4-41　绘制的图形

图4-42　选择图形时的状态

图4-43　鼠标光标显示的形态

9. 将前景色设置为蓝色（G:120,B:193），然后利用工具绘制出如图 4-45 所示的松树图形。

图4-44　移动复制图形时的状态

图4-45　绘制的图形

10. 选择工具，并利用与步骤 8 相同的方法，将图形移动复制，然后执行【编辑】/【自由变换路径】命令，为复制的图形添加自由变换框，并将其稍微调大，调整后的大小及位置如图 4-46 所示。

图4-46　复制图形调整后的大小及位置

要点提示 移动复制矢量图形也可利用 ▶⊕ 工具将其移动复制，只是利用 ▶⊕ 工具复制出的图形将生成原图层的副本层，这样复制很多层时将会增加存储图像文件时的大小。

11. 用与步骤10相同的方法，依次将松树图形移动复制并调整大小，效果如图 4-47 所示。

图4-47　移动复制出的图形

12. 将前景色设置为浅蓝色（R:16,G:143,B:220），然后利用 ⚒ 工具绘制出如图 4-48 所示的松树图形。

图4-48　绘制的松树图形

13. 在【图层】面板中，将所有形状层同时选择，然后利用【图层】/【新建】/【从图层建立组】命令将其组成一个名为"松树"的组。

14. 将"松树"组调整至"图层2"的下方，生成的效果及【图层】面板形态如图4-49所示。

图4-49　调整图层堆叠顺序后的效果及【图层】面板

15. 用与添加松树相同的方法，在画面中依次添加出如图 4-50 所示的白色雪花图形，然后将生成的形状层组成一个名为"雪花"的组。

16. 至此松树及雪花图形添加完成，然后按 $\boxed{\text{Ctrl}}$+$\boxed{\text{S}}$ 键，将此文件保存。

要点提示 在添加松树和雪花图形时，读者最终制作的效果不必和本例给出的效果一模一样，各松树和雪花图形的位置及大小读者可随意调整，本例旨在学习利用矢量图形工具绘制图形的方法。

图4-50　添加的雪花图形

4.3　画笔工具组

画笔工具组中包括【画笔】工具 、【铅笔】工具 和【颜色替换】工具 ，本节主要讲解前两种工具，【颜色替换】工具将在第 6 章中讲解。

4.3.1　使用画笔工具

利用【画笔】工具和【铅笔】工具可以绘制出想要表现的任意绘画作品和图形。其工作原理如同实际绘画中的画笔和铅笔一样。在使用时，先设置好前景色、笔头大小和形状，然后在图像文件中拖动鼠标光标，即可绘制想要表现的画面了。默认情况下，【画笔】工具绘制的图形边缘较柔和，而【铅笔】工具绘制的图形边缘较硬，如图 4-51 所示。

图4-51　不同工具绘制的图形

一、　【画笔】工具属性栏

【画笔】工具的属性栏如图 4-52 所示。

图4-52　【画笔】工具的属性栏

- 【画笔】：用于设置画笔笔头的形状及大小。单击 按钮，将弹出如图 4-53 所示的【笔头设置】面板。

使用【画笔】工具绘图时，在图像文件中单击鼠标右键，也可以弹出【笔头设置】面板。另外，在英文输入法状态下，按] 键可以增大笔头的大小，按 [键可以减小笔头的大小；按 Shift+] 键可以增大笔头的硬度，按 Shift+[键，可以减小笔头的硬度。

- 【流量】：决定画笔在绘画时的压力大小，数值越大画出的颜色越深。
- 【喷枪】按钮 ：激活此按钮，使用画笔绘画时，绘制的颜色会因鼠标光标的停留而向外扩展，画笔笔头的硬度越小，效果越明显。
- 【选项】按钮 ：单击此按钮，弹出【画笔】面板，用于设置画笔的更多选项功能。

二、 【铅笔】工具属性栏

【铅笔】工具属性栏中有一个【自动抹除】选项，这是【铅笔】工具所特有的功能。如果勾选了此复选项，在图像内与前景色相同的颜色区域绘画时，铅笔会自动擦除此处的颜色而显示背景色；如在与前景色不同的颜色区绘画时，将用前景色的颜色显示。

三、 【画笔】面板

单击【画笔】属性栏中的 按钮或执行【窗口】/【画笔】命令，即可打开【画笔】面板，如图 4-54 所示。

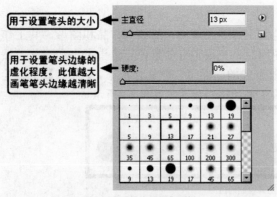

图4-53 【笔头设置】面板　　　　　　图4-54 【画笔】面板

在【画笔】面板左侧的画笔属性设置区域中选择一种属性选项，所选属性的参数设置即会出现在面板的右侧，如只单击选项左侧的复选框，可以在不查看其参数的情况下启用或停用相应属性。

下面以列表的形式来讲解【画笔】面板中的选项及功能。

选项		功能
【画笔预设】		用于查看、选择和载入预设画笔。拖动画笔形状窗口右侧的滚动条可以浏览其他形状；用鼠标拖动【主直径】的滑块可以改变画笔笔头的大小。另外，单击【画笔】面板右上角的███，在弹出的下拉菜单中可以更改预设画笔的显示方式、载入预设画笔库或应用默认的预设画笔库等
【画笔笔尖形状】		用于选择和设置画笔笔尖的形状，在右侧的参数设置区中可以设置画笔笔尖的角度、圆度及相邻两笔之间的间距
【形状动态】		用于设置画笔移动时笔头形状的变化，在右侧的参数设置区中可以设置笔头大小、角度及圆度的随机变化情况
【散布】		决定是否使绘制的图形或线条产生一种笔触散射效果，在右侧的参数设置区中可以设置散布的方向及数量
【纹理】		用于使画笔产生图案纹理效果，在右侧的参数设置区中可以设置纹理的样式、大小及混合模式等
【双重画笔】		可以设置两种不同形状的画笔来绘制图形，首先通过【画笔笔尖形状】设置主笔刷的形状，再通过【双重画笔】设置次笔刷的形状。在右侧的参数设置区中还可以设置次笔刷与主笔刷的混合模式或次笔刷的大小及散布等选项
【颜色动态】		将前景色和背景色进行不同程度的混合，通过调整颜色在前景色和背景色之间的变化以及色相、饱和度和亮度的变化，绘制出具有各种颜色混合效果的图形。在右侧的参数设置区中可以设置颜色混合、色相混合、饱和度混合、亮度或纯度混合的适度
【其他动态】		用于设置画笔的不透明度和流量的动态效果，其中【不透明度抖动】用于设置画笔在绘制图形时颜色不透明度的变化程度。【流量抖动】用于设置画笔在绘制图形时颜色流量的变化程度
其他选项	【杂色】	勾选此复选项，可以在绘制的图形中添加杂色效果
	【湿边】	勾选此复选项，可以在绘制的图形边缘出现湿润边的效果
	【喷枪】	勾选此复选项，相当于激活属性栏中的███按钮，使画笔具有喷枪的性质
	【平滑】	勾选此复选项，可以使画笔绘制图形的颜色边缘较平滑
	【保护纹理】	可以对所有的画笔执行相同的纹理图案和缩放比例。勾选此项后，当使用多个画笔时，可模拟一致的画布纹理

四、 定义画笔

除了【画笔】工具自带的笔头形状外，用户还可以将自己喜欢的图形定义为画笔笔头，这样画笔工具绘制出来的效果就更加丰富了。下面简要来介绍一下定义画笔笔头的方法。

(1) 使用任何选区工具，在图像中选择要用作自定画笔的部分，如果希望创建的画笔带有锐边，则应当将【羽化】值设置为" 0 px"；如果要定义具有柔边的画笔，可给选区设置适当的【羽化】值。

(2) 执行【编辑】/【定义画笔预设】命令，在弹出的【画笔名称】对话框中设置好画笔的名称，然后单击███████按钮。此时在【画笔笔头】面板中即可查看到定义的画笔笔头。

4.3.2 绘制雪人图形

下面灵活运用矢量图形工具、【画笔】工具及【图层样式】命令来绘制雪人图形。

【步骤解析】

1. 接上例。将【图层】面板中最上方的图层设置为工作层，以确保再绘制图形生成的图层能位于所有图层的上方。

2. 选择██工具，并激活属性栏中的██按钮，然后在画面中绘制出如图4-55所示的椭圆形。

图4-55　绘制的椭圆形

3. 利用【图层】/【图层样式】命令为椭圆形添加【内发光】和【渐变叠加】样式，其参数设置如图 4-56 所示。

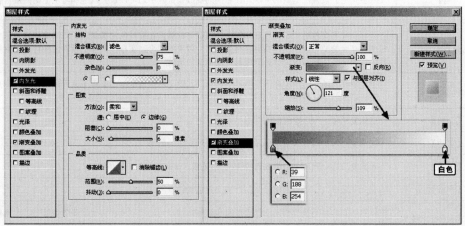

图4-56　【图层样式】参数设置

4. 单击　　确定　　按钮，图形添加图层样式后的效果如图 4-57 所示。

5. 将椭圆形向上移动复制，然后利用【自由变换】命令将其调整至如图 4-58 所示的大小及位置。

 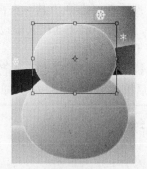

图4-57　添加图层样式后的效果　　　　　　图4-58　复制图形调整后的大小及位置

6. 按 Enter 键确认图像的大小调整，然后利用 ◎ 工具绘制出如图 4-59 所示的黑色图形，作为眼睛。

7. 利用 工具，将黑色眼睛图形移动复制，然后将复制图形稍微调整大小后移动到如图 4-60 所示的位置。

图4-59　绘制的黑色图形

图4-60　移动复制出的图形

8. 利用 ✍ 和 ▶ 工具绘制出如图 4-61 所示的路径，然后按 Ctrl+Enter 键将其转换为选区。

9. 新建 "图层 4"，然后利用 ▣ 工具为选区自上向下填充由橘黄色（R:255,G:169,B:49）到红色（R:254,G:47,B:18）的线性渐变色，效果如图 4-62 所示。

图4-61　绘制的路径

图4-62　填充渐变色后的效果

10. 利用 ☟ 工具绘制出如图 4-63 所示的选区，然后新建 "图层 5"，并为选区填充黑色。

11. 在【图层】面板中将 "图层 5" 调整至 "图层 4" 的下方，然后将其【不透明度】参数设置为 "20%"，生成的效果如图 4-64 所示。

图4-63　绘制的选区

图4-64　调整堆叠顺序及不透明度后的效果

12. 按 Ctrl+D 键去除选区，然后利用 ✍ 和 ▶ 工具绘制出如图 4-65 所示的路径。

13. 选择 ✐ 工具，并单击属性栏中【画笔】选项右侧的 按钮，在弹出的【笔头设置】面板中设置参数，如图 4-66 所示。

图4-65　绘制的路径

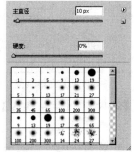

图4-66　设置的笔头参数

14. 新建"图层 6"，然后将前景色设置为白色，并将 ✐ 工具属性栏中的【不透明度】参数设置为"50%"。

15. 将【路径】面板设置为工作状态，然后单击面板下方的 ⭕ 按钮，用设置的画笔笔头为路径描绘白色，效果如图 4-67 所示。

16. 在【路径】面板的灰色区域单击，取消路径的显示，然后在【图层】面板中将"图层 6"的【不透明度】参数设置为"80%"。

至此，雪人图形基本完成，下面来绘制雪人的帽子及纽扣图形。

17. 新建"图层 7"，然后按 Shift+Ctrl+] 键，将其调整至所有图层的上方，然后利用 ⭕ 工具绘制出如图 4-68 所示的椭圆形。

图4-67　描绘路径后的效果

图4-68　绘制的椭圆形

18. 选择 ▦ 工具，然后单击属性栏中 ▭ 的颜色条部分，在弹出的【渐变编辑器】对话框中设置渐变颜色，如图 4-69 所示。

19. 单击 确定 按钮，并将属性栏中的 ◉ 按钮激活，然后将鼠标光标移动到选区中拖曳，为选区填充如图 4-70 所示的径向渐变色。

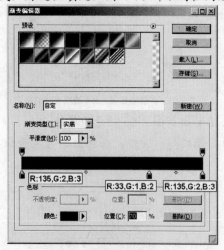

图4-69　设置的渐变颜色参数

图4-70　填充渐变色后的效果

20. 执行【选择】/【变换选区】命令，为选区添加自由变换框，然后将其调整至如图 4-71 所示的形态及位置。

21. 按 Enter 键确认选区的变换调整，然后按 Delete 键删除选区内的图形，再按 Ctrl+D 键去除选区，效果如图 4-72 所示。

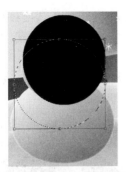

图4-71 选区调整后的形态及位置

图4-72 删除图形后的效果

22. 利用【图层】/【图层样式】/【投影】命令，为"帽子"图形添加投影效果，参数设置及添加的投影效果如图 4-73 所示。

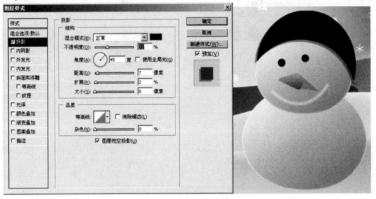

图4-73 【投影】参数设置及生成的效果

23. 选择 ✐ 工具，然后单击属性栏中的 📧 按钮，在弹出的【画笔】面板中选择如图 4-74 所示的笔头。

24. 选中【形状动态】选项，然后在右侧参数区中修改参数如图 4-75 所示，其他【散布】及【颜色动态】选项采用默认的参数设置。

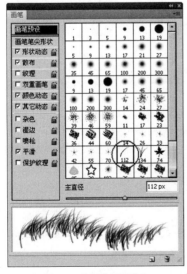

图4-74 选择的画笔笔头

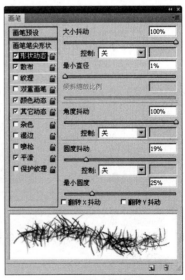

图4-75 设置的选项及参数

25. 新建"图层 8"，并将前景色设置为深红色（R:155,B:4），然后确认属性栏中的 按钮
处于激活状态，将鼠标光标移动到画面中按下鼠标左键不放，喷绘出如图 4-76 所示的
绒球效果。

26. 用与步骤 25 相同的方法，依次喷绘出帽子两边的绒球效果，然后将左侧绒球所在的图
层调整至"雪人"头部所在图层的下方，效果如图 4-77 所示。

图4-76　喷绘的绒球效果

图4-77　调整堆叠顺序后的效果

27. 再次利用 工具绘制出如图 4-78 所示的椭圆形作为纽扣。

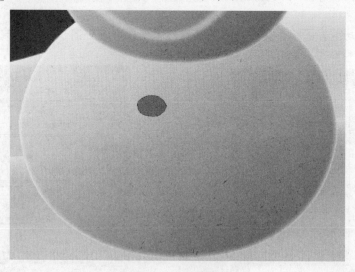

图4-78　绘制的椭圆形

28. 利用【图层】/【图层样式】命令为图形添加图层样式，各选项参数设置及生成的效果
如图 4-79 所示。

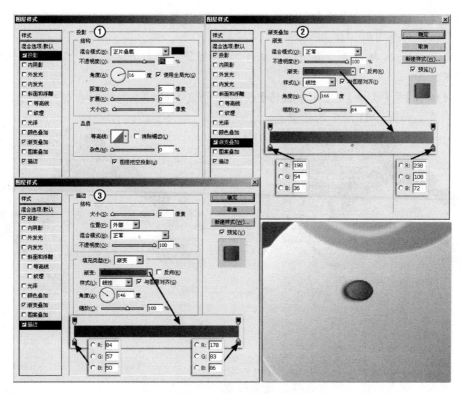

图4-79　各【图层样式】参数设置及生成的效果

29. 用移动复制图形的方法，将"纽扣"图形移动复制，然后将其调整至如图 4-80 所示的大小及位置。

最后利用 ✎ 工具来绘制"手"图形。

30. 选择 ✎ 工具，并激活属性栏中的 □ 按钮，然后将 粗细: 6 px 选项的参数设置为"6 px"。

31. 新建"图层 11"，并将前景色设置为黑色，然后将鼠标光标移动到画面中拖曳，绘制出如图 4-81 所示的黑色线形。

图4-80　复制出的"纽扣"图形

图4-81　绘制的线形

32. 将属性栏中 粗细 [4 px] 选项的参数设置为 "4 px"，然后再依次绘制出如图 4-82 所示的黑色线形，作为手图形。

33. 将 "图层 11" 复制为 "图层 11 副本"，然后将复制的图层调整至 "雪人" 身体所在图层的下方。

34. 执行【编辑】/【变换】/【水平翻转】命令，将复制的 "手" 图形在水平方向上翻转，然后调整至如图 4-83 所示的位置。

图4-82　绘制出的手图形

图4-83　复制手图形调整后的形态及位置

35. 将 "雪人" 所在的图层同时选择，然后组成一个名为 "雪人" 的组。

36. 将 "雪人" 组复制为 "雪人 副本" 组，然后将复制的图形调整至如图 4-84 所示的大小及位置。

37. 在【图层】面板中将 "雪人 副本" 组调整至 "雪人" 组的下方，然后将 "图层 11 副本" 层调整至 "雪人 副本" 组的下方，生成的效果如图 4-85 所示。

38. 至此，雪人绘制完成，按 [Ctrl]+[S] 键将此文件保存。

图4-84　复制图形调整后的大小及位置

图4-85　调整堆叠顺序后的效果

4.3.3　喷绘下雪效果

　　下面灵活运用【画笔】工具 ✐ 及【画笔】面板中的选项设置来为网络插画喷绘出下雪效果。

【步骤解析】

1. 接上例。

2. 新建"图层 12"，然后将其调整至所有图层的上方。

3. 选择 ✎ 工具，并单击属性栏中的 🔳 按钮，然后在弹出的【画笔】面板中单击右上角的
   🔳 按钮。

4. 再在弹出的下拉菜单中选择【混合画笔】选项，此时系统将弹出如图 4-86 所示的询问
   面板。

图4-86　询问面板

5. 单击 确定 按钮，然后在画笔选项中选择"雪花"图形，并依次设置其他选项及参
   数，如图 4-87 所示。

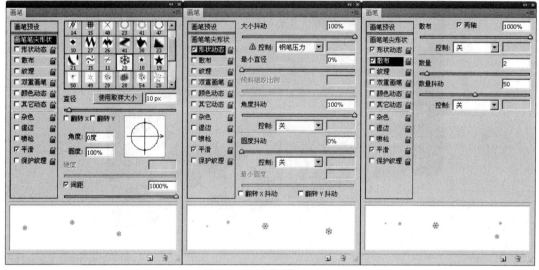

图4-87　【画笔】面板参数设置

6. 将前景色设置为白色，然后将鼠标光标移动到画面中拖曳，即可喷绘出如图 4-88 所示
   的雪花图形。

图4-88　喷绘的雪花图形

要点提示 喷绘雪花图形后，雪人头部位置的雪花可利用【橡皮擦】工具擦除。另外，如感觉雪花颜色太浅，可将该图层复制，然后再将其与原图层合并，即可加深雪花的颜色。

7. 至此，网络插画设计完成，按 Ctrl+S 键，将此文件保存。

4.4 拓展案例

通过本章的学习，读者自己动手设计出下面的圣诞节插画和雪景插画。

4.4.1 绘制圣诞节插画

灵活运用路径工具和【画笔】工具绘制出如图 4-89 所示的圣诞节插画。

图4-89 绘制的圣诞节插画

【步骤解析】

1. 新建文件并填充渐变色的背景，然后灵活运用路径工具绘制出如图 4-90 所示的"雪地"图形，为了能表现出真实效果读者可多绘制几层。

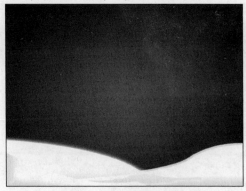

图4-90 绘制的"雪地"图形

2. 利用 、 和 工具及【图层样式】的描边功能绘制出如图 4-91 所示的"树"图形，然后利用 和 工具绘制出如图 4-92 所示的路径。

图4-91　绘制的"树"图形

图4-92　绘制出的路径

3. 选择 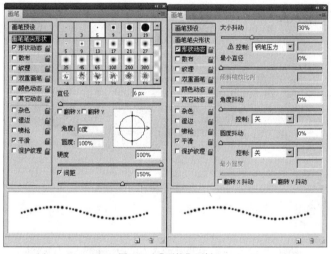工具，并单击属性栏中的 按钮，在弹出的【画笔】面板中设置各选项及参数，如图 4-93 所示。

图4-93　【画笔】面板

4. 将前景色设置为白色，然后利用路径的描绘功能对路径进行描绘，再复制几层加深描绘图形的颜色，效果如图 4-94 所示。

5. 用与步骤 4 相同的方法，再制作出如图 4-95 所示的描绘图形。

图4-94　描绘出的图形

图4-95　描绘出的图形

6. 用移动复制图形和旋转操作依次对绘制的"树"图形进行复制并调整，最终效果如图 4-96 所示。

图4-96 复制出的"树"图形

7. 将"树"图形所在的图层合并为一个"树"的组，然后将其调整至"雪地"图形的后面，效果如图 4-97 所示。

图4-97 调整堆叠顺序后的效果

8. 利用 ✐工具喷绘出"月亮"图形，然后灵活运用路径工具和 ✐工具绘制出如图 4-98 所示的雪人图形。

图4-98 绘制的月亮及雪人图形

9. 将素材图片移动复制到新建的文件中，然后输入如图 4-99 所示的白色文字。

10. 最后灵活运用 ✐工具及【画笔】面板中的选项及参数设置，在画面中喷绘出如图 4-100 所示的雪花图形，完成圣诞节插画的绘制。

图4-99　添加的素材图片及输入的文字

图4-100　喷绘的雪花图形

4.4.2　绘制雪景插画

灵活运用路径工具和【画笔】工具绘制出如图 4-101 所示的雪景插画。

图4-101　绘制的雪景插画

【步骤解析】

1.　灵活运用路径工具和矢量图形工具绘制出如图 4-102 所示的人物及小房子图形。

图4-102　绘制的人物及小房子图形

2. 新建文件并填充渐变色，然后灵活运用路径工具、✐工具及图层的【不透明度】参数设置，制作出如图 4-103 所示的雪地和边框图形。

3. 将"小房子"图形导入，然后灵活运用✐工具及移动复制操作和【变换】命令绘制出如图 4-104 所示的"树"图形。

图4-103　绘制的草地和边框图形

图4-104　绘制的树图形

4. 将人物和雪人图形导入，再灵活运用◯工具绘制出如图 4-105 所示的月亮图形。

5. 灵活运用✐工具喷绘雪花图形，然后输入如图 4-106 所示的白色文字，即可完成雪景插画的绘制。

图4-105　导入的素材图片及绘制的月亮图形

图4-106　喷绘的雪花图形及输入的文字

4.5　小结

　　本章主要介绍了路径工具和【画笔】工具的应用，通过绘制网络插画，详细介绍了路径的绘制与编辑、矢量图形工具的运用、【画笔】工具的运用、【画笔】面板中各选项的设置方法及利用【路径】面板与【画笔】工具相结合的描绘路径功能。通过本章的学习，希望读者能熟练掌握路径和【画笔】工具的使用方法，在实际工作过程中做到灵活运用。

第5章　文字工具——设计海报

文字的运用是平面设计中非常重要的一部分。在实际工作中，几乎每一幅作品的设计都需要有文字内容来说明主题，将文字以更加丰富多彩的形式加以表现，是设计领域非常重要的一个创作主题。本章将通过设计一个海报来详细讲解文字的输入、转换、变形及跟随路径排列等编辑方法。

【学习目标】

- 了解各文字工具的功能。
- 熟悉文字在整个作品中的灵活运用。
- 掌握点文字与美术文字的输入方法。
- 掌握文字的属性选项设置。
- 掌握文字的各种转换操作。
- 掌握文字的变形功能应用。
- 熟悉文字的沿路径调整方法。

5.1 文字工具组

文字工具组中共有 4 种文字工具，包括【横排文字】工具 T、【直排文字】工具 T、【横排文字蒙版】工具 T 和【直排文字蒙版】工具 T。

利用文字工具可以在文件中输入点文字或段落文字。点文字适合在文字内容较少的画面中使用，例如标题或需要制作特殊效果的文字；当作品中需要输入大量的说明性文字内容时，利用段落文字输入就非常适合。以点文字输入的标题和以段落文字输入的内容如图 5-1 所示。

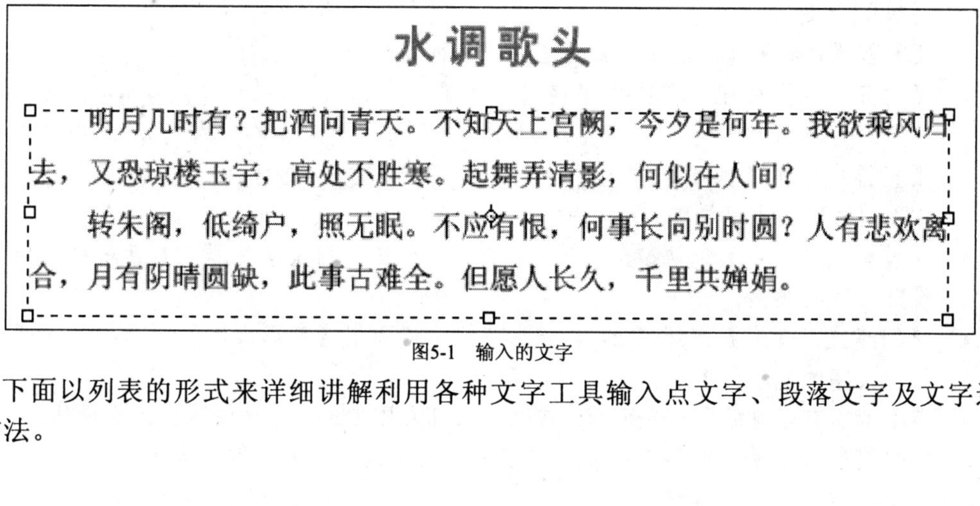

水调歌头

明月几时有？把酒问青天。不知天上宫阙，今夕是何年。我欲乘风归去，又恐琼楼玉宇，高处不胜寒。起舞弄清影，何似在人间？
转朱阁，低绮户，照无眠。不应有恨，何事长向别时圆？人有悲欢离合，月有阴晴圆缺，此事古难全。但愿人长久，千里共婵娟。

图5-1　输入的文字

下面以列表的形式来详细讲解利用各种文字工具输入点文字、段落文字及文字选区的方法。

功能	使 用 方 法
输入点文字	利用文字工具输入点文字时，每行文字都是独立的，行的长度随着文字的输入不断增加，无论输入多少文字都是在一行内，只有按 Enter 键才能切换到下一行输入文字。输入点文字的操作方法为：在【文字】工具组中选择 T 或 IT 工具，鼠标光标将显示为文字输入光标 I 或 F 符号，在文件中单击，指定输入文字的起点，然后在属性栏或【字符】面板中设置相应的文字选项，再输入需要的文字即可。按 Enter 键可使文字切换到一下行；单击属性栏中的 ✓ 按钮，可完成点文字的输入
输入段落文字	在输入段落文字之前，先利用文字工具绘制一个矩形定界框，以限定段落文字的范围，在输入文字时，系统将根据定界框的宽度自动换行。输入段落文字的操作方法为：在【文字】工具组中选择 T 或 IT 工具，然后在文件中拖曳鼠标光标绘制一个定界框，并在属性栏、【字符】面板或【段落】面板中设置相应的选项，即可在定界框中输入需要的文字。文字输入到定界框的右侧时将自动切换到下一行。输入完一段文字后，按 Enter 键可以切换到下一段文字。如果输入的文字太多以致定界框中无法全部容纳，定界框右下角将出现溢出标记符号田，此时可以通过拖曳定界框四周的控制点，以调整定界框的大小来显示全部的文字内容。文字输入完成后，单击属性栏中的 ✓ 按钮，即可完成段落文字的输入
创建文字选区	使用【横排文字蒙版】工具 T 和【直排文字蒙版】工具 IT 可以创建文字选区，文字选区具有其他选区相同的性质。创建文字选区的操作方法为：选择图层，然后选择【文字】工具组中的 T 或 IT 工具，并设置文字选项，再在文件中单击，此时会出现一个红色的蒙版，即可开始输入需要的文字，单击属性栏中的 ✓ 按钮，即完成文字选区的创建

 在绘制定界框之前，按住 Alt 键单击或拖曳鼠标光标，将会弹出【段落文字大小】对话框，在对话框中设置定界框的宽度和高度，然后单击 确定 按钮，可以按照指定的大小绘制定界框。

【文字】工具组中各文字工具的属性栏是相同的，如图 5-2 所示。

图5-2　文字工具的属性栏

- 【更改文本方向】按钮 T：单击此按钮，可以将水平方向的文本更改为垂直方向，或者将垂直方向的文本更改为水平方向。
- 【设置字体系列】 Arial ▾：此下拉列表中的字体，用于设置输入文字的字体；也可以将输入的文字选择后再在字体列表中重新设置字体。
- 【设置字体样式】 Regular ▾：在此下拉列表中可以设置文字的字体样式，包括 Regular（规则）、Italic（斜体）、Bold（粗体）和 Bold Italic（粗斜体）4 种字型。注意，当在字体列表中选择英文字体时，此列表中的选项才可用。
- 【设置字体大小】 12点 ▾：用于设置文字的大小。
- 【设置消除锯齿的方法】 锐利 ▾：决定文字边缘消除锯齿的方式，包括【无】、【锐利】、【犀利】、【浑厚】和【平滑】5 种方式。
- 【对齐方式】按钮：在使用【横排文字】工具输入水平文字时，对齐方式按钮显示为 ≡ ≡ ≡，分别为"左对齐"、"水平居中对齐"和"右对齐"；当使用【直排文字】工具输入垂直文字时，对齐方式按钮显示为 ⫼ ⫼ ⫼，分别为"顶对齐"、"垂直居中对齐"和"底对齐"。
- 【设置文本颜色】色块■：单击此色块，在弹出的【拾色器】对话框中可以设置文字的颜色。
- 【创建文字变形】按钮 ⟮：单击此按钮，将弹出【变形文字】对话框，用于设置文字的变形效果。
- 【取消所有当前编辑】按钮 ⊘：单击此按钮，则取消文本的输入或编辑操作。
- 【提交所有当前编辑】按钮 ✓：单击此按钮，确认文本的输入或编辑操作。

5.1.1　合成图像

本节来设计一个牛奶广告海报，在输入文字之前先来合成海报中的图像。

【步骤解析】

1. 新建一个宽度为"20 厘米"、高度为"28 厘米"、分辨率为"100 像素/英寸"、颜色模式为"RGB 颜色"、背景内容为"白色"的文件。

2. 将前景色设置为深黄色（R:230,G:170,B:100），然后为背景层填充设置的深黄色。

3. 利用 工具在画面的下方绘制一个小的长条矩形选区，然后为选区填充深红色（R:160,G:30,B:30），如图 5-3 所示。

4. 将附盘中"图库\第 05 章"目录下名为"奶花.psd"的文件打开，然后利用 工具将"奶花"图片移动复制到新建的文件中，并放置到如图 5-4 所示的位置。

图5-3　绘制的长条矩形

图5-4　图片放置的位置

5. 利用 和 工具在画面的上方位置绘制出如图 5-5 所示的路径。

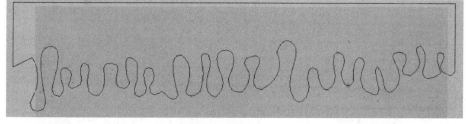

图5-5　绘制的路径

6. 按 Ctrl+Enter 键，将路径转换为选区，然后在【图层】面板中新建"图层 2"，并为其填充白色。

7. 按 Ctrl+D 键去除选区，然后执行【图层】/【图层样式】/【斜面和浮雕】命令，在弹出的【图层样式】对话框中设置各选项及参数，如图 5-6 所示。

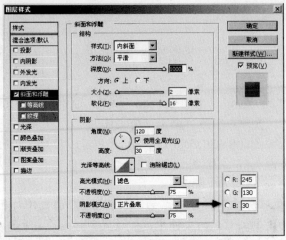

图5-6　【图层样式】对话框

8. 单击 [确定] 按钮，白色图形添加图层样式后的效果如图 5-7 所示。

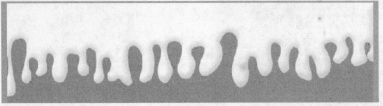

图5-7　添加图层样式后的效果

9. 利用 工具绘制如图 5-8 所示的矩形选区，然后执行【选择】/【变换选区】命令，在选区的周围将显示自由变换框。

10. 单击属性栏中的 按钮，转换到变形模式状态下，然后在属性栏中 [自定] 下拉列表中选择【扇形】选项，选区变形的形态如图 5-9 所示。

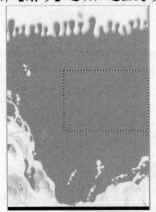

图5-8　绘制的矩形选区

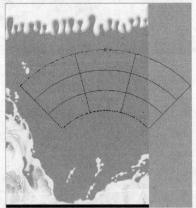

图5-9　选区变形后的形态

11. 单击属性栏中的 ✓ 按钮，确认选区的变形调整。然后新建"图层 3"，并为其填充橘红色（R:240,G:130,B:30），如图 5-10 所示。

12. 执行【选择】/【修改】/【收缩】命令，在弹出的【收缩选区】对话框中将【收缩量】选项设置为"15 像素"，单击 [确定] 按钮，将选区收缩。

13. 按 Delete 键删除选区内的图形，效果如图 5-11 所示。

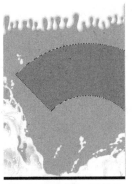

图5-10 填充颜色后的效果

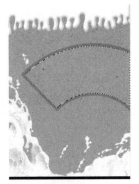

图5-11 删除图形后的效果

14. 执行【编辑】/【描边】命令，弹出【描边】对话框，将【颜色】设置为"白色"，然后设置其他选项及参数，如图 5-12 所示。

15. 单击 确定 按钮，描边后的效果如图 5-13 所示。

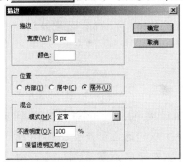

图5-12 【描边】对话框

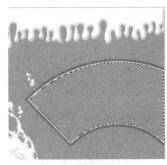

图5-13 描边后的效果

> **要点提示** 此时选区不要去除，继续进行下面的操作，因为在下面执行【编辑】/【贴入】命令时必须有选区，否则不能执行此命令。

16. 将附盘中"图库\第 05 章"目录下名为"草原.jpg"的文件打开，如图 5-14 所示。

17. 按 Ctrl+A 键将图像全部选择，然后按 Ctrl+C 键，将选择的图像复制到剪贴板中。

18. 将"未标题-1"文件设置为工作状态，然后执行【编辑】/【贴入】命令，将复制的草原图片贴入选区中，如图 5-15 所示。

图5-14 打开的图片文件

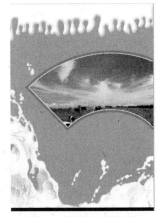

图5-15 贴入选区后的效果

19. 按 Ctrl+T 键为草原图片添加自由变换框，然后将其调整至如图 5-16 所示的大小及位置，并单击属性栏中的 ✓ 按钮，确认图片的大小调整。

20. 将附盘中 "图库\第 05 章" 目录下名为 "儿童.jpg" 的文件打开，如图 5-17 所示。

图5-16　图片调整后的大小及位置

图5-17　打开的图片

21. 利用 ✎ 工具在画面中的白色区域内单击添加选区，然后按 Shift+Ctrl+I 键将选区反选，再利用 ▭ 工具并结合 Alt 键将不需要的选区减掉，最终生成的选区形态如图 5-18 所示。

22. 利用 ⯐ 工具将选区内的图像移动复制到 "未标题-1" 文件中，然后利用【自由变换】命令将其调整至如图 5-19 所示的大小及位置。

图5-18　生成的选区

图5-19　图像调整后的大小及位置

23. 按 Enter 键，确认图像的大小调整，然后执行【图层】/【排列】/【置为底层】命令，将生成的 "图层 5" 调整至 "图层 1" 的下方。

24. 执行【图层】/【图层样式】/【外发光】命令，在弹出的【图层样式】对话框中，设置各选项及参数，如图 5-20 所示。

25. 单击 __确定__ 按钮，人物图像添加外发光后的效果如图 5-21 所示。

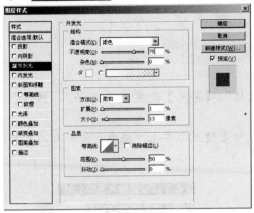

图5-20　【图层样式】对话框

图5-21　添加外发光后的效果

26. 在【图层】面板中单击 按钮，在弹出的下拉菜单中选择【曲线】命令，然后在弹出的【调整曲线】面板中调整曲线的形态，如图 5-22 所示。

  人物图像调整对比度后的效果如图 5-23 所示。

27. 按 Ctrl+S 键，将此文件命名为 "海报.psd" 保存。

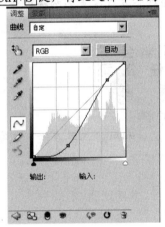

图5-22　曲线调整的形态

图5-23　人物图像调整对比度后的效果

5.1.2　添加文字

下面灵活运用 T 工具来输入段落文字及点文字。

【步骤解析】

1. 接上例。

2. 在【图层】面板中单击最顶部的 "图层 4"，将其设置为工作层。

> 将最顶部图层设置为工作层的目的是为了在下面再进行操作时，新建的图层能位于所有图层的上方，以利于显示。

3. 选择 T 工具，将鼠标光标移动到画面的上方位置按下鼠标左键并拖曳，绘制出如图 5-24 所示的文本定界框。

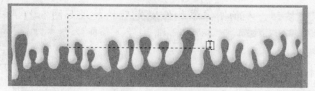

图5-24　绘制的文本定界框

4. 在属性栏中将文字的【字体】设置为"黑体"、【字号】设置为"17 点"，然后依次在文本定界框中输入如图 5-25 所示的文字。
5. 将鼠标光标放置到所有文字的后面按下鼠标左键并向左上方拖曳，将所有的文字同时选择，如图 5-26 所示。

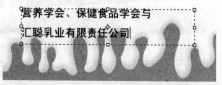

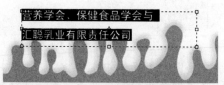

营养学会、保健食品学会与
汇聪乳业有限责任公司

图5-25　输入的文字

营养学会、保健食品学会与
汇聪乳业有限责任公司

图5-26　文字被选择时的状态

6. 单击属性栏中的按钮，打开【字符】面板，将 19 点 的参数设置为"19 点"。
7. 切换到【段落】面板，然后激活按钮，将文字的对齐方式设置为两端对齐，文字调整后的效果如图 5-27 所示。

营 养 学 会、保 健 食 品 学 会 与
汇 聪 乳 业 有 限 责 任 公 司

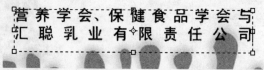

图5-27　调整行距及对齐方式后的效果

8. 单击属性栏中的按钮，确认文字的输入及调整，然后利用 T 工具在输入文字的右侧输入如图 5-28 所示的黑色文字。

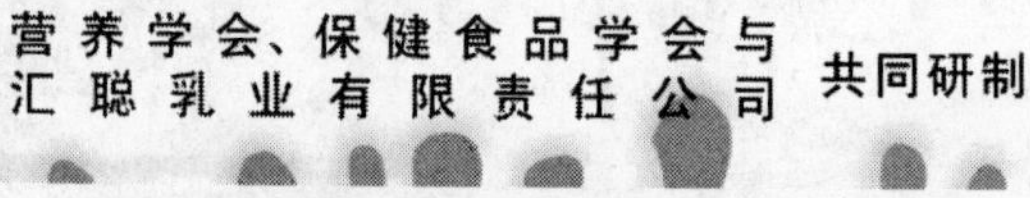

营 养 学 会、保 健 食 品 学 会 与
汇 聪 乳 业 有 限 责 任 公 司
共同研制

图5-28　输入的文字

9. 继续利用 T 工具在画面中的合适位置依次输入如图 5-29 所示的文字。

净含量：350 克
草原汇聪乳业有限公司出品

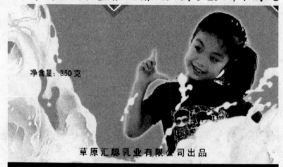

图5-29　输入的文字

10. 按 Ctrl+S 键，将此文件保存。

5.2 文字转换

利用 Photoshop 中的文字工具在作品中输入文字后，通过 Photoshop 强大的编辑功能，可以对文字进行各种各样的特效制作和样式编辑，使设计出的作品更加生动有趣。文字转换的具体操作分别如下。

一、 将文字转换为路径

执行【图层】/【文字】/【创建工作路径】命令，可以将文字转换为路径，转换后将以临时路径"工作路径"出现在【路径】面板中。在文字图层中创建的工作路径可以像其他路径那样存储和编辑，但不能将此路径形态的文字作为文本那样再进行编辑。将文字转换为工作路径后，原文字图层保持不变并可继续进行编辑。

二、 将文字转换为形状

执行【图层】/【文字】/【转换为形状】命令，可以将文字图层转换为具有矢量蒙版的形状图层，此时可以编辑矢量蒙版来改变文字的形状，或者为其应用图层样式，但是，无法在图层中将字符再作为文本进行编辑了。

三、 将文字层转换为工作层

许多编辑命令和编辑工具无法在文字层中使用，必须先将文字层转换为普通层才可使用相应命令，其转换方法有以下 3 种。

- 将要转换的文字层设置为工作层，然后执行【图层】/【栅格化】/【文字】命令，即可将其转换为普通层。
- 在【图层】面板中要转换的文字层上单击鼠标右键，在弹出的右键菜单中选择【栅格化文字】命令。
- 在文字层中使用编辑工具或命令时，例如【画笔】工具、【橡皮擦】工具和各种【滤镜】命令等，将会弹出【Adobe Photoshop】询问对话框，直接单击 确定 按钮，也可以将文字栅格化。

四、 点文本与段落文本相互转换

在实际操作中，经常需要将点文字转换为段落文字，以便在定界框中重新排列字符，或者将段落文字转换为点文字，使各行文字独立地排列。

转换方法非常简单，在【图层】面板中选择要转换的文字层，并确保文字没有处于编辑状态，然后执行【图层】/【文字】中的【转换为点文本】或【转换为段落文本】命令，即可完成点文字与段落文字之间的相互转换。

5.2.1 转换工作路径制作标准字

下面灵活运用 T 工具及【创建工作路径】命令和路径调整工具来制作企业的标准字。

【步骤解析】

1. 新建一个宽度为"10 厘米"、高度为"5 厘米"、分辨率为"150 像素/英寸"、颜色模式为"RGB 颜色"、背景内容为"白色"的文件。
2. 利用 T 工具在文件中输入如图 5-30 所示的黑色文字，其字体为"汉仪秀英体简"、字号为"100 点"。

3. 执行【图层】/【文字】/【创建工作路径】命令，即可按照文字的形状创建出工作路径。

4. 在【图层】面板中单击 🗑 按钮，在弹出的询问面板中单击 是(Y) 按钮，将文字层删除，得到的文字路径如图 5-31 所示。

图5-30 输入的文字　　　　　　　　　　　　　　　　　　图5-31 转换的工作路径

5. 选择 ▶ 工具，然后框选如图 5-32 所示的路径，选择的节点形态如图 5-33 所示。

6. 按 Delete 键，将选择的路径删除，然后选择 ⚪ 工具，并激活属性栏中的 🔳 和 🔲 按钮，再按住 Shift 键绘制出如图 5-34 所示的圆形路径。

 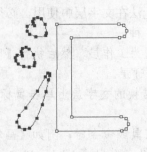 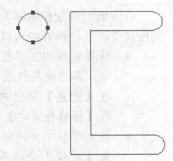

图5-32 框选路径时的状态　　　　图5-33 选择的节点形态　　　　图5-34 绘制的圆形路径

7. 选择 ▶ 工具，将鼠标光标放置到绘制的圆形路径上，然后按住 Shift+Alt 键，按下鼠标左键并向下拖曳，移动复制圆形路径，状态如图 5-35 所示。

8. 释放鼠标左键后，选择 ⚪ 工具，然后单击属性栏中的【形状】按钮 →⋅ ，在弹出的【形状选项】面板中再单击右上角的 ⊙ 按钮。

9. 在弹出的下拉菜单中选择【全部】选项，此时会弹出如图 5-36 所示的【Adobe Photoshop】询问面板，单击 确定 按钮，用选择的形状替换当前的形状。

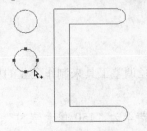 

图5-35 移动复制路径时的状态　　　　　　　图5-36 【Adobe Photoshop】询问面板

10. 在【形状选项】面板中选择如图 5-37 所示的"水滴"形状，然后在圆形路径的下方绘制出如图 5-38 所示的路径。

11. 利用 ⬉ 工具选择"汇"字右侧的笔划，然后选择 ⬥ 工具，并将鼠标光标移动到如图 5-39 所示的位置单击，将此处的节点删除。

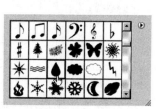

图5-37 选择的形状

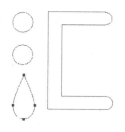

图5-38 绘制的路径

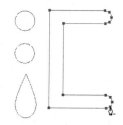

图5-39 鼠标光标放置的位置

12. 依次移动鼠标光标至右下角的各个节点上单击，将节点删除，效果如图 5-40 所示，然后利用 ⬥ 和 ⬉ 工具绘制出如图 5-41 所示的路径。

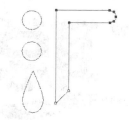

图5-40 删除节点后的效果

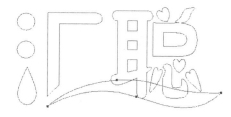

图5-41 绘制的路径

13. 利用 ⬈ 工具依次选择相应的节点，并向下调整至如图 5-42 所示的位置。

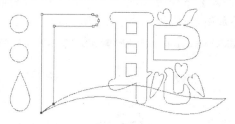

图5-42 节点调整后的位置

14. 选择 ⬈ 工具，单击"聪"字路径将其选择，然后按 Ctrl+T 键为选择的路径添加自由变换框，并将其调整至如图 5-43 所示的形态。

15. 单击属性栏中的 ✔ 按钮，确认路径的缩放调整，然后利用 ⬈ 工具框选如图 5-44 所示的节点。

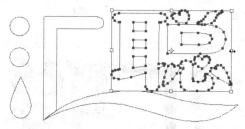

图5-43 "聪"字路径缩放后的形态

图5-44 框选节点时状态

16. 按 Delete 键，将选择的节点删除，然后框选如图 5-45 所示的节点，并向上调整至如图 5-46 所示的位置。

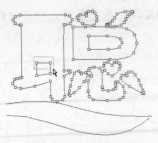

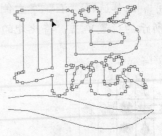

图5-45　框选节点时的状态　　　　　　　　　　　　　　图5-46　选择节点调整后的位置

17. 利用 ⬦ 和 ⬈ 工具及移动复制路径操作，绘制出如图 5-47 所示的路径，完成路径的调整。

18. 按 Ctrl+Enter 键，将调整后的路径转换为选区，然后在【图层】面板中新建"图层1"，并为其填充黑色，去除选区后的效果如图 5-48 所示。

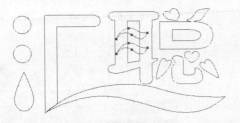

图5-47　绘制的路径　　　　　　　　　　　　　　图5-48　填充颜色后的效果

19. 利用【图层】/【图层样式】命令为"图层 1"中的图像添加投影、描边及斜面和浮雕效果，各参数设置及添加图层样式后的效果如图 5-49 所示。

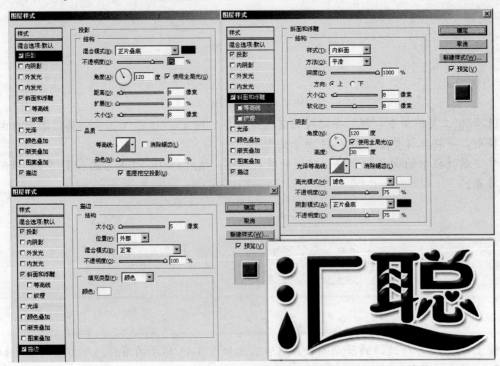

图5-49　各选项参数设置及添加样式后的效果

144

20. 按 Ctrl+S 键，将此文件命名为"标准字.psd"保存。

21. 利用 ▶◆ 工具将制作的标准字移动复制到"海报.psd"文件中，然后利用【自由变换】命令将其调整至如图 5-50 所示的大小及位置。

图5-50　标准字调整后的大小及位置

22. 按 Ctrl+S 键，将此文件保存。

5.2.2　转换形状

下面灵活运用【文字】工具的【转换为形状】命令来制作文字的错位效果。

【步骤解析】

1. 接上例。

2. 利用 T 工具输入如图 5-51 所示的白色文字，其字体为"汉仪蝶语体简"、字号为"90点"。

图5-51　输入的文字

3. 执行【图层】/【图层样式】/【投影】命令，在弹出的【图层样式】对话框中依次设置【投影】和【描边】选项的参数，如图 5-52 所示。

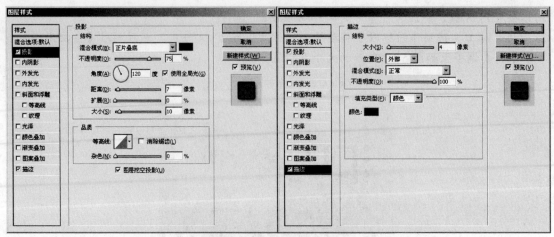

图5-52 设置的选项及参数

4. 单击 确定 按钮，文字添加投影及描边后的效果如图 5-53 所示。

图5-53 添加投影及描边后的效果

5. 执行【图层】/【文字】/【转换为形状】命令，将文字转换为形状图形。然后选择 工具，并在"奶"字形状图形上单击将其选择。

6. 将选择的形状图形向上调整至如图 5-54 所示的位置。

图5-54 调整后的位置

7. 继续利用 T 工具及【图层】/【图层样式】/【描边】命令，在标准字的下方输入如图 5-55 所示的黑色文字。

图5-55 输入的文字

8. 按 Ctrl + S 键，将此文件保存。

5.3　变形文字

利用文字的变形功能，可以扭曲文字以生成扇形、弧形、拱形和波浪等各种不同形态的特殊文字效果。对文字应用变形后，还可随时更改文字的变形样式以改变文字的变形效果。

单击属性栏中的 ⊥ 按钮，弹出【变形文字】对话框，在此对话框中可以设置输入文字的变形效果。注意，此对话框中的选项默认状态都显示为灰色，只有在【样式】下拉列表中选择除【无】以外的其他选项后才可调整，如图 5-56 所示。

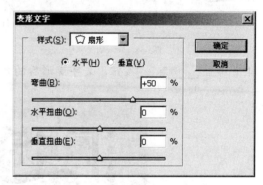

图5-56　【变形文字】对话框

- 【样式】: 此下拉列表中包含 15 种变形样式，选择不同样式产生的文字变形效果如图 5-57 所示。
- 【水平】和【垂直】: 设置文本的变形是在水平方向上，还是在垂直方向上进行。
- 【弯曲】: 设置文本扭曲的程度。
- 【水平扭曲】和【垂直扭曲】: 设置文本在水平或垂直方向上的扭曲程度。

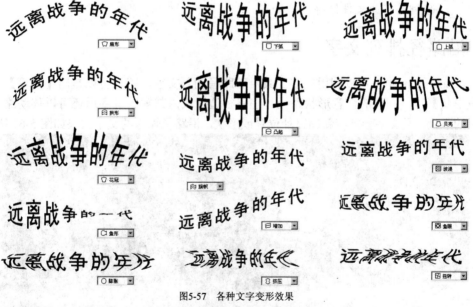

图5-57　各种文字变形效果

下面灵活运用【文字】工具的变形功能来制作变形文字的旗帜效果。

【步骤解析】

1. 接上例。
2. 利用 T 工具输入如图 5-58 所示的绿色（G:138,B:108）文字。其字体为"文鼎 CS 行楷"、字号为"30 点"。
3. 单击属性栏中的 ⊥ 按钮，弹出【变形文字】对话框，在【样式】下拉列表中选择【旗帜】选项，然后设置其他参数，如图 5-59 所示。

图5-58 输入的文字　　　　　　　　　　　　图5-59 【变形文字】对话框

4. 单击 确定 按钮，文字变形后的效果如图 5-60 所示。

图5-60 文字变形后的效果

5. 按 Ctrl+S 键，将此文件保存。

5.4 沿路径排列文字

在 Photoshop 中，可以利用文字工具沿着路径输入文字，路径可以是用【钢笔】工具或【矢量形状】工具创建的任意形状路径，在路径边缘或内部输入文字后还可以移动路径或更改路径的形状，且文字会顺应新的路径位置或形状，沿路径输入的文字效果如图 5-61 所示。

图5-61 沿路径输入的文字

一、 编辑路径上的文字

利用【路径选择】工具 或【直接选择】工具 可以移动路径上的文字位置，其操作方法为：选择 或 工具，然后将鼠标光标移动到路径上文字的起点位置，此时鼠标光标会变为 形状，在路径的外侧沿着路径拖曳鼠标光标，即可移动文字在路径上的位置，如图 5-62 所示。

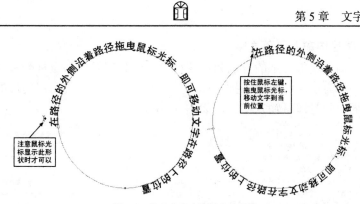

图5-62　移动文字在路径上的位置

当鼠标光标显示 ⬧ 符号时，在圆形路径内侧单击或者拖曳鼠标光标，文字将会跨越到路径的另一侧，如图 5-63 所示。通过设置【字符】面板中的"设置基线偏移"可以调整文字离路径的距离，如图 5-64 所示。

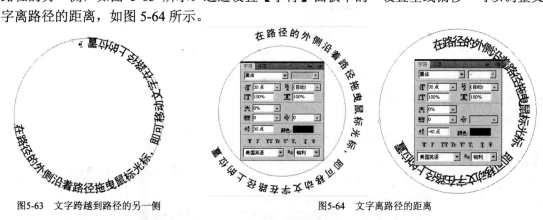

图5-63　文字跨越到路径的另一侧　　　　　　　　　　　图5-64　文字离路径的距离

二、　隐藏和显示路径上的文字

选择 ▶ 或 ▶ 工具，将鼠标光标移动到路径文字的起点或终点位置，当鼠标光标显示为 ⬧ 形状时，沿顺时针或逆时针方向拖曳鼠标光标，可以在路径上隐藏部分文字，此时文字终点图标显示为 ⊕ 形状，当拖曳至文字的起点位置时，文字将全部隐藏，此时再拖曳鼠标光标，文字又会在路径上显示。

三、　改变路径的形状

当路径的形状发生变化后，跟随路径的文字将跟随路径一起发生变化。利用 ▶ 、 ◊⁺ 、 ◊ 或 ▶ 工具都可以来调整路径的形状，如图 5-65 所示。

图5-65　改变路径的形状

四、 在闭合路径内输入段落文字

在闭合路径内输入段落文字的方法为：选择 **T** 或 **T** 工具，将鼠标光标移动到闭合路径内，当鼠标光标显示为 ⓘ 形状时单击指定插入点，此时在路径内会出现闪烁的光标，且路径外出现文字定界框，此时即可输入文字，如图 5-66 所示。

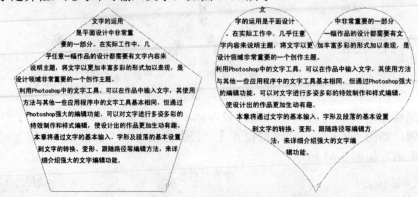

图5-66　在闭合路径内输入的文字

5.4.1　输入沿路径排列的文字

下面灵活运用 ▢、◧ 和 ▸ 工具来绘制两种形式的花朵图形。

【步骤解析】

1. 接上例。
2. 利用 ◊ 和 ▸ 工具绘制出如图 5-67 所示的路径。

图5-67　绘制的路径

3. 选择 **T** 工具，设置合适的字号大小后将鼠标光标移动到绘制路径的起点位置，当鼠标光标显示为如图 5-68 所示的形状时单击，确定文字的输入点，此时在鼠标光标单击的位置将显示输入文字符，如图 5-69 所示。

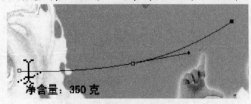

图5-68　鼠标光标显示的形状

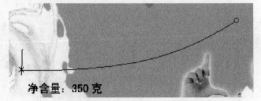

图5-69　显示的输入文字符

4. 依次输入"品味香浓更美妙！"文字，然后将文字全部选择，并设置其字体为"汉仪粗圆简"、字号为"36 点"，颜色为绿色（G:138,B:108），调整后的文字效果如图 5-70 所示。

图5-70　沿路径排列的文字效果

5. 利用【图层】/【图层样式】命令为文字添加描边效果，参数设置及描边后的效果如图 5-71 所示。

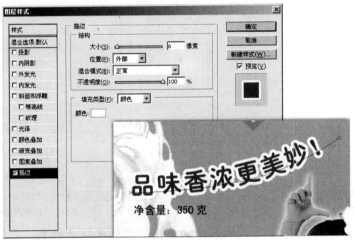

图5-71　参数设置及描边后的效果

6. 按 Ctrl+S 键，将此文件保存。

5.4.2　制作标贴

下面灵活运用文字的沿路径排列功能来制作标贴效果。

【步骤解析】

1. 新建一个宽度为 "5 厘米"、高度为 "5 厘米"、分辨率为 "200 像素/英寸"、颜色模式为 "RGB 颜色"、背景内容为 "白色" 的文件。

2. 执行【视图】/【新建参考线】命令，在弹出的【新建参考线】对话框中设置参考线位置，如图 5-72 所示，单击 确定 按钮，即可为画面添加垂直参考线。

图5-72　【新建参考线】对话框

3. 用与步骤 2 相同的方法，添加水平的参考线，添加的参考线如图 5-73 所示。

要点提示 执行【视图】/【标尺】命令（快捷键为 `Ctrl`+`R`），可调出标尺，在工作区中显示。反复执行此命令，即可将标尺显示或隐藏。

4. 选择 ⃝ 工具，确认在属性栏中激活 ⬚ 和 ⬚ 按钮，将鼠标光标移动到参考线的交点位置按下鼠标左键并拖曳，在没释放鼠标左键之前按住 `Shift`+`Alt` 键，以确保绘制的圆形路径以参考线的交叉点为中心向四周扩散，至合适位置后释放鼠标左键及按键，绘制的圆形路径如图 5-74 所示。

要点提示 此处必须先按下鼠标左键拖曳，再按 `Shift`+`Alt` 键，如先按键再拖曳鼠标光标，系统将切换到路径的相交功能，绘制路径后不能出现想要的选区效果，希望读者注意。

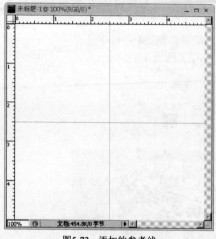

图5-73 添加的参考线

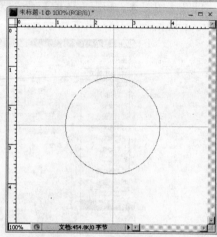

图5-74 绘制的圆形路径

5. 再次将鼠标光标移动到参考线的交点位置按下鼠标左键并拖曳，然后按住 `Shift`+`Alt` 键，绘制出如图 5-75 所示的圆形路径。

6. 按 `Ctrl`+`Enter` 键，将路径转换为选区，效果如图 5-76 所示。

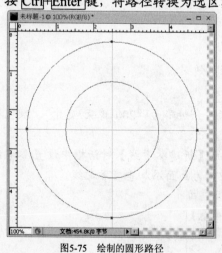

图5-75 绘制的圆形路径

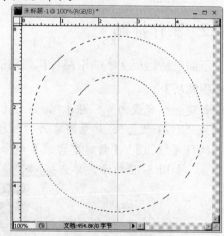

图5-76 生成的选区形态

7. 新建"图层 1"，然后执行【编辑】/【描边】命令，弹出【描边】对话框，将【颜色】设置为绿色（G:138,B:108），其他参数设置如图 5-77 所示。

8. 单击 **确定** 按钮，选区描边后的效果如图 5-78 所示。

图5-77　【描边】对话框

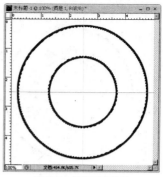

图5-78　描边后的效果

9.　在【路径】面板中单击"工作路径"，将路径调出，然后选择 T 工具，将鼠标光标移动到如图 5-79 所示的位置单击，确定文字的输入点。

10.　单击属性栏中的 ▤ 按钮，将文字的对齐方式设置为居中对齐，然后依次输入如图 5-80 所示的文字，输入后单击属性栏中的 ✓ 按钮确认。

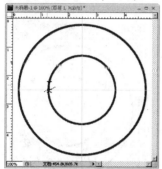

图5-79　鼠标光标所在的位置

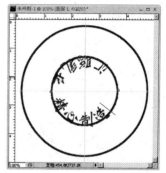

图5-80　输入的文字

11.　选择 ▸ 工具，然后将鼠标光标移动到如图 5-81 所示的位置按下鼠标左键并向右拖曳，将文字移动到路径的另一侧，效果如图 5-82 所示。

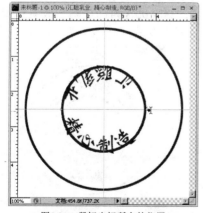

图5-81　鼠标光标所在的位置

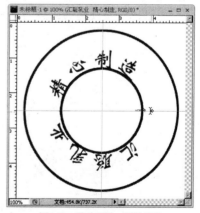

图5-82　移动至另一侧的效果

12.　按 Ctrl+T 键，为沿路径排列的文字添加自由变换框，然后将属性栏中 △ -180 度选项的参数设置为"－180度"，单击属性栏中的 ✓ 按钮，旋转后的效果如图 5-83 所示。

13.　选择 T 工具，然后单击属性栏中的 ▤ 按钮，在弹出的【字符】面板中设置各参数，如图 5-84 所示。

图5-83　旋转后的效果

图5-84　设置的【字符】参数

14. 将鼠标光标移动到 "业" 和 "精" 字的中间位置单击，插入字符光标，然后依次按空格键，将文字调整至如图 5-85 所示的形态，调整后单击属性栏中的 ✔ 按钮，完成沿路径文字的调整。

15. 用与步骤 2 相同的添加参考线方法，在 "2 厘米" 和 "3 厘米" 处添加出如图 5-86 所示的水平参考线。

图5-85　添加空格后的效果

图5-86　添加的参考线

16. 选择 ⬚ 工具，根据添加的参考线绘制出如图 5-87 所示的矩形选区。

17. 将 "图层 1" 层设置为工作层，然后按 Delete 键，删除选区内的线形，效果如图 5-88 所示。

图5-87　绘制的矩形选区

图5-88　删除线形后的效果

18. 按 Ctrl+D 键去除选区，然后利用 T 工具在删除线形的区域输入如图 5-89 所示的拼音字母，其字体为 "Cooper Std"、字体样式为 "Black"、字号为 "20 点"。

19. 至此，标贴制作完成，按 Ctrl+H 键将参考线隐藏后的效果如图 5-90 所示。

20. 按 Ctrl+S 键，将此文件命名为 "汇聪标贴.psd" 保存。

图5-89　输入的拼音字母

图5-90　制作的标贴

21. 单击"背景"层前面的 👁 图标，将背景层隐藏，然后按 Shift+Ctrl+E 键，将其他图层合并为一个图层，再利用 ⊕ 工具将其移动复制到"海报.psd"文件中。

22. 利用【自由变换】命令，将标贴图形调整至合适的大小后移动到如图 5-91 所示的位置。

23. 执行【图层】/【图层样式】/【投影】命令，在弹出的【图层样式】对话框中直接单击 ▢确定▢ 按钮，为标贴图形添加默认的投影效果，如图 5-92 所示。

图5-91　标贴调整后的大小及位置

图5-92　添加的投影效果

24. 至此，海报设计完成，整体效果如图 5-93 所示。按 Ctrl+S 键，将此文件保存。

图5-93　设计完成的海报效果

5.5 拓展案例

通过本章的学习，读者自己动手设计出下面的纺织节宣传海报和房地产促销海报。

5.5.1 设计宣传海报

综合运用各种选区工具、【渐变】工具及【文字】工具设计出如图 5-94 所示的国际纺织面料节宣传海报。

图5-94　设计完成的宣传海报

【步骤解析】

1. 新建文件并为背景由上而下填充由黄色（R:255,G:240）到绿色（G:160,B:130）的线性渐变色。
2. 打开附盘中"图库\第 05 章"目录下名为"女孩和丝纱.psd"的文件，并依次将"女孩"和"丝纱"移动复制到新建文件中，分别调整大小及位置，效果如图 5-95 所示。
3. 利用 工具在画面的左上角绘制橘红色（R:235,G:97）的标志图形，并为其添加白色的发光效果，其参数设置如图 5-96 所示。

图5-95　图片调整后的大小及位置

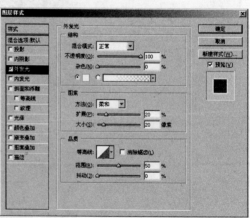

图5-96　设置的【外发光】参数

绘制标志图形的具体操作介绍如下：单击 工具属性栏中的【形状】图标 ，在弹出的【形状选项】面板中单击右上角的 按钮，再在弹出的下拉菜单中选择【自然】选项，然后在弹出的询问面板中单击 确定 按钮，最后在【形状选项】面板中选择需要的叶子形状，并激活属性栏中的 按钮，设置好前景色，在画面中拖曳鼠标光标即可。

4. 最下面一行文字是沿路径输入的文本。填充的颜色为七彩渐变，设置的【投影】和【描边】效果参数如图 5-97 所示。

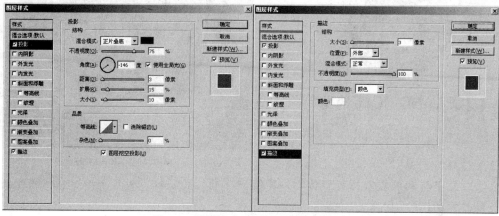

图5-97 【投影】和【描边】效果的参数设置

5.5.2 设计促销海报

灵活运用【文字】工具及文字的变形功能设计出如图 5-98 所示的房地产促销海报。

图5-98 设计的房地产促销海报

【步骤解析】

1. 灵活运用 T 工具及第 5.4.2 小节制作标贴的方法，设计出如图 5-99 所示的标志图形。
2. 新建文件，然后将各素材图片打开并合并到新建的文件中。
3. 灵活运用 ◯ 工具、相减运算及【图层样式】命令制作出如图 5-100 所示的图形。

图5-99　设计的标志图形　　　　　　　　　　　　　图5-100　制作出的图形

4. 输入文字，利用文字的变形功能为其制作花冠效果，然后为其添加图层样式，制作出如图 5-101 所示的效果。
5. 输入其他文字，编辑后为其复制花冠文字的图层样式，制作的效果如图 5-102 所示。

图5-101　制作的文字效果　　　　　　　　　　　　图5-102　制作的文字效果

6. 依次输入其他文字，即可完成海报的设计。

5.6　小结

　　本章主要讲述了文字工具的使用方法，包括各种形式文字的输入方法、文字的转换、变形和跟随路径操作等。其中文字的转换、变形和跟随路径功能对今后的排版、字体创意设计、制作特效字等工作是非常重要的，希望读者能熟练掌握这些操作，以便在实际工作过程中灵活运用。

第6章 修复工具应用——处理婚纱照样片

Photoshop 最主要的功能就是处理图像，而处理图像常用的工具就是修复工具。除前面讲解的各工具外，工具箱中剩余的工具大部分都是修复工具了。本章将灵活运用各种修复工具，对婚纱照的原片进行处理，最后合成出艺术相册效果。

【学习目标】
- 掌握各修复工具的功能及使用方法。
- 了解修复图像的修复原理。
- 掌握裁剪图像的方法。
- 掌握橡皮擦工具的运用。
- 熟悉模糊、锐化和涂抹工具的应用。
- 熟悉减淡、加深和海绵工具的应用。
- 熟悉颜色替换工具的应用。

6.1 修复图像

修复图像工具包括【污点修复画笔】工具 ✐、【修复画笔】工具 ✐、【修补】工具 ◈、【红眼】工具 👁、【仿制图章】工具 🖳 和【图案图章】工具 🖳，利用这 6 种工具可修复破损或有缺陷的图像，如照片不小心破损、沾有污渍要去除或要去除照片中多余的图像及拍摄日期等。

6.1.1 使用修复工具

下面以列表的形式详细讲解各修复工具的功能及使用方法。

工具	功 能 及 使 用 方 法
【污点修复画笔】工具 ✐	利用【污点修复画笔】工具可以快速去除照片中的污点，尤其是对人物面部的疤痕、雀斑等小面积内的缺陷修复最为有效，其修复原理是在所修饰图像位置的周围自动取样，然后将其与所修复位置的图像融合，得到理想的颜色匹配效果。其使用方法非常简单，选择 ✐工具，在属性栏中设置合适的画笔大小和选项后，在图像的污点位置单击即可去除污点
【修复画笔】工具 ✐	【修复画笔】工具与【污点修复画笔】工具的修复原理基本相似，都是将没有缺陷的图像部分与被修复位置有缺陷的图像进行融合后得到理想的匹配效果。但使用【修复画笔】工具 ✐时需要先设置取样点，即按住 Alt 键，用鼠标光标在取样点位置单击（鼠标单击处的位置为复制图像的取样点），松开 Alt 键，然后在需要修复的图像位置按住鼠标左键拖曳，即可对图像中的缺陷进行修复，并使修复后的图像与取样点位置图像的纹理、光照、阴影和透明度相匹配，从而使修复后的图像不留痕迹地融入图像中
【修补】工具 ◈	利用【修补】工具可以用图像中相似的区域或图案来修复有缺陷的部位或制作合成效果，与【修复画笔】工具 ✐一样，【修补】工具会将设定的样本纹理、光照和阴影与被修复图像区域进行混合以得到理想的效果

工　具	功　能　及　使　用　方　法
【红眼】工具	在夜晚或光线较暗的房间里拍摄人物照片时，由于视网膜的反光作用，往往会出现红眼效果。利用【红眼】工具可以迅速地修复这种红眼效果。其使用方法非常简单，选择 工具，在属性栏中设置合适的【瞳孔大小】和【变暗量】参数后，在人物的红眼位置单击即可校正红眼
【仿制图章】工具	【仿制图章】工具的功能是复制和修复图像，它通过在图像中按照设定的取样点来覆盖原图像或应用到其他图像中来完成图像的复制操作。【仿制图章】工具的使用方法为：选择 工具后，先按住 Alt 键，在图像中的取样点位置单击（鼠标单击处的位置为复制图像的取样点），然后松开 Alt 键，将鼠标光标移动到需要修复的图像位置拖曳，即可对图像进行修复。如要在两个文件之间复制图像，两个图像文件的颜色模式必须相同，否则将不能执行复制操作
【图案图章】工具	【图案图章】工具的功能是快速地复制图案，使用的图案素材可以从属性栏中的【图案】选项面板中选择，用户也可以将自己喜欢的图像定义为图案后再使用。【图案图章】工具的使用方法为：选择 工具后，根据用户需要在属性栏中设置【画笔】、【模式】、【不透明度】、【流量】、【图案】、【对齐】和【印象派效果】等选项和参数，然后在图像中拖曳鼠标光标即可

一、　【污点修复画笔】工具属性栏

【污点修复画笔】工具 的属性栏如图 6-1 所示。

图6-1　【污点修复画笔】工具的属性栏

- 【类型】：选择【近似匹配】单选项，将自动选择相匹配的颜色来修复图像的缺陷；选择【创建纹理】单选项，在修复图像缺陷后会自动生成一层纹理。
- 【对所有图层取样】：勾选此复选项，可以在所有可见图层中取样；不勾选此项，则只能在当前图层中取样。

二、　【修复画笔】工具属性栏

【修复画笔】工具 的属性栏如图 6-2 所示。

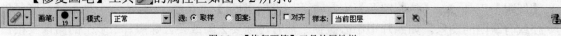

图6-2　【修复画笔】工具的属性栏

- 【源】：选择【取样】单选项，然后按住 Alt 键在适当的位置单击，可以将该位置的图像定义为取样点，以便用定义的样本来修复图像；选择【图案】单选项，可以单击其右侧的图案按钮，然后在打开的图案列表中选择一种图案来与图像混合，得到图案混合的修复效果。
- 【对齐】：勾选此复选项，将进行规则图像的复制，即多次单击或拖曳鼠标光标，最终将复制出一个完整的图像，若想再复制一个相同的图像，必须重新取样；若不勾选此项，则进行不规则复制，即多次单击或拖曳鼠标光标，每次都会在相应位置复制一个新图像。
- 【样本】：设置从指定的图层中取样。选择【当前图层】选项时，是在当前图层中取样；选择【当前和下方图层】选项时，是从当前图层及其下方图层中的所有可见图层中取样；选择【所有图层】选项时，是从所有可见图层中取样；如激活右侧的【忽略调整图层】按钮 ，将从调整图层以外的可见图层中取样。选择【当前图层】选项时此按钮不可用。
- 【切换仿制源面板】按钮 ：单击此按钮，将弹出如图 6-3 所示的【仿制源】面板，在此面板中可以存储 5 个不同的仿制源样本，这样就大大节省了仿制图像时重复复制样本操作，且利用此面板还可以显示样本源的叠加，以帮助用户在特定位置仿制源。也可以缩放或旋转样本源以便按照特定的大小、位置和方向来复制图像，这样可以避免在复制图像前先查看文件大小的麻烦。

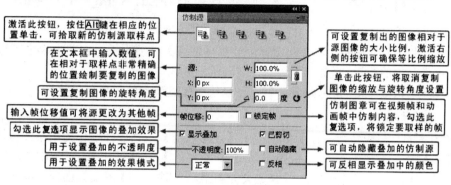

图6-3　【仿制源】面板

三、　【修补】工具属性栏

【修补】工具  的属性栏如图 6-4 所示。

图6-4　【修补】工具的属性栏

- **【修补】**：选择【源】单选项，将用图像中指定位置的图像来修复选区内的图像。即将鼠标光标放置在选区内，将其拖曳到用来修复图像的指定区域，释放鼠标左键后会自动用指定区域的图像来修复选区内的图像；选择【目标】单选项，将用选区内的图像修复图像中的其他区域。即将鼠标光标放置在选区内，用鼠标将其拖曳到需要修补的位置，释放鼠标左键后会自动用选区内的图像来修复鼠标释放处的图像。
- **【透明】**：勾选此复选项，在复制图像时，复制的图像将产生透明效果；不勾选此项，复制的图像将覆盖原来的图像。
- **使用图案** 按钮：创建选区后，在右侧的图案列表 中选择一种图案类型，然后单击此按钮，可以用指定的图案修补源图像。

四、　【红眼】工具属性栏

【红眼】工具 的属性栏如图 6-5 所示。

图6-5　【红眼】工具的属性栏

- **【瞳孔大小】**：用于设置增大或减小受红眼工具影响的区域。
- **【变暗量】**：用于设置校正的暗度。

五、　【仿制图章】工具属性栏

【仿制图章】工具 的属性栏如图 6-6 所示。该工具的属性栏与【修复画笔】工具 的属性栏相同，在此不再赘述。

图6-6　【仿制图章】工具的属性栏

六、【图案图章】工具属性栏

【图案图章】工具 的属性栏如图 6-7 所示。

图6-7 【图案图章】工具的属性栏

- 【图案】图标 ：单击此图标，弹出【图案】选项面板，在此面板中可选择用于复制的图案。
- 【印象派效果】：勾选此复选项，可以绘制随机产生的印象色块效果。

七、定义图案

定义图案的具体操作为：在图像上使用【矩形选框】工具选择要作为图案的区域，执行【编辑】/【定义图案】命令，在弹出的【图案名称】对话框中输入图案的名称，单击 确定 按钮，即可将选区内的图像定义为图案。此时，在【图案】面板中即可显示定义的新图案。

 在定义图案之前，也可以不绘制矩形选区直接将图像定义为图案，这样定义的图案是包含图像中所有图层内容的图案。另外，在利用【矩形选框】工具选择图像时，必须将属性栏中的【羽化】值设置为"0 px"，如果具有羽化值，则【定义图案】命令不可用。

6.1.2 去除红眼及污点

下面灵活运用 工具去除人物的红眼效果，然后利用 工具将人物面部的污点去除。

【步骤解析】

1. 将附盘中"图库\第 06 章"目录下名为"婚纱照 01.jpg"的文件打开，然后利用 工具将人物的红眼区域放大显示。
2. 选择 工具，并设置属性栏中的选项及参数，如图 6-8 所示。

图6-8 工具的属性选项设置

3. 将鼠标光标移动到如图 6-9 所示的眼部位置单击，释放鼠标左键后即可修复红眼，效果如图 6-10 所示。

图6-9 鼠标光标放置的位置

图6-10 修复红眼后的效果

4.　将属性栏中 [瞳孔大小: 50% ▸] 选项的参数设置为 "50%"，然后依次将鼠标光标移动到其他的
　　红眼位置单击，对红眼进行修复，最终效果如图 6-11 所示。
　　红眼修复后，下面利用 ⌒ 工具去除男人物脸部的几个污点。

5.　选择 ⌒ 工具，然后单击属性栏中【画笔】选项右侧的 ▸ 按钮，在弹出的【画笔设置】面
　　板中设置各参数，如图 6-12 所示。

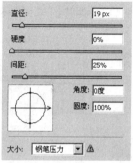

图6-11　修复红眼后的效果　　　　　　　　　　　　图6-12　【画笔设置】面板

6.　将鼠标光标移动到如图 6-13 所示的污点位置单击，释放鼠标左键即可将此处的污点去
　　除，效果如图 6-14 所示。

图6-13　鼠标光标单击的位置　　　　　　　　　　　图6-14　去除污点后的效果

7.　用与步骤 6 相同的方法，依次移动鼠标光标到人物面部其他的污点位置单击，去除污
　　点，最终效果如图 6-15 所示。

图6-15　去除污点后的效果

8.　按 Shift+Ctrl+S 键，将此文件命名为 "去除红眼及污点效果.jpg" 另存。

6.1.3 去除照片中多余的人物

下面灵活运用 🔲 和 🖊 工具去除照片中多余的人物。

【步骤解析】

1. 将附盘中"图库\第 06 章"目录下名为"婚纱照 02.jpg"的文件打开，如图 6-16 所示。
2. 利用 🔍 工具将图像文件放大显示，然后利用 🖐 工具将有多余人物的区域显示，效果如图 6-17 所示。

图6-16 打开的图像文件

图6-17 放大显示的效果

3. 选择 🔲 工具，然后根据多余人物的轮廓绘制出如图 6-18 所示的选区。
4. 确认在属性栏中选择【源】单选项，将鼠标光标移动到选区内，按住鼠标左键并向右拖曳，此时即可用右侧的图像替换选区内的图像，状态如图 6-19 所示。

图6-18 绘制的选区

图6-19 移动选区时的状态

5. 至合适位置后释放鼠标左键，移动复制后的效果如图 6-20 所示。
6. 再次利用 🔲 工具绘制出如图 6-21 所示的选区。

图6-20　移动复制后的效果

图6-21　绘制的选区

7. 向右移动选区内的图像，状态如图 6-22 所示，释放鼠标左键后，生成的效果如图 6-23 所示。

图6-22　移动复制时的状态

图6-23　复制后的效果

8. 按 Ctrl+D 键去除选区，然后选择 ⬚ 工具，并按住 Alt 键在图像中如图 6-24 所示的位置 单击，吸取此处的图像。

9. 确认在属性栏中的 模式：[替换　　▼] 选项中选择"替换"模式，然后在人物的腿部区域按 住鼠标左键并拖曳，用吸取的图像替换拖曳处的图像，如图 6-25 所示。

图6-24　吸取图像的位置

图6-25　替换图像时的状态

10. 依次拖曳鼠标光标，替换图像后的效果如图 6-26 所示。

11. 用与步骤 8～10 相同的方法，先吸取岩石图像，然后将人物腿部替换，状态如图 6-27 所示。

图6-26　替换图像后的效果

图6-27　替换图像时的状态

12. 依次吸取图像，并在要覆盖的图像位置拖曳，完成去除多余人物的操作，最终效果如图 6-28 所示。

图6-28　去除多余人物后的效果

13. 按 Shift+Ctrl+S 键，将去除多余人物后的图像命名为"去除多余人物.jpg"另存。

6.2　裁剪图像

用【裁剪】工具 🔲 可以裁掉图像中多余的部分，以纠正图像在构图、倾斜角度和透视方面的不足。选择此工具，并在画面中拖曳鼠标光标绘制裁剪框后，将鼠标光标放置到控制点上按住并拖曳，可以调整裁剪框的大小；将鼠标光标放置在裁剪框内拖曳，可移动裁剪框的位置；将鼠标光标移动到裁剪框外，当鼠标光标显示为旋转符号时按住鼠标左键并拖曳，可旋转裁剪框；勾选属性栏中的【透视】复选项，可调整裁剪框的透视变形，以纠正图像的透视关系以及因透视而引起的倾斜效果。

【步骤解析】

1. 将附盘中"图库\第 06 章"目录下名为"婚纱照 03.jpg"的文件打开，如图 6-29 所示。

图6-29　打开的图像文件

2. 选择![]工具，在图像中随意拖曳，绘制出如图 6-30 所示的裁剪框。

3. 将鼠标光标移动到裁剪框右侧中间的控制点上，按住鼠标左键并向左拖曳，对绘制的裁剪框进行调整，状态如图 6-31 所示。

图6-30　绘制的裁剪框

图6-31　调整裁剪框时的状态

4. 将鼠标光标移动到裁剪框上方中间的控制点上，按住鼠标左键并向下拖曳，可调整裁剪框的高度。

5. 用相同的调整裁剪框方法，将裁剪框调整至如图 6-32 所示的形态，即将人物选择。

6. 按 Enter 键确认裁剪操作，图像裁剪后的效果如图 6-33 所示。

图6-32　裁剪框调整后的形态

图6-33　图像裁剪后的效果

7. 按 Shift + Ctrl + S 键，将裁剪后的图像命名为 "裁剪图像.jpg" 另存。

6.3 擦除图像

　　擦除图像工具主要是用来擦除图像中不需要的区域，共有 3 种工具，分别为【橡皮擦】工具 ◢、【背景橡皮擦】工具 ◢ 和【魔术橡皮擦】工具 ◢。

　　擦除图像工具的使用方法非常简单，只需在工具箱中选择相应的擦除工具，并在属性栏中设置合适的笔头大小及形状，然后在画面中要擦除的图像位置拖曳鼠标光标或单击即可。下面以列表的形式来讲解各擦除工具的功能及特性。

工　具	功　能
【橡皮擦】工具 ◢	利用【橡皮擦】工具擦除图像，当在背景层或被锁定透明的普通层中擦除时，被擦除的部分将被工具箱中的背景色替换；当在普通层擦除时，被擦除的部分将显示为透明色
【背景橡皮擦】工具 ◢	利用【背景橡皮擦】工具擦除图像，无论是在背景层还是普通层上，都可以将图像中的特定颜色擦除为透明色，并且将背景层自动转换为普通层
【魔术橡皮擦】工具 ◢	【魔术橡皮擦】工具具有【魔棒】工具识别取样颜色的特征。当图像中含有大片相同或相近的颜色时，利用【魔术橡皮擦】工具在要擦除的颜色区域内单击鼠标左键，可以一次性擦除所有与取样位置相同或相近的颜色，同样也会将背景层自动转换为普通层，通过【容差】值还可以来控制擦除颜色面积的大小

一、 【橡皮擦】工具的属性栏

　　【橡皮擦】工具 ◢ 的属性栏如图 6-34 所示。

图6-34　【橡皮擦】工具的属性栏

- 【模式】：用于设置橡皮擦擦除图像的方式，包括【画笔】、【铅笔】和【块】3 个选项。
- 【抹到历史记录】：勾选了此复选项，【橡皮擦】工具就具有了【历史记录画笔】工具的功能。

二、 【背景橡皮擦】工具的属性栏

　　【背景橡皮擦】工具 ◢ 的属性栏如图 6-35 所示。

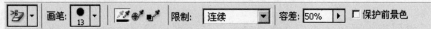

图6-35　【背景橡皮擦】工具的属性栏

- 【取样】：用于控制背景橡皮擦的取样方式。激活【连续】按钮 ◢，拖曳鼠标光标擦除图像时，将随着鼠标光标的移动随时取样；激活【一次】按钮 ◢，只替换第一次单击取样的颜色，在拖曳鼠标光标过程中不再取样；激活【背景色板】按钮 ◢，不在图像中取样，而是由工具箱中的背景色决定擦除的颜色范围。
- 【限制】：用于控制背景橡皮擦擦除颜色的范围。选择【不连续】选项，可以擦除图像中所有包含取样的颜色；选择【连续】选项，只能擦除所有包含取样颜色且与取样点相连的颜色；选择【查找边缘】选项，在擦除图像时将自动查找与取样点相连的颜色边缘，以便更好地保持颜色边界。
- 【保护前景色】：勾选此复选项，将无法擦除图像中与前景色相同的颜色。

三、　【魔术橡皮擦】工具的属性栏

【魔术橡皮擦】工具 的属性栏如图 6-36 所示，其上的选项在前面已经讲解，此处不再赘述。

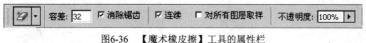

图6-36　【魔术橡皮擦】工具的属性栏

6.3.1　去除人物背景

下面灵活运用 工具去除人物的背景，然后利用 工具将不需要的图像擦除。

【步骤解析】

1.　打开第 6.2 节保存的"裁剪图像.jpg"图像文件。

2.　选择 工具，然后在属性栏中将 选项设置为"32"，并取消勾选 复选项。

3.　将鼠标光标移动到图像文件中的灰色背景中单击，即可将灰色背景去除，效果如图 6-37 所示。同时背景层转换为普通层"图层 0"。

4.　在【图层】面板中新建"图层 1"，然后为其填充蓝色（R:29,G:32,B:136），并将其调整至"图层 0"的下方，如图 6-38 所示。

> **要点提示**　新建图层为其填充蓝色后再调整至"图层 0"的下方，目的是给图像添加一个背景，以衬托人物图像，旨在精确擦除人物的背景。

图6-37　去除背景后的效果

图6-38　新建图层并调整堆叠顺序后的效果

5.　将"图层 0"设置为工作层，然后选择 工具，设置合适的笔头大小后，在图像中拖曳鼠标光标，擦除人物周围的岩石，效果如图 6-39 所示。

6.　依次沿人物的图像边缘拖曳鼠标光标，将除人物外的图像擦除，最终效果如图 6-40 所示。在擦除图像时要灵活设置擦除笔头的大小，以精确擦除图像。

图6-39 擦除图像时的状态 图6-40 擦除图像后的效果

7.　按 Shift+Ctrl+S 键，将擦除背景后的图像命名为 "去除人物背景.jpg" 另存。

6.3.2　擦除图像

　　下面灵活运用 🖉 工具擦除图像的背景，然后利用 🖉 工具擦除图像的边缘，使其与模版文件进行合成。

【步骤解析】

1.　将附盘中 "图库\第 06 章" 目录下名为 "翅膀.jpg" 的文件打开，如图 6-41 所示。

2.　选择 🖉 工具，然后将属性栏中 容差：15 选项的参数设置为 "15"，并勾选【连续】复选项，将鼠标光标移动到图片中的蓝色区域单击，去除蓝色背景，效果如图 6-42 所示。

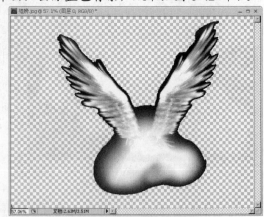

图6-41　打开的图像文件 图6-42　擦除背景后的效果

3.　将附盘中 "图库\第 06 章" 目录下名为 "相册模版.jpg" 的文件打开，如图 6-43 所示。

4.　将 "翅膀.jpg" 文件设置为工作状态，然后利用 ⊕ 工具将 "翅膀" 图像移动复制到打开的 "相册模版.jpg" 文件中，如图 6-44 所示。

图6-43 打开的图像文件

图6-44 移动复制入的翅膀图像

5. 在【图层】面板中将生成的"图层 1"的图层混合模式设置为"滤色",效果如图 6-45 所示。

6. 选择 工具,然后单击属性栏中【画笔】选项右侧的·按钮,在弹出的【画笔设置】面板中设置参数,如图 6-46 所示。

图6-45 设置图层混合模式后的效果

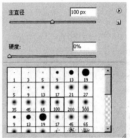

图6-46 【画笔设置】面板

7. 将鼠标光标移动到"翅膀"图像下方的边缘位置拖曳,擦除翅膀下方明显的边缘轮廓,使其与下方图像融合,最终效果如图 6-47 所示。

图6-47 擦除图像时的状态

8. 按 Shift+Ctrl+S 键,将此文件命名为"擦除图像.psd"另存。

6.4 合成艺术相册

下面灵活运用 工具及调整层对图像进行合成。

【步骤解析】

1. 接上例。

2. 按 Shift+Ctrl+S 键,将文件另命名为"相册合成.psd"保存,然后将"翅膀"图像移动至如图 6-48 所示的位置。

图6-48 翅膀图像调整后的位置

3. 将第 6.1.2 小节保存的"去除红眼及污点效果.jpg"文件打开，然后将其移动复制到"相册合成.psd"文件中，如图 6-49 所示。

4. 选择 🖌️ 工具，设置合适的笔头大小后，沿人物图像的边缘拖曳，对灰色背景进行擦除，状态如图 6-50 所示。

图6-49 移动复制入的图像

图6-50 擦除图像时的状态

5. 继续沿人物的边缘拖曳鼠标光标（注意笔头大小的灵活设置），擦除灰色背景后的图像效果如图 6-51 所示。

图6-51 擦除灰色背景后的效果

6. 在 🖌️ 工具属性栏中将 不透明度: 30% ▶ 选项的参数设置为"30%"，然后在人物的头纱位置拖曳鼠标光标，擦除出头纱位置的透明度，效果如图 6-52 所示。

7. 按 Ctrl+J 键复制图像，然后将复制图层的图层混合模式设置为 "柔光"、【不透明度】参数设置为 "40%"，效果及【图层】面板如图 6-53 所示。

图6-52　头纱擦除后的效果

图6-53　复制图像调整后的效果及【图层】面板

8. 将第 6.3.1 小节保存的 "去除人物背景.jpg" 文件打开，然后将其移动复制到 "相册合成.psd" 文件中，如图 6-54 所示。

9. 选择 工具，确认将属性栏中【不透明度】的参数为 "30%"，然后设置合适的笔头大小，并在人物下方的边缘拖曳，对人物图像进行擦除，效果如图 6-55 所示。

图6-54　人物图像放置的位置

图6-55　擦除图像后的效果

10. 单击【图层】面板下方的 按钮，在弹出的菜单中选择【曲线】命令，在弹出的【曲线】面板中调整曲线的形态，如图 6-56 所示。

11. 在【曲线】面板的 RGB 下拉列表中选择 "蓝" 通道，然后调整曲线的形态，如图 6-57 所示。

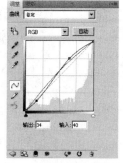

图6-56　调整后的曲线形态

图6-57　调整后的曲线形态

12. 调整亮度后的图像效果如图 6-58 所示。

图6-58 调整亮度后的图像效果

13. 将第 6.1.3 小节保存的 "去除多余人物.jpg" 文件打开，然后将其移动复制到 "相册合成.psd" 文件中，如图 6-59 所示。

14. 选择 工具，设置合适的笔头大小及【不透明度】参数后，对图像的边缘进行擦除，效果如图 6-60 所示。

图6-59 移动复制入的图像

图6-60 图像擦除后的效果

15. 在【图层】面板中，将生成的 "图层 4" 调整至 "图层 1" 的下方，然后按 Ctrl+T 键为其添加自由变换框，并将其调整至如图 6-61 所示的大小。

16. 按 Enter 键确认图像的缩小调整，然后将其图层混合模式设置为 "柔光"，效果如图 6-62 所示。

图6-61 图像调整后的大小

图6-62 调整图层混合模式后的效果

17. 在【图层】面板中选中"曲线"调整层，然后单击下方的  按钮，在弹出的菜单中选择【自然饱和度】命令。

18. 在弹出的【自然饱和度】面板中设置参数，如图 6-63 所示。图像调整饱和度后的效果如图 6-64 所示。

图6-63　【自然饱和度】面板　　　　　　　　　　图6-64　调整饱和度后的效果

19. 选择  工具，然后设置合适的笔头大小，并将属性栏中的【不透明度】参数设置为 "30%"。

20. 确认"自然饱和度"调整层的"图层蒙版缩览图"为工作状态，将鼠标光标移动到人物的皮肤位置拖曳，恢复人物皮肤的饱和度，状态及效果如图 6-65 所示。

图6-65　编辑蒙版时的状态及效果

21. 将附盘中"图库\第 06 章"目录下名为"天使恋歌.psd"的文件打开，然后将其移动复制到"相册合成.psd"文件中，如图 6-66 所示。

图6-66　移动复制入的艺术文字

22. 利用【图层】/【图层样式】命令，为"天使恋歌"文字添加图层样式，各选项及参数设置如图 6-67 所示。

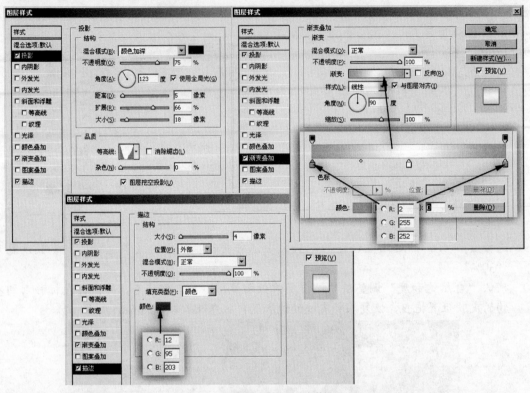

图6-67　【图层样式】选项及参数设置

23. 单击 确定 按钮，文字添加图层样式后的效果如图 6-68 所示。

图6-68　添加图层样式后的效果

24. 至此，相册合成完毕，按 Ctrl+S 键，将文件保存。

6.5 修饰工具

除了以上讲解的各修复工具外，Photoshop CS4 的工具箱中还有一些非常好用的修饰工具，主要包括【模糊】工具 、【锐化】工具 △、【涂抹】工具 ✍、【减淡】工具 🔍、【加深】工具 ✋、【海绵】工具 🫧 和【颜色替换】工具 ✍。它们的使用方法基本相似，即在工具箱中选择相应的工具后，在属性栏中设置笔头大小、形状、混合模式和强度等属性，然后在图像需要修饰的位置单击或拖曳鼠标光标，即可对图像进行模糊、锐化、涂抹、减淡、加深、加色、去色或替换颜色等效果的处理。

 需要注意的是，颜色替换后的图像颜色与工具箱中当前的前景色有关，所以在使用【颜色替换】工具 ✍ 时，可先设定需要的前景色，或按住 Alt 键，在图像中直接设置色样，然后在属性栏中设置各选项，并在图像文件中拖曳鼠标光标以改变图像的色彩效果。

下面以列表的形式详细讲解各工具的功能。

工具	功能
【模糊】工具 ◌	利用【模糊】工具可以降低图像色彩反差来对图像进行模糊处理，从而使图像边缘变得模糊
【锐化】工具 △	【锐化】工具与【模糊】工具恰好相反，它是通过增大图像色彩反差来锐化图像，从而使图像色彩对比更强烈
【涂抹】工具 ✍	【涂抹】工具主要用于涂抹图像，使图像产生类似于在未干的画面上用手指涂抹的效果
【减淡】工具 🔍	利用【减淡】工具可以对图像的阴影、中间色和高光部分进行提亮和加光处理，从而使图像变亮
【加深】工具 ✋	【加深】工具则可以对图像的阴影、中间色和高光部分进行遮光变暗处理
【海绵】工具 🫧	【海绵】工具可以对图像进行变灰或提纯处理，从而改变图像的饱和度
【颜色替换】工具 ✍	利用【颜色替换】工具可以对特定的颜色进行快速替换，同时保留图像原有的纹理

一、 【模糊】、【锐化】和【涂抹】工具的属性栏

【模糊】、【锐化】和【涂抹】工具的属性栏基本相同，只是【涂抹】工具的属性栏多了一个【手指绘画】选项，如图 6-69 所示。

图6-69 【涂抹】工具的属性栏

- 【模式】：用于设置色彩的混合方式。
- 【强度】：此选项中的参数用于调节对图像进行涂抹的程度。
- 【对所有图层取样】：若不勾选此复选项，只能对当前图层起作用；若勾选此选项，则可以对所有图层起作用。
- 【手指绘画】：不勾选此复选项，对图像进行涂抹只是使图像中的像素和色彩进行移动；勾选此选项，则相当于用手指蘸着前景色在图像中进行涂抹。

二、 【减淡】和【加深】工具的属性栏

【减淡】和【加深】工具的属性栏完全相同，如图 6-70 所示。

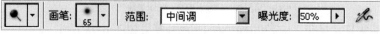

图6-70 【减淡】和【加深】工具的属性栏

- 【范围】：包括【阴影】、【中间调】和【高光】3 个选项，用于设置减淡或加深处理的图像范围。
- 【曝光度】：设置对图像减淡或加深处理时的曝光强度。

三、【海绵】工具的属性栏

【海绵】工具的属性栏如图 6-71 所示。

图6-71　【海绵】工具的属性栏

- 【模式】：主要用于控制【海绵】工具的作用模式，包括【去色】和【加色】两个选项。选择【去色】选项，可以降低图像的饱和度；选择【加色】选项，可以增加图像的饱和度。
- 【流量】：控制去色或加色处理时的强度，数值越大，效果越明显。

四、【颜色替换】工具的属性栏

【颜色替换】工具的属性栏如图 6-72 所示。

图6-72　【颜色替换】工具的属性栏

- 【取样】按钮　：用于指定替换颜色取样区域的大小。激活【连续】按钮，将连续取样来对鼠标光标经过的位置替换颜色；激活【一次】按钮，只替换第一次单击时取样区域的颜色；激活【背景色板】按钮，只替换画面中包含有背景色的图像区域。
- 限制 连续 ：用于限制替换颜色的范围。选择【不连续】选项，将替换出现在鼠标光标下任何位置的颜色；选择【连续】选项，将替换与紧挨鼠标光标下的颜色邻近的颜色；选择【查找边缘】选项，将替换包含取样颜色的连接区域，同时更好地保留图像边缘的锐化程度。
- 【容差】：指定替换颜色的精确度，此值越大，替换的颜色范围越大。
- 【消除锯齿】：可以为替换颜色的区域指定平滑的边缘。

原图像经过模糊、锐化和涂抹后的效果如图 6-73 所示。

图6-73　原图像和模糊、锐化、涂抹处理后的效果

原图像经过变亮、变暗、去色和加色处理后的效果如图 6-74 所示。

图6-74　原图像和减淡、加深、去色、加色后的效果

原图像及替换颜色后的效果如图 6-75 所示。

图6-75　原图像及替换颜色后的效果

6.6　拓展案例

通过本章的学习，读者可自己动手对拍摄的照片进行处理，然后进行合成。

6.6.1　处理并合成婚纱相册页一

灵活运用各修复图像工具对拍摄的照片进行修复，然后合成出如图 6-76 所示的效果。

图6-76　合成效果

【步骤解析】

1. 用与第 6.1.3 小节"去除照片中多余的人物"相同的方法,将附盘中"图库\第 06 章"
    目录下名为"照片 01.jpg"图像文件中多余的人物去除,去除前后的效果对比如图 6-77
    所示。

图6-77 去除多余人物前后的对比效果

2. 用与第 6.1.2 小节相同的去除红眼操作,对附盘中"图库\第 06 章"目录下名为"照片
    02.jpg"的图像文件进行处理,处理前后的对比效果如图 6-78 所示。

图6-78 图像修复红眼前后的对比效果

3. 用与第 6.2 节相同的裁剪图像操作对修复红眼后的图像文件进行裁剪。

4. 用与第 6.1.2 小节中相同的去除污点操作,对附盘中"图库\第 06 章"目录下名为"照片
    03.jpg"的图像文件进行处理,男人物脸部皮肤处理前后的对比效果如图 6-79 所示。

图6-79 修复人物面部皮肤前后的对比效果

5. 用与第 6.3 节擦除图像相同的方法，去除处理皮肤后图像文件的背景，去除前后的对比效果如图 6-80 所示。

图6-80 去除图像背景前后的对比效果

6. 打开附盘中"图库\第 06 章"目录下名为"午夜兰花.psd"的文件，然后将处理后的图像分别移动复制到打开的"午夜兰花.psd"文件中进行合成，即可完成婚纱相册页一的制作。

6.6.2 处理并合成婚纱相册页二

灵活运用各修复图像工具对拍摄的照片进行修复，然后合成出如图 6-81 所示的效果。

图6-81 合成效果

【步骤解析】

用与本章实例相同的修复和合成方法，对附盘中"图库\第 06 章"目录下名为"照片04.jpg"和"照片 05.jpg"的图像文件进行修复，然后将其与"蔚蓝星空.psd"文件进行合成，即可完成婚纱相册页二的制作。

6.7 小结

本章主要介绍了各种修复和修饰工具的运用，整章通过对婚纱照中各种照片的处理，详细讲述了各种修复工具及修饰工具的使用方法，让读者进一步了解了 Photoshop 的强大功能。无论是陈年老照片还是新照片不小心弄折了或弄脏了，都可以利用本章所学的修复工具得到完美的效果还原。通过本章的学习，也希望读者能够熟练掌握这些工具，以便在实际工作过程中做到灵活运用。

第7章 蒙版应用——创意图像合成

蒙版是图像合成中经常使用的功能，通过编辑蒙版可将图像中的某一部分显示或隐藏，生成的效果如同利用橡皮擦将图像中某一部分擦除后的效果。灵活运用蒙版可将多幅图像进行合成，且可以方便、快捷的进行再编辑。本章将通过合成一幅创意图像来详细讲解有关蒙版的知识，主要包括蒙版的概念、种类、创建与编辑及【快速蒙版】的灵活运用等。

【学习目标】
- 了解蒙版的概念及种类。
- 熟悉各种蒙版的创建方法。
- 掌握图层蒙版的编辑原理。
- 掌握利用【快速蒙版】选择图像的方法。
- 掌握利用图层蒙版合成图像的方法。

7.1 蒙版

蒙版是将不同灰度色值转化为不同的透明度，并作用到它所在的图层中，使图层不同部位透明度产生相应的变化。黑色为完全透明，白色为完全不透明。蒙版还具有保护和隐藏图像的功能，当对图像的某一部分进行特殊处理时，利用蒙版可以隔离并保护其余的图像部分不被修改和破坏。蒙版概念示意图如图 7-1 所示。

图7-1 蒙版概念示意图

7.1.1 蒙版类型

根据创建方式的不同，蒙版可分为图层蒙版、矢量蒙版、剪贴蒙版和快速编辑蒙版等 4 种类型。下面分别讲解一下这几种蒙版的性质和特点。

一、 图层蒙版

图层蒙版是位图图像，与分辨率相关，它是由绘图或选框工具创建的用来显示或隐藏图层中某一部分图像的，利用图层蒙版也可以保护图层透明区域不受编辑，它是图像特效处理及编辑过程中使用频率最高的蒙版。利用图层蒙版可以生成梦幻般羽化图像的合成效果，而图层中的图像却不会遭到破坏，仍保留原有的效果，如图 7-2 所示。

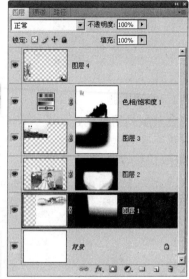

图7-2 图层蒙版

二、 矢量蒙版

矢量蒙版与分辨率无关，是由【钢笔】路径或【矢量图形】工具绘制闭合形状图形后创建的，路径内的区域显示出图层中的内容，路径之外的区域是被屏蔽的区域，如图 7-3 所示。当路径的形状编辑修改后，蒙版被屏蔽的区域也会随之发生变化。

图7-3 矢量蒙版

三、 剪贴蒙版

剪贴蒙版是由基底图层和内容图层创建的，将两个或两个以上的图层创建剪贴蒙版后，可用剪贴蒙版中最下方的图层（基底图层）形状来覆盖上面的图层（内容图层）内容。例如，一个图像的剪贴蒙版中，下方图层为某个形状，上面的图层为图像，如果将上面的图层都创建为剪贴蒙版，则上面图层的图像只能通过下面图层的形状来显示其内容，如图 7-4 所示。

图7-4　剪贴蒙版

四、 快速蒙版

快速蒙版是用来创建、编辑和修改选区的，主要用来选择图像。单击工具箱下方的 按钮就可直接创建快速蒙版。在快速蒙版状态下，被选择的区域显示原图像，而被屏蔽不被选择的区域显示默认的半透明红色，如图 7-5 所示。

图7-5　快速蒙版

7.1.2　【蒙版】面板

【蒙版】面板是 Photoshop CS4 新增的面板，利用它可以快速地对蒙版进行管理，并极大地提高选择图像操作。

将附盘中"图库\第 07 章"目录下名为"花头.jpg"的图片打开，然后执行【窗口】/【蒙版】命令，将【蒙版】面板调出，如图 7-6 所示。

- 【添加图层蒙版】按钮 ：单击此按钮，可为当前层添加图层蒙版，此时【蒙版】面板中的各选项、按钮即变为可用。如当前层为背景层，系统会直接将背景层转换为普通层并为其添加图层蒙版，如图 7-7 所示。

图7-6　调出的【蒙版】面板　　　　　　　　图7-7　添加的图层蒙版

- 【添加矢量蒙版】按钮 ：单击此按钮，可为当前层添加矢量蒙版。
- 【浓度】：用于设置蒙版的透明程度，当数值为 0 时，蒙版将失去作用。
- 【羽化】：用于设置图像边缘的柔化效果，以制作出半透明过渡的边缘。
- 蒙版边缘… 按钮：单击此按钮，将弹出【调整蒙版】对话框，在此对话框中可对添加的蒙版进行羽化、收缩或扩展调整。
- 颜色范围… 按钮：单击此按钮，将弹出【色彩范围】对话框，利用此对话框可快速选择图像。如将鼠标光标移动到打开图片中的背景区域并单击，可将单击处的颜色隐藏；激活 按钮在画面中单击可增加隐藏的范围；激活 按钮在画面中单击可减少隐藏的范围。利用 按钮依次在"花朵"图像周围单击隐藏单击的颜色，然后设置【色彩范围】对话框中的选项，如图 7-8 所示，单击 确定 按钮，隐藏部分图像后的效果及【蒙版】面板如图 7-9 所示。

图7-8　【色彩范围】对话框

图7-9　隐藏部分图像后的效果及【蒙版】面板

【调整蒙版】对话框与单击选框工具属性栏中 调整边缘… 按钮时弹出的对话框的功能相同；【色彩范围】对话框与执行【选择】/【色彩范围】命令弹出的对话框的功能相同。

将前景色设置为黑色，然后利用 工具在画面的右下角拖曳，将蒙版中没有完全隐藏的图像隐藏，即可轻易将花头图像从背景中选择出来，对比效果如图 7-10 所示。

图7-10　花头图像选择前后的对比效果

- 反相 按钮：单击此按钮，蒙版将被反相，即原来透明的地方变为不透明，原来不透明的地方变为透明；反复单击此按钮，可将蒙版相对应的图像在显示或隐藏之间切换。
- 【从蒙版中载入选区】按钮 ：单击此按钮，可将蒙版转换为选区，相当于按住 Ctrl 键单击蒙版的效果。
- 【应用蒙版】按钮 ：将蒙版应用在图层中，并将蒙版删除。

执行【图层】/【图层蒙版】/【应用】命令，或单击【图层】面板下方的 按钮，在弹出的询问面板中单击 应用 按钮，也可在当前层中应用编辑后的蒙版。

- 【停用/启用蒙版】按钮 ：单击此按钮，可将蒙版停用，此时【图层】面板中的蒙版缩览图上会出现一个红色的交叉符号，且图像文件中会显示不带蒙版效果的图层内容；再次单击此按钮，即可启用蒙版。

 添加蒙版后，执行【图层】/【图层蒙版】/【停用】或【图层】/【矢量蒙版】/【停用】命令，也可将蒙版停用，再次执行相应的命令即可将蒙版启用；另外，按住 Shift 键反复单击【图层】面板中的蒙版缩览图，也可在停用蒙版和启用蒙版之间切换。

- 【删除蒙版】按钮 ：单击此按钮，可将添加的蒙版删除，恢复图像原来的效果。

 执行【图层】/【图层蒙版】/【删除】命令，或单击【图层】面板下方的 按钮，在弹出的询问面板中单击 删除 按钮，即可在当前层中取消蒙版。

7.1.3 利用菜单命令创建和编辑蒙版

下面来讲解利用菜单命令创建和编辑蒙版的具体操作。

一、 创建和编辑图层蒙版

选择要添加图层蒙版的图层或图层组，执行下列任意一项操作即可创建蒙版。

(1) 执行【图层】/【图层蒙版】/【显示全部】命令，即可创建出显示整个图层的蒙版。若图像中有选区，执行【图层】/【图层蒙版】/【显示选区】命令，可根据选区创建显示选区内图像的蒙版。

(2) 执行【图层】/【图层蒙版】/【隐藏全部】命令，即可创建出隐藏整个图层的蒙版。若图像中有选区，执行【图层】/【图层蒙版】/【隐藏选区】命令，可根据选区创建隐藏选区内图像的蒙版。

在【图层】面板中单击蒙版缩览图使之成为工作状态，然后在工具箱中选择任意一个绘图工具，执行下列任意一项操作即可编辑蒙版。

- 在蒙版图像中绘制黑色，可增加蒙版被屏蔽的区域，并显示更多的图像。
- 在蒙版图像中绘制白色，可减少蒙版被屏蔽的区域，并显示更少的图像。
- 在蒙版图像中绘制灰色，可创建半透明效果的屏蔽区域。

二、 创建和编辑矢量蒙版

执行下列任意一项操作即可创建矢量蒙版。

(1) 执行【图层】/【矢量蒙版】/【显示全部】命令，可创建显示整个图层的矢量蒙版；执行【图层】/【矢量蒙版】/【隐藏全部】命令，可创建隐藏整个图层的矢量蒙版。

(2) 当图像中有路径存在且处于显示状态时，执行【图层】/【矢量蒙版】/【当前路径】命令，可创建显示形状内容的矢量蒙版。

在【图层】或【路径】面板中单击矢量蒙版缩览图，将其设置为当前状态，然后利用路径编辑工具更改路径的形状，即可编辑矢量蒙版。

 在【图层】面板中选择要编辑的矢量蒙版层，执行【图层】/【栅格化】/【矢量蒙版】命令，可将矢量蒙版转换为图层蒙版。

三、 取消图层与蒙版的链接

默认情况下，图层和蒙版处于链接状态，当使用 ▶️ 工具移动图层或蒙版时，该图层及其蒙版会一起被移动，取消它们的链接后就可以单独移动。

(1) 执行【图层】/【图层蒙版】/【取消链接】或【图层】/【矢量蒙版】/【取消链接】命令，即可将图层与蒙版之间取消链接。

> **要点提示** 执行【图层】/【图层蒙版】/【取消链接】或【图层】/【矢量蒙版】/【取消链接】命令后，【取消链接】命令将显示为【链接】命令，选择【链接】命令，图层与蒙版之间将重建链接。

(2) 在【图层】面板中单击图层缩览图与蒙版缩览图之间的【链接】图标 ⑧，链接图标消失，表明图层与蒙版之间已取消链接；当在此处再次单击鼠标左键，链接图标出现时，表明图层与蒙版之间又重建链接。

四、 创建剪贴蒙版

(1) 在【图层】面板中选择最下方图层上面的一个图层，然后执行【图层】/【创建剪贴蒙版】命令，即可将该图层与其下方的图层创建剪贴蒙版（背景层无法创建剪贴蒙版）。

(2) 按住 Alt 键，将鼠标光标放置在【图层】面板中要创建剪贴蒙版的两个图层中间的线上，当鼠标光标显示为 🔘 图标时单击鼠标左键，即可创建剪贴蒙版。

五、 释放剪贴蒙版

(1) 在【图层】面板中，选择剪贴蒙版中的任意一个图层，然后执行【图层】/【释放剪贴蒙版】命令，即可释放剪贴蒙版，还原图层相互独立的状态。

(2) 按住 Alt 键将鼠标光标放置在分隔两组图层的线上，当鼠标光标显示为 🔘 图标时单击鼠标左键，也可释放剪贴蒙版。

7.2 利用快速蒙版选择图像

在 Photoshop CS4 中，激活工具箱下方的 ◎ 按钮，可切换到快速蒙版编辑模式，此时进行的各种编辑操作不是针对图像的，而是对快速蒙版进行的，同时，【通道】面板中会增加一个临时的快速蒙版通道。在激活的 ◎ 按钮上单击，可将其关闭，恢复到系统默认的编辑模式下。

> **要点提示** 使用图层蒙版，可以在【通道】面板中保存该蒙版，但使用快速蒙版时，【通道】面板中会出现一个临时的快速蒙版通道，当操作结束后，【通道】面板中将不会保存该蒙版，而是直接生成选区。

在 Photoshop 中，虽然有很多方法可以用来选择背景中的图像，但是利用快速蒙版与选区之间的相互转换及灵活的编辑功能可以更加快速和精确地来选择图像。下面将利用快速蒙版来选择背景中的瓶子。

【步骤解析】

1. 将附盘中"图库\第 07 章"目录下名为"玻璃瓶.jpg"的文件打开。
2. 单击工具箱下方的 ◎ 按钮，将默认的编辑模式转换为快速蒙版编辑模式。
3. 利用 🔍 工具将图像放大显示，然后选择 🖊 工具，并设置合适的笔头大小。
4. 将前景色设置为黑色，然后将鼠标光标移动到图像文件中，沿着瓶子的边缘拖曳鼠标光标，创建选区的边界，如图 7-11 所示。

要点提示 利用 🖌 工具在人物的边缘拖曳并不是在图像的边缘描绘了红色，而是确定选区的边界，当转换到标准模式下后，红色的区域将自动生成选区，原图像不会被破坏。

5. 用同样的方法，沿瓶子的边缘拖曳鼠标光标至如图 7-12 所示的画面下方时，可先按住空格键将当前工具暂时切换为抓手工具，然后调整图像的显示区域，释放鼠标左键后，再次沿瓶子的边缘拖曳鼠标光标，创建选区的边缘，最终效果如图 7-13 所示。

图7-11 拖曳鼠标光标时的状态

图7-12 拖曳鼠标光标时的状态

图7-13 确定的选区边界

6. 选择 🔲 工具，然后将鼠标光标移动到红色边缘线的内部单击，为瓶子区域覆盖颜色，效果如图 7-14 所示。

在红色的边缘线内填充颜色后，通过放大显示会发现填充颜色的区域与边界线之间有一条缝隙，如图 7-15 所示。这些区域也必须覆盖上颜色，否则在选择图像时不能生成精确的效果，下面来进行修改。

7. 利用 🖌 工具在没有覆盖颜色的区域拖曳鼠标光标，使其完全覆盖瓶子区域，如图 7-16 所示。

图7-14 填充颜色后的效果

图7-15 放大显示的效果

图7-16 填色后的效果

8. 单击工具箱下方的 🔲 按钮回到标准模式编辑状态，此时在瓶子的边缘将出现如图 7-17 所示的选区。

9. 按 Shift+Ctrl+I 键将选区反选，然后按 Ctrl+J 键将选区内的图像通过复制生成"图层1"，将背景层隐藏后的效果如图 7-18 所示。

10. 按 Shift+Ctrl+S 键，将选择的图像命名为"快速蒙版选瓶子.psd"另存。

图7-17 生成的选区

图7-18 选择的瓶子图形

7.3 利用蒙版合成图像

下面灵活运用图层蒙版及图层混合模式来合成创意图像。

7.3.1 合成背景图像

首先利用图层蒙版来合成背景图像。

【步骤解析】

1. 新建一个【宽度】为"10 厘米"、【高度】为"15 厘米"、【分辨率】为"150 像素/英寸"、【颜色模式】为"RGB 颜色"、【背景内容】为"白色"的文件。

2. 选择■工具，然后单击属性栏中▇▇▇▇▇的颜色条部分，在弹出的【渐变编辑器】对话框中设置渐变颜色参数，如图 7-19 所示，单击 确定 按钮。

3. 按住 Shift 键，并将鼠标光标移动到新建的文件中自上向下拖曳，为新建的文件添加如图 7-20 所示的渐变色。

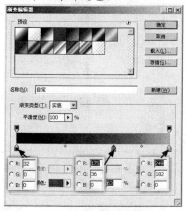

图7-19 设置的渐变颜色

图7-20 填充渐变色后的效果

4. 将附盘中"图库\第 07 章"目录下名为"地面 01.jpg"的文件打开，然后将其移动复制到新建文件中，并放置到画面的底部位置，如图 7-21 所示。

5. 将附盘中"图库\第 07 章"目录下名为"石路.jpg"的文件打开，然后将其移动复制到新建文件中，并放置到与地面图片相同的位置，效果如图 7-22 所示。

6. 在【图层】面板中，将"图层 2"的图层混合模式设置为"正片叠底"，效果如图 7-23 所示。

图7-21 地面图像放置的位置

图7-22 石路图像放置的位置

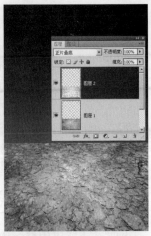
图7-23 调整混合模式后的效果

7. 将附盘中"图库\第 07 章"目录下名为"天空 01.jpg"的文件打开，然后将其移动复制到新建的文件中。

8. 在【图层】面板中将生成的"图层 3"调整至"图层 1"的下方，然后将天空图像调整至如图 7-24 所示的位置。

9. 单击【图层】面板下方的 按钮，为"图层 3"添加图层蒙版，然后将前景色设置为黑色，背景色设置为白色。

10. 选择 工具，确认在属性栏中选择"前景色到背景色渐变"的渐变样式，然后按住 Shift 键在天空图片的上方位置自上向下拖曳鼠标光标，编辑蒙版后的效果如图 7-25 所示。

图7-24 天空图片放置的位置

图7-25 编辑蒙版后的效果

11. 在【图层】面板中单击"图层 3"前面的图层缩览图，使图层处于工作状态，然后执行【图像】/【调整】/【色彩平衡】命令（快捷键为 Ctrl+B），在弹出的【色彩平衡】对话框中分别设置其参数，如图 7-26 所示。

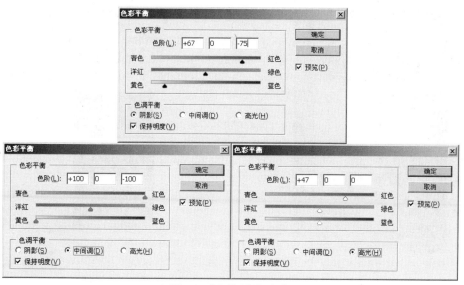

图7-26　【色彩平衡】对话框

12. 单击 　确定　 按钮，色彩调整后的效果如图 7-27 所示。

13. 执行【图像】/【调整】/【自然饱和度】命令，弹出【自然饱和度】对话框，设置参数及生成的图像效果如图 7-28 所示。

图7-27　天空图像调整色彩后的效果

图7-28　调整的自然饱和度参数及效果

14. 将附盘中"图库\第 07 章"目录下名为"自然风景.jpg"的文件打开，然后将其移动复制到新建的文件中。

15. 将生成的"图层 4"调整至"图层 2"的上方，然后单击【图层】面板下方的 按钮，为"图层 4"添加图层蒙版，再将风景图片调整至如图 7-29 所示的位置。

16. 单击"图层 4"前面的图层缩览图，使其处于工作状态，然后执行【选择】/【色彩范围】命令，弹出【色彩范围】对话框，将【颜色容差】选项的参数设置为"200"，再将鼠标光标移动到如图 7-30 所示的位置并单击，吸取要选择的图像。

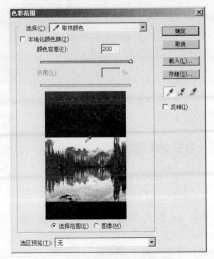

图7-29 风景图像在画面中的位置 　　　　　　图7-30 鼠标光标所在的位置

17. 单击 确定 按钮，选择的图像效果如图 7-31 所示。

18. 在"图层 4"的图层蒙版缩览图上单击，使其处于工作状态，然后确认前景色为黑色，按 Alt+Delete 键为选区填充黑色，以此来编辑蒙版，即将选区内的图像隐藏，效果及【图层】面板如图 7-32 所示。

图7-31 选择的图像 　　　　　　　　图7-32 编辑蒙版后的效果及【图层】面板

19. 按 Ctrl+D 键去除选区，然后利用 ✐ 工具在风景图像的下方拖曳，继续对"图层 4"的蒙版进行涂抹，得到如图 7-33 所示的效果。

图7-33 编辑蒙版后的效果

20. 单击"图层 4"前面的图层缩览图，使其处于工作状态，然后按 $\boxed{Ctrl}$+$\boxed{B}$ 键，在弹出的【色彩平衡】对话框中设置其参数，如图 7-34 所示。

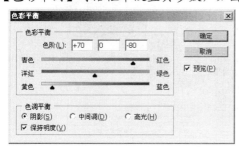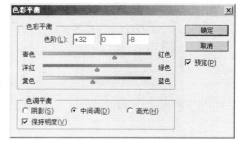

图7-34　【色彩平衡】对话框

21. 单击 $\boxed{\text{确定}}$ 按钮，调整色彩后的效果如图 7-35 所示。

22. 将附盘中"图库\第 07 章"目录下名为"地面 02.jpg"的文件打开，然后将其移动复制到新建的文件中。

23. 将"地面 02.jpg"图片调整至画面的下方，然后为其添加图层蒙版，如图 7-36 所示。

图7-35　调整色彩后的效果　　　　　　　　　图7-36　地面图片的位置及添加的图层蒙版

24. 确认"图层 5"的图层蒙版处于工作状态，利用▣工具为其添加由前景色到背景色的线性渐变，效果如图 7-37 所示。

25. 将附盘中"图库\第 07 章"目录下名为"球体.psd"的文件打开，然后将其移动复制到新建的文件中，调整至合适的大小及位置后为其添加图层蒙版，如图 7-38 所示。

图7-37　编辑图层蒙版后的效果　　　　　　　图7-38　球体在画面中的位置及添加的图层蒙版

26. 确认"图层 6"的图层蒙版处于工作状态，利用▣工具为其添加由前景色到背景色的线性渐变，效果如图 7-39 所示。

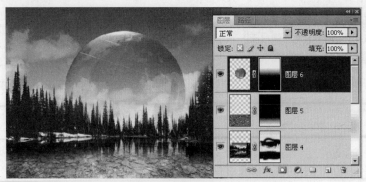

图7-39　编辑蒙版后的效果

27. 按 [Ctrl]+[S] 键，将此文件命名为 "创意图像合成.psd" 保存。

7.3.2　制作光圈效果

接下来灵活运用图层蒙版、图层混合模式及【滤镜】/【模糊】/【高斯模糊】命令来制作光圈效果。

【步骤解析】

1. 接上例。
2. 在【图层】面板中新建 "图层 7"，然后利用 ⬭ 工具绘制椭圆形选区，并为其填充白色，效果如图 7-40 所示。
3. 执行【选择】/【变换选区】命令，然后按住 [Shift]+[Alt] 键，并将鼠标光标移动到变形框的一个控制点上，按下鼠标左键并向选区内拖曳，将选区以中心等比例缩小，调整后的选区形态如图 7-41 所示。

图7-40　绘制的椭圆形

图7-41　选区变换后的形态

4. 按 [Enter] 键确认选区的缩小调整，然后按 [Delete] 键删除选区内的内容，效果如图 7-42 所示。
5. 按 [Ctrl]+[D] 键去除选区，然后执行【滤镜】/【转换为智能滤镜】命令，再执行【滤镜】/【模糊】/【高斯模糊】命令，设置参数及生成的模糊效果如图 7-43 所示，单击 [确定] 按钮确认图像的模糊操作。

 【转换为智能滤镜】命令可以让用户像操作图层样式那样灵活方便地运用滤镜。在应用效果之前如果先转换成智能滤镜，在调制效果时通过智能滤镜可以随时更改添加在图像上的滤镜参数，并且还可以随时移除或再添加其他滤镜。

图7-42　删除选区内图像后的效果

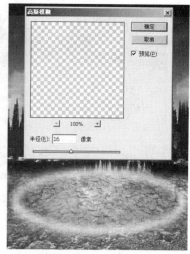

图7-43　模糊参数设置及效果

6. 在【图层】面板中将"图层 7"复制为"图层 7 副本"，然后将"图层 7"设置为工作层，并双击"图层 7"下的"高斯模糊"命令，在弹出的【高斯模糊】对话框中将【半径】选项的参数修改为"45 像素"，单击 确定 按钮，生成的效果如图 7-44 所示。

7. 将"图层 7 副本"层设置为工作层，然后为其添加图层蒙版。

8. 选择 工具，确认前景色为黑色，将【画笔】的笔头设置为"200 px"、【不透明度】参数设置为"30%"，然后在图像中对"白色光圈"的后部进行涂抹，制作出如图 7-45 所示的前实后虚效果。

图7-44　修改模糊参数后的效果

图7-45　编辑蒙版后的效果

9. 在【图层】面板中分别将"图层 7"和"图层 7 副本"的图层混合模式设置为"叠加"，效果如图 7-46 所示。

10. 在【图层】面板中将"图层 7 副本"再次复制为"图层 7 副本 2"，双击"图层 7 副本 2"层下的"高斯模糊"命令，在弹出的【高斯模糊】对话框中将【半径】选项修改为"8 像素"，单击 确定 按钮，效果如图 7-47 所示。

图7-46 修改图层混合模式后的效果

图7-47 复制图层并修改后的效果

11. 在【图层】面板中，按住 Shift 键单击"图层 7"，将"图层 7"、"图层 7 副本"和"图层 7 副本 2"层同时选择。

12. 按 Ctrl + T 键为选择的图像添加自由变换框，然后将图像调整至如图 7-48 所示的大小及位置，再按 Enter 键确认操作。

13. 将"图层 7 副本 2"层复制为"图层 7 副本 3"层，然后利用【自由变换】命令，将其调整至如图 7-49 所示的大小及位置。

图7-48 调整图像时的状态

图7-49 复制图像调整后的大小及位置

14. 双击"图层 7 副本 3"层下的"高斯模糊"命令，在弹出的【高斯模糊】对话框中将【半径】选项设置为"5 像素"，效果如图 7-50 所示。

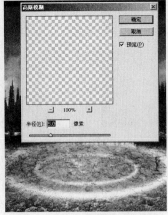

图7-50 编辑高斯模糊后的效果

15. 按 Ctrl + S 键，将此文件保存。

7.3.3 合成瓶子及瓶子中的人物

下面来合成瓶子，并制作出人物在瓶子内的效果。

【步骤解析】

1. 接上例。

2. 将第 7.2 节保存的"快速蒙版选瓶子.psd"文件打开，然后将选择的瓶子图形移动复制到"创意合成图像"文件中，并调整至如图 7-51 所示的大小及位置。

图7-51 瓶子调整后的大小及位置

3. 按 Ctrl+B 键，弹出【色彩平衡】对话框，设置其参数，如图 7-52 所示。

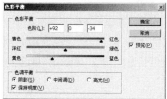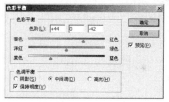

图7-52 【色彩平衡】对话框参数设置

4. 单击 确定 按钮，调整色彩后的效果如图 7-53 所示。

5. 在【图层】面板中为"图层 8"添加图层蒙版，然后选择 工具，设置合适的笔头大小及【不透明度】参数后，确认前景色为黑色，将鼠标光标移动到瓶子上拖曳，制作出瓶子的透明效果，如图 7-54 所示。

图7-53 调整色彩后的效果　　　　　　　　图7-54 制作出的玻璃瓶透明效果

6. 将附盘中"图库\第 07 章"目录下名为"人物 01.jpg"的文件打开，然后将其移动复制到"创意图像合成"文件中，如图 7-55 所示。

7. 在【图层】面板中，为生成的"图层 9"添加图层蒙版，然后利用 工具将画面中的白色背景选择。

8. 确认前景色为白色，且"图层 9"的图层蒙版处于工作状态，按 Alt+Delete 键，为选区填充黑色，即将白色背景隐藏。

9. 选择 工具，设置合适的笔头大小及【不透明度】参数后，将鼠标光标移动到人物的边缘拖曳，制作出人物在瓶子里的效果，如图 7-56 所示。

图7-55 移动复制入的人物图像

图7-56 编辑蒙版后的人物效果

10. 单击"图层 9"前面的图层缩览图，使其处于工作状态，然后执行【图像】/【调整】/【色阶】命令（快捷键为 Ctrl+L ），在弹出的【色阶】对话框中设置其参数，如图 7-57 所示。

11. 单击 确定 按钮，图像调整后的效果如图 7-58 所示。

最后来制作炫光效果。

12. 新建"图层 10"，然后利用 和 工具，绘制出如图 7-59 所示的路径。

图7-57 【色阶】对话框

图7-58 图像调整色阶后的效果

图7-59 绘制的路径

13. 选择 ✐ 工具，按 F5 键调出【画笔】面板，然后设置其参数，如图 7-60 所示。

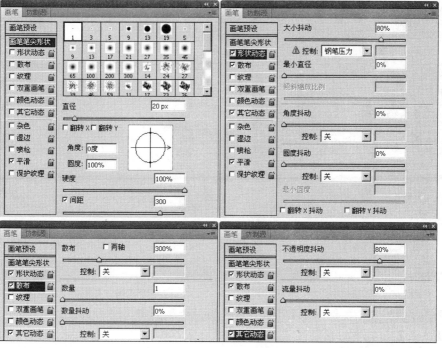

图7-60　【画笔】面板参数设置

14. 将前景色设置为白色，然后打开【路径】面板，并单击下方的 ⃝ 按钮，用设置的画笔笔头描绘路径，效果如图 7-61 所示。

15. 在【画笔】面板中重新设置笔头的大小，如图 7-62 所示。

图7-61　描绘路径后的效果

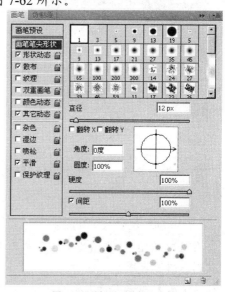

图7-62　重新设置的笔头大小

16. 再次单击【路径】面板下方的 ⃝ 按钮，用设置的画笔描绘路径，效果如图 7-63 所示。

17. 执行【图层】/【图层样式】/【外发光】命令，在弹出的【图层样式】对话框中设置其参数，如图 7-64 所示。

图7-63 描绘路径后的效果

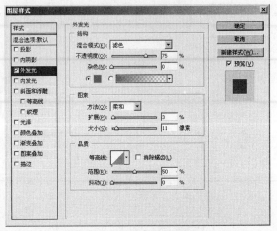

图7-64 【图层样式】对话框

18. 单击 ▢确定▢ 按钮，图像添加外发光后的效果如图 7-65 所示。

19. 在【路径】面板中的空白处单击，将路径隐藏，然后利用 ▨工具根据炫光围绕瓶子的圈数将多余的描绘图形擦除，效果如图 7-66 所示。

图7-65 添加外发光后的效果

图7-66 擦除部分图形后的效果

20. 将附盘中 "图库\第 07 章" 目录下名为 "线.psd" 的文件打开，然后将其移动复制到 "创意图像合成" 文件中。

21. 在【图层】面板中将生成的 "图层 11" 的图层混合模式设置为 "叠加"，然后将其调整至瓶子所在 "图层 8" 的下方，效果如图 7-67 所示。

22. 将附盘中 "图库\第 07 章" 目录下名为 "海鸥.psd" 的文件打开，然后将其移动复制到 "创意图像合成" 文件中。

23. 在【图层】面板中将生成的"图层 12"的图层混合模式设置为"明度",并将"海鸥"调整至如图 7-68 所示的大小及位置。

图7-67 制作的发射光线效果

图7-68 海鸥调整后的大小及位置

24. 至此,创意图像合成完毕,最后利用 T 工具在画面的上方依次输入如图 7-69 所示的白色文字。

25. 按 Ctrl+S 键,将此文件保存。

图7-69 输入的文字

7.4 拓展案例

通过本章的学习，读者自己动手合成出下面的电视广告和房地产广告。

7.4.1 合成电视广告

灵活运用图层蒙版将各素材图片进行合成，设计出如图 7-70 所示的电视广告。

【步骤解析】

1. 新建文件，然后为背景层填充蓝色（R:36,G:16,B:72）。

2. 新建"图层 1"，为其填充土黄色（R:142,G:116,B:44），然后为其添加图层蒙版，并利用 ◼ 工具为蒙版由上至下填充由黑色到白色的线性渐变色，效果如图 7-71 所示。

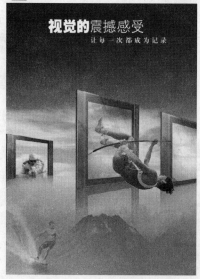

图7-70　合成的电视广告

图7-71　添加图层蒙版后的效果

3. 将附盘中"图库\第 07 章"目录下名为"天空 02.jpg"的文件打开，然后移动复制到新建的文件中，如图 7-72 所示。

4. 为生成的"图层 2"添加图层蒙版，利用 ◼ 工具为蒙版填充渐变色，并将"图层 2"的图层混合模式设置为"明度"，生成的效果及【图层】面板如图 7-73 所示。

图7-72　移动复制入的天空图片

图7-73　编辑蒙版及调整混合模式后的效果

5. 将附盘中"图库\第 07 章"目录下名为"冲浪.jpg"的文件打开，然后移动复制到新建的文件中，调整至合适的大小后放置到画面的左下角位置。

6. 为生成的"图层 3"添加图层蒙版，然后利用 工具编辑蒙版，并将"图层 3"的图层混合模式设置为"明度"，生成的效果及【图层】面板如图 7-74 所示。

图7-74　合成的冲浪画面

7. 将附盘中"图库\第 07 章"目录下名为"电视.jpg"的文件打开，然后将电视选择并移动复制到新建的文件中。

8. 复制电视层，然后利用【自由变换】命令将下方的图像调整至如图 7-75 所示的形态。

9. 将下方电视的图层混合模式设置为"变暗"，然后为其添加图层蒙版，并制作出如图 7-76 所示的效果。

图7-75　下方图像调整后的形态

图7-76　制作的倒影效果

10. 将"天空 02.jpg"文件设置为工作状态，然后依次按 Ctrl+A 键和 Ctrl+C 键，将图像选择并复制。

11. 将新建的文件设置为工作状态，利用 工具加载电视中的白色区域，然后执行【编辑】/【贴入】命令，将复制的图像贴入选区中，再利用【自由变换】命令将其调整至如图 7-77 所示的大小，此时的【图层】面板如图 7-78 所示。

12. 将附盘中"图库\第 07 章"目录下名为"地砖.psd"的文件打开，然后将其移动复制到新建的文件中，调整大小后放置到如图 7-79 所示的位置。

图7-77 图片调整后的大小

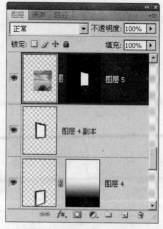

图7-78 【图层】面板形态

图7-79 图片调整后的大小及位置

13. 用相同的方法制作出另两组电视，如图 7-80 所示，其中"天空"图片进行了调色处理，调色参数如图 7-81 所示。

图7-80 制作出的另两组电视

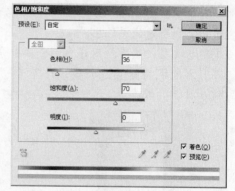

图7-81 调色参数设置

14. 将附盘中"图库\第 07 章"目录下名为"人物 02.jpg"和"人物 03.jpg"的文件打开，然后分别移动复制到新建的文件中，调整至如图 7-82 所示的大小及位置。

图7-82 人物图片调整后的大小及位置

15. 分别为人物图片生成的图层添加图层蒙版，并利用 工具进行编辑，编辑蒙版后的效果及【图层】面板形态如图 7-83 所示。

图7-83　编辑蒙版后的效果及【图层】面板形态

16. 最后利用 T 工具在画面的上方依次输入白色的文字，即可完成电视广告画面的合成。

7.4.2　合成房地产广告

灵活运用图层蒙版合成如图 7-84 所示的房地产广告。

图7-84　合成的房地产广告

【步骤解析】

1. 新建文件，制作渐变背景，然后将附盘中"图库\第 07 章"目录下名为"山.jpg"的文件打开。

2. 执行【图像】/【调整】/【黑白】命令，将图片转换为黑白效果，然后将其移动复制到新建的文件中，如图 7-85 所示。

3. 将生成图层的图层混合模式设置为"正片叠底"，然后为其添加图层蒙版，并利用 ▣ 工具编辑，生成的效果及【图层】面板如图 7-86 所示。

图7-85　山图片调整后的大小及位置

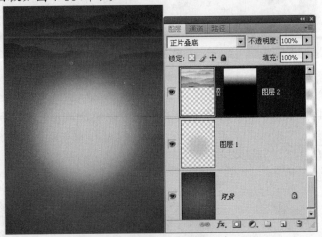

图7-86　设置图层混合模式及蒙版后的效果

4. 将附盘中"图库\第 07 章"目录下名为"宝盒.jpg"的文件打开，然后将图片选择并移动复制到新建的文件中。

5. 将附盘中"图库\第 07 章"目录下名为"瀑布.jpg"的文件打开，然后依次按 Ctrl+A 键和 Ctrl+C 键将其选择并复制。

6. 利用 ◰ 工具创建宝盒内部选区，然后按 Shift+Ctrl+V 键，将复制的图像贴入选区中，调整大小后将其图层混合模式设置为"明度"，再为其添加图层蒙版，并利用 ✎ 工具进行编辑，效果及【图层】面板如图 7-87 所示。

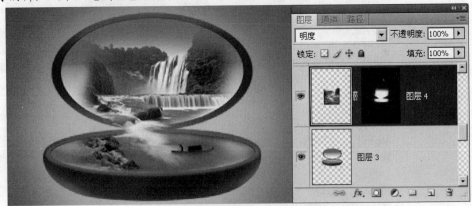

图7-87　在宝盒内贴入图像后的效果

7. 依次复制"图层 4"，然后分别调整复制图层的图层混合模式及蒙版，最终效果及【图层】面板如图 7-88 所示。

图7-88　复制图层调整后的效果

8.　依次绘制图形并输入文字，即可完成房地产广告画面的合成。

7.5　小结

　　本章通过合成一幅创意图像，详细介绍了快速蒙版的使用方法及图层蒙版的灵活运用。通过本章的学习，希望读者能熟练掌握有关蒙版的操作。灵活运用快速蒙版选择图像可以达到事半功倍的效果，灵活运用图层蒙版也会给设计带来意想不到的效果。

第8章　通道应用——设计电影海报

通道是 Photoshop 图像处理中重要的功能之一，它的用途非常广泛，利用通道不仅可以存储选区、创建选区，还可以对已有的选区进行各种编辑操作，从而得到符合图像处理和效果制作的精确选区；利用【图像】/【调整】菜单下的命令还可以对图像的单个颜色通道进行调整，以制作特殊的颜色效果。另外，在通道中还可以应用各种滤镜来制作很多特效。通过添加专色通道，还可以得到印刷的专色印版，从而得到印刷品中的特殊颜色。

【学习目标】

- 熟悉通道的用途。
- 了解通道的概念及种类。
- 熟悉【通道】面板。
- 掌握利用通道选择图像的方法。
- 掌握利用通道制作发射光线的方法。
- 掌握设计电影海报的方法。

8.1　通道

通道是保存不同颜色信息的灰度图像，可以存储图像中的颜色数据、蒙版或选区。每一幅图像都有一个或多个通道，通过编辑通道中存储的各种信息可以对图像进行编辑。

8.1.1　通道类型

根据通道存储的内容不同，可以分为复合通道、单色通道、专色通道和 Alpha 通道，如图 8-1 所示。

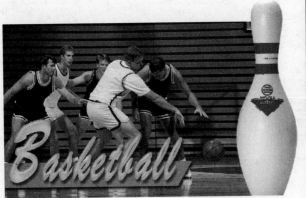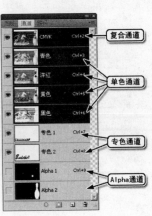

图8-1　通道类型说明图

- 复合通道：不同模式的图像通道的数量也不一样，默认情况下，位图、灰度和索引模式的图像只有 1 个通道，RGB 和 Lab 模式的图像有 3 个通道，CMYK 模式的图像有 4 个通道。在图 8-1 中【通道】面板的最上面一个通道（复合通道）代表每个通道叠加后的图像颜色，下面的通道是拆分后的单色通道。

- 单色通道：在【通道】面板中，单色通道都显示为灰色，它通过 0～256 级亮度的灰度表示颜色。在通道中很难控制图像的颜色效果，所以一般不采取直接修改颜色通道的方法改变图像的颜色。

- 专色通道：在处理颜色种类较多的图像时，为了让自己的印刷作品与众不同，往往要做一些特殊通道的处理。除了系统默认的颜色通道外，还可以创建专色通道，如增加印刷品的荧光油墨或夜光油墨，套版印制无色系（如烫金、烫银）等，这些特殊颜色的油墨一般称其为"专色"，这些专色都无法用三原色油墨混合而成，这时就要用到专色通道与专色印刷了。

- Alpha 通道：单击【通道】面板底部的 按钮，可创建一个 Alpha 通道。Alpha 通道是为保存选区而专门设计的通道，其作用主要是用来保存图像中的选区和蒙版。在生成一个图像文件时，并不一定产生 Alpha 通道，通常它是在图像处理过程中为了制作特殊的选区或蒙版而人为生成的，并从中提取选区信息。因此在输出制版时，Alpha 通道会因为与最终生成的图像无关而被删除。但有时也要保留 Alpha 通道，比如在三维软件最终渲染输出作品时，会附带生成一张 Alpha 通道，用以在平面处理软件中做后期合成。

8.1.2　【通道】面板

执行【窗口】/【通道】命令，即可在工作区中显示【通道】面板。下面介绍一下面板中各按钮的功能和作用。

- 【指示通道可见性】图标 ：此图标与【图层】面板中的 图标是相同的，多次单击可以使通道在显示或隐藏之间切换。注意，当【通道】面板中某一单色通道被隐藏后，复合通道会自动隐藏；当选择或显示复合通道后，所有的单色通道也会自动显示。

- 通道缩览图： 图标右侧为通道缩览图，其作用是显示通道的颜色信息。

- 通道名称：通道缩览图的右侧为通道名称，它能使用户快速识别各种通道。通道名称的右侧为切换该通道的快捷键。

- 【将通道作为选区载入】按钮 ：单击此按钮，或按住 Ctrl 键单击某通道，可以将该通道中颜色较淡的区域载入为选区。

- 【将选区存储为通道】按钮 ：当图像中有选区时，单击此按钮，可以将图像中的选区存储为 Alpha 通道。

- 【创建新通道】按钮 ：可以创建一个新的通道。

- 【删除当前通道】按钮 ：可以将当前选择或编辑的通道删除。

8.1.3　分离与合并通道

在图像处理过程中，有时需要将通道分离为多个单独的灰度图像，然后重新进行合并，对其进行编辑处理，从而制作各种特殊的图像效果。

对于只有背景层的图像文件，在【通道】面板中单击右上角的 按钮，在弹出的下拉菜单中执行【分离通道】命令，可以将图像中的颜色通道、Alpha 通道和专色通道分离为多个单独的灰度图像。此时原图像被关闭，生成的灰度图像以原文件名和通道缩写形式重新命名，它们分别置于不同的图像窗口中，相互独立，如图 8-2 所示。

图8-2　分离的通道

在处理图像时，可以对分离出的灰色图像分别进行编辑，并可以将编辑后的图像重新合并为一幅彩色图像。

1. 确认分离出来的 "B" 通道灰色图像文件处于工作状态，执行【图像】/【调整】/【曲线】命令（快捷键为 Ctrl+M），在弹出的【曲线】对话框中，将鼠标光标放置到预览窗口中的斜线上拖曳，将曲线调整至如图 8-3 所示的形态。

2. 单击 确定 按钮，图像调整亮度后的效果如图 8-4 所示。

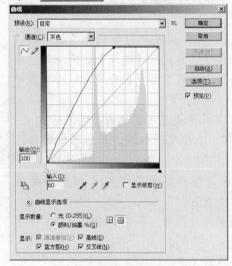

图8-3　调整后的曲线形态

图8-4　图像调整后的效果

3. 在【通道】面板中单击右上角的  按钮，在弹出的下拉菜单中执行【合并通道】命令，弹出如图 8-5 所示的【合并通道】对话框。

- 【模式】：用于指定合并图像的颜色模式，下拉列表中有 "RGB 颜色"、"CMYK 颜色"、"Lab 颜色" 和 "多通道" 4 种颜色模式。

图8-5　【合并通道】对话框

- 【通道】：决定合并图像的通道数目，该数值由图像的颜色模式决定。当选择 "多通道" 模式时，可以有任意多的通道数目。

4. 在【模式】下拉列表中选择 "RGB 颜色" 通道，如图 8-6 所示，然后单击 确定 按钮。

5. 在再次弹出的如图 8-7 所示的【合并 RGB 通道】对话框中单击 确定 按钮，即可将图像合成，生成的效果如图 8-8 所示。

图8-6　选择的颜色模式

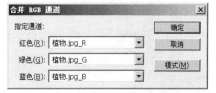

图8-7　【合并 RGB 通道】对话框

如在【合并 RGB 通道】对话框中将【红色】通道设置为 "植物.jpg_G"、【绿色】通道设置为 "植物.jpg_R"，单击 确定 按钮后生成的效果如图 8-9 所示。

图8-8　通道调色后合成的效果

图8-9　互换通道后合成的效果

8.2　利用通道选择图像

根据通道中单色通道的明暗分布情况，再加上少许的编辑，可以把通道中的白色区域转换成选区，从而达到选择指定图像的目的。对于利用路径或其他选取工具很难实现的图像来说，也许利用通道就会非常容易地把图像选取出来。下面通过案例来学习利用通道增加图像与背景的对比度，从而把需要的图像从背景中选择出来。

要点提示　在通道中，白色代替图像的透明区域，表示要处理的部分，可以直接添加选区；黑色表示不需处理的部分，不能直接添加选区。

【步骤解析】

1. 将附盘中 "图库\第08章" 目录下名为 "狮子.jpg" 的文件打开，如图 8-10 所示。

对于这幅图像，狮子与背景之间的轮廓比较分明，背景也比较简单，所以利用通道会很容易选取。

2. 打开【通道】面板，分别查看"红"、"绿"、"蓝" 3 个通道，可以看到"蓝"通道中的图像与背景之间的对比最明显。因此，将"蓝"通道拖曳至下方的 按钮上将其复制为"蓝 副本"通道，如图 8-11 所示。

图8-10　打开的图片　　　　　　　　　　　　　　图8-11　复制的通道

3. 执行【图像】/【调整】/【色阶】命令（快捷键为 Ctrl+L），弹出【色阶】对话框，调整【输入色阶】的值如图 8-12 所示。

4. 单击 确定 按钮，通道中图像调整对比度后的效果如图 8-13 所示。

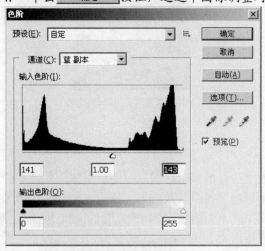

图8-12　【色阶】对话框　　　　　　　　　　　　图8-13　调整对比度后的效果

5. 选择 工具，设置合适的笔头大小后，在狮子上涂抹黑色，然后在背景上涂抹白色，涂抹后的最终效果如图 8-14 所示。

6. 单击【通道】面版底部的 按钮，载入选区，然后单击"RGB 复合通道"，生成的选区形态如图 8-15 所示。

图8-14　涂抹颜色后的效果

图8-15　生成的选区形态

7. 打开【图层】面板，然后双击"背景"层，将其转换为"图层 0"，再按 $\boxed{\text{Delete}}$ 键，将选区内的图像删除，效果如图 8-16 所示。

图8-16　删除背景后的效果

8. 按 $\boxed{\text{Shift}}$+$\boxed{\text{Ctrl}}$+$\boxed{\text{I}}$ 键，将选取的图像命名为"选取狮子.psd"另存。

8.3　利用通道制作发射光线效果

下面利用通道并结合【径向模糊】滤镜命令来制作发射光线效果。

【步骤解析】

1. 新建一个宽度为"12 厘米"、高度为"16 厘米"、分辨率为"200 像素/英寸"、颜色模式为"RGB 颜色"、背景内容为"白色"的文件，然后为背景层填充上黑色。

2. 执行【窗口】/【通道】命令，将【通道】面板显示在工作区中。

3. 单击【通道】面板底部的 按钮，新建一个通道"Alpha 1"。

4. 利用 工具在通道中绘制出如图 8-17 所示的不规则白色线条，注意笔头大小的设置。

要点提示　在绘制线条时，只要使它们能均匀地布满整个画面即可，对于线条的形状没有特定的要求。绘制线条的数量，决定在下一步操作时画面中生成光线的数量。

5. 执行【滤镜】/【扭曲】/【波纹】命令，弹出【波纹】对话框，设置参数如图 8-18 所示。

图8-17　绘制的不规则线条

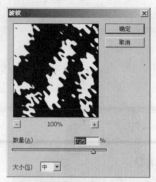

图8-18　【波纹】对话框

6.　单击 确定 按钮，效果如图 8-19 所示。

7.　执行【滤镜】/【模糊】/【径向模糊】命令，弹出【径向模糊】对话框，设置参数如图 8-20 所示。

图8-19　执行【波纹】命令后的效果

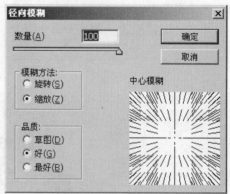

图8-20　【径向模糊】对话框

8.　单击 确定 按钮，效果如图 8-21 所示。

9.　按 Ctrl+F 键，重复执行【径向模糊】命令，生成的画面效果如图 8-22 所示。

图8-21　执行【径向模糊】命令后的效果

图8-22　重复执行【径向模糊】命令后的效果

10.　单击【通道】面板底部的 ◯ 按钮，将 "Alpha 1" 通道作为选区载入，载入的选区如图 8-23 所示。

11.　在【图层】面板中新建 "图层 1"，然后为载入的选区填充黄色（Y:100），去除选区后的效果如图 8-24 所示。

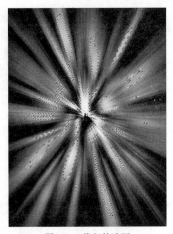

图8-23　载入的选区　　　　　　　　　　　　图8-24　填充颜色后的光线效果

12.　按 Ctrl+S 键，将此文件命名为"发射光线效果.psd"保存。

8.4　设计电影海报

下面灵活运用图层、图层混合模式、图层蒙版及通道来设计电影海报。

8.4.1　合成背景图像

首先来合成电影海报的背景。

【步骤解析】

1.　将附盘中"图库\第 08 章"目录下名为"纹理.jpg"的文件打开，如图 8-25 所示。
2.　将第 8.2 节保存的"选取狮子.psd"文件打开，然后将选择的狮子移动复制到"纹理.jpg"文件中，并利用【自由变换】命令调整至如图 8-26 所示的形态及位置。

图8-25　打开的图片　　　　　　　　　　图8-26　图片调整后的形态及位置

3.　执行【图层】/【图层样式】/【外发光】命令，在弹出的【图层样式】对话框中设置各选项及参数如图 8-27 所示。
4.　单击　确定　按钮，添加图层样式后的狮子效果如图 8-28 所示。

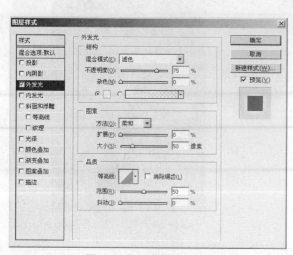

图8-27 【图层样式】对话框

图8-28 添加图层样式后的效果

5. 将附盘中"图库\第 08 章"目录下名为"城堡.jpg"的文件打开，然后将其移动复制到 "纹理.jpg"文件中，并放置到如图 8-29 所示的位置，注意图层堆叠顺序的调整。

6. 将生成"图层 2"的图层混合模式设置为"叠加"、【不透明度】参数设置为"50%"， 设置后的图片效果如图 8-30 所示。

图8-29 图片放置的位置

图8-30 设置后的效果

7. 新建"图层 3"，并为其填充深褐色（R:106,G:66），然后将"图层 3"的图层混合模式 设置为"叠加"，效果如图 8-31 所示。

8. 按住 Ctrl 键单击"图层 1"的图层缩览图添加选区，然后在"图层 1"的下面新建 "图层 1 副本"层，如图 8-32 所示。

图8-31　更改图层混合模式后的效果

图8-32　载入选区并新建的图层

9.　选取 ▣ 工具在选区内填充由红色到深红色的渐变颜色，如图 8-33 所示。

10.　将"图层 1"的混合模式设置为"明度"，效果如图 8-34 所示。

图8-33　填充的渐变颜色

图8-34　更改图层混合模式后的效果

11.　将第 8.3 节保存的"发射光线效果.psd"文件打开，然后将其移动复制到"纹理.jpg"文件中并放置在"图层 1"的下面，将其图层混合模式设置为"叠加"。

12.　将"图层 4"复制为"图层 4 副本"，然后将复制图层的图层混合模式设置为"柔光"，效果如图 8-35 所示。

13.　将附盘中"图库\第 08 章"目录下名为"瓷盘.jpg"的文件打开，如图 8-36 所示。

图8-35　更改图层混合模式后的效果

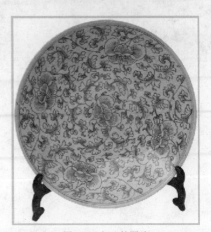

图8-36　打开的图片

14. 利用 ✎工具，将瓷盘从背景中选出，然后移动复制到"纹理.jpg"文件中，并将生成的"图层 5"调整到所有图层的上方。

15. 利用【自由变换】命令将瓷盘调整至如图 8-37 所示的大小及位置，然后单击【图层】面板底部的 ▣ 按钮，为生成的"图层 5"添加图层蒙版。

16. 按住 Ctrl 键单击"图层 1"左侧的图层缩览图添加选区，添加的选区及添加选区时的状态如图 8-38 所示。

图8-37　图片放置的位置

图8-38　添加的选区及添加选区时的状态

17. 确认"图层 5"的图层蒙版缩览图处于工作状态，为选区填充黑色，编辑蒙版，效果如图 8-39 所示。

18. 按 Ctrl+D 键去除选区，然后利用 ✎工具在瓷盘的下方位置喷绘黑色，细致地编辑蒙版，将瓷盘的下方部分屏蔽掉，编辑后的画面效果如图 8-40 所示。

19. 按住 Ctrl 键，单击"图层 5"左侧的图层缩览图添加选区，添加的选区及添加选区时的状态如图 8-41 所示。

20. 新建"图层 6"，并为选区填充白色，效果如图 8-42 所示，然后去除选区。

图8-39　编辑蒙版后的效果

图8-40　编辑蒙版后的效果

图8-41　添加的选区及添加选区时的状态

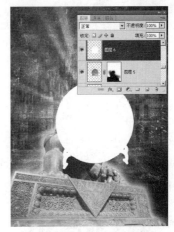

图8-42　填充颜色后的画面效果

21. 将"图层 6"的图层混合模式设置为"叠加",更改混合模式后的效果如图 8-43 所示。

22. 用与步骤 20～21 相同的方法,为"图层 6"添加图层蒙版,然后利用 工具编辑蒙版,编辑后的效果如图 8-44 所示。

图8-43　更改图层混合模式后的效果

图8-44　编辑蒙版后的效果

23. 将附盘中 "图库\第 08 章" 目录下名为 "鸟与山.psd" 的文件打开，然后将 "图层 1" 中的图像移动复制到 "纹理.jpg" 文件中，并放置到如图 8-45 所示的位置。

24. 将生成 "图层 7" 的图层混合模式设置为 "正片叠底"，然后为其添加图层蒙版，并利用 🖌 工具编辑蒙版，编辑后的效果如图 8-46 所示。

图8-45　图片放置的位置

图8-46　编辑蒙版后的效果

25. 将 "鸟与山.psd" 文件设置为工作状态，然后将 "图层 2" 中的图像移动复制到 "纹理.jpg" 文件中。

26. 为生成的 "图层 8" 添加图层蒙版，然后利用 🖌 工具编辑蒙版，编辑后的画面效果如图 8-47 所示。

27. 将 "鸟与山.psd" 文件再次设置为工作状态，然后将 "图层 3" 中的图像移动复制到 "纹理.jpg" 文件中，并放置到如图 8-48 所示的位置。

图8-47　编辑蒙版后的效果

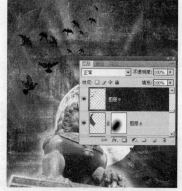
图8-48　图片放置的位置

28. 按 Shift+Ctrl+S 键，将此文件命名为 "电影海报.psd" 另存。

8.4.2　制作浮雕字及发光效果

下面来制作电影海报中的浮雕文字及发光效果。

【步骤解析】

1. 接上例。

2. 利用 T 工具在画面的下方位置输入如图 8-49 所示的黄色（R:255,G:215）文字。

图8-49 输入的文字

3. 执行【图层】/【图层样式】/【混合选项】命令，弹出【图层样式】对话框，各选项及
   参数设置如图 8-50 所示。

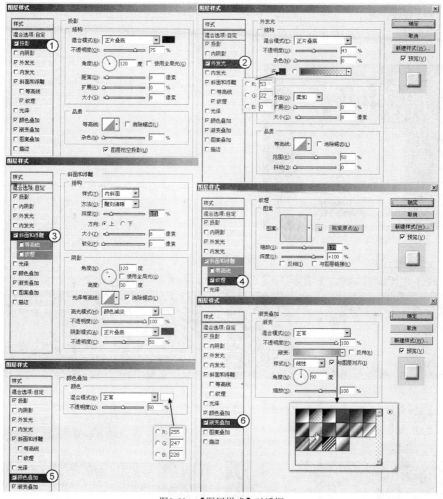

图8-50 【图层样式】对话框

4. 单击 确定 按钮，添加图层样式后的文字效果如图 8-51 所示。

图8-51 添加图层样式后的文字效果

5. 按住 Ctrl 键，单击"文字层"左侧的图层缩览图添加选区，添加的选区如图 8-52 所示。

图8-52 添加的选区

6. 单击【通道】面板底部的 按钮，将选区存储为"Alpha 1 通道"，如图 8-53 所示。

7. 将选区去除，然后执行【滤镜】/【模糊】/【径向模糊】命令，弹出【径向模糊】对话框，设置选项及参数如图 8-54 所示。

图8-53 "Alpha 1"通道画面显示

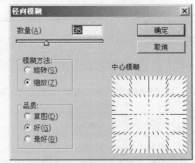

图8-54 【径向模糊】对话框

8. 单击 确定 按钮，文字模糊后的效果如图 8-55 所示。

9. 连续按 3 次 Ctrl+F 键，重复执行【径向模糊】命令，生成的效果如图 8-56 所示。

图8-55 文字模糊后的效果

图8-56 重复执行【径向模糊】命令后的效果

10. 执行【图像】/【自动对比度】命令，调整图像对比度，效果如图 8-57 所示。

11. 单击【通道】面板底部的 按钮，将"Alpha 1"通道作为选区载入，载入的选区如图 8-58 所示。

图8-57 调整对比度后的画面效果

图8-58 载入的选区

12. 在【图层】面板中新建"图层 10"，并将其调整至"文字层"的下方，然后为载入的选区填充白色，效果如图 8-59 所示。

13. 重复为选区填充白色，加深颜色，效果如图 8-60 所示，然后将选区去除。

图8-59　填充白色后的效果

图8-60　重复填充白色后的效果

14. 利用【编辑】菜单下面的【透视】和【扭曲】命令，将填充的白色光线调整成如图 8-61 所示的透视形态。

图8-61　调整后的形态

15. 将"图层 10"的图层混合模式设置为"叠加"，效果如图 8-62 所示。

16. 依次将"图层 10"复制为"图层 10 副本"和"图层 10 副本 2"，生成的画面效果如图 8-63 所示。

图8-62　更改图层混合模式后的画面效果

图8-63　复制图层后生成的画面效果

17. 利用 T 工具在画面中的合适位置依次输入黑色文字，并分别为其添加【外发光】样式，效果如图 8-64 所示。

18. 至此，电影海报已经设计完成，整体效果如图 8-65 所示。

图8-64　输入的文字

图8-65　设计完成的电影海报

19. 按 Ctrl+S 键，将此文件保存。

8.5 拓展案例

通过本章的学习，读者自己动手设计出下面的电影海报。

8.5.1 设计电影海报（一）

灵活运用图层及通道进行电影海报设计，最终效果如图 8-66 所示。

图8-66　设计的电影海报

【步骤解析】

1. 用与第 8.2 节利用通道选择图像相同的方法，将附盘中"图库\第 08 章"目录下名为"火焰.jpg"文件中的火焰选择。
2. 用与第 8.3 节制作发射光线相同的方法，制作白色的发射光线效果。
3. 打开附盘中"图库\第 08 章"目录下名为"天空与海面.jpg"的文件，然后将制作的发射光线效果移动复制入，并将生成图层的图层混合模式设置为"叠加"，效果如图 8-67 所示。
4. 将附盘中"图库\第 08 章"目录下名为"九龙戏珠.jpg"的文件打开，然后将图像选择并移动复制到"天空与海面"文件中，设置合适的大小后，将生成图层的图层混合模式设置为"正片叠底"，效果如图 8-68 所示。

图8-67 添加的发射光线效果

图8-68 图像调整后的位置及效果

5. 利用 ◎ 工具绘制出如图 8-69 所示的椭圆形路径。其中，绘制最外面的大椭圆形时激活属性栏中的 ◘ 按钮，然后激活 ◘ 按钮绘制第二个椭圆形，再激活 ◘ 按钮绘制第三个椭圆形，最后激活 ◘ 按钮绘制最小的椭圆形路径。

6. 按 Ctrl+Enter 键，将路径转换为选区，形态如图 8-70 所示。

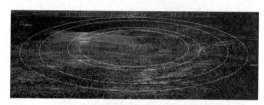

图8-69 绘制的椭圆形路径

图8-70 路径转换的选区形态

7. 将"背景"层设置为工作层，然后按 Ctrl+J 键，将选区内的图像通过复制生成新的图层"图层 3"，最后将生成的"图层 3"调整至所有图层的上方。

8. 加载"图层 3"的选区，然后单击【图层】面板下方的 ◎ 按钮，在弹出的下拉菜单中选择【色相/饱和度】命令，在弹出的【调整】面板中设置参数，如图 8-71 所示，调整色相及饱和度后的画面效果如图 8-72 所示。

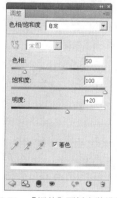

图8-71 【调整】面板参数设置

图8-72 调整色相及饱和度后的效果

9. 新建"图层 4"，绘制椭圆形选区，羽化选区后为其填充"橙、黄、橙"渐变色，然后再制作出如图 8-73 所示的太阳光照射效果。

10. 将选择的火焰移动复制到"天空与海面"文件中，如图 8-74 所示。

图8-73 制作的太阳光照射效果

图8-74 添加的火焰效果

11. 将附盘中"图库\第 08 章"目录下名为"飞马.psd"的文件打开，然后将飞马图片移动复制到"天空与海面"文件中。

12. 最后依次输入相应的文字，即可完成电影海报的设计。

8.5.2 设计电影海报（二）

灵活运用图层及通道设计出如图 8-75 所示的电影海报。

图8-75 设计的电影海报

【步骤解析】

1. 将附盘中"图库\第 08 章"目录下名为"蓝色背景.jpg"、"飘带.psd"和"人像.jpg"的文件打开并合成，效果及【图层】面板如图 8-76 所示。

图8-76　合成的图像效果及【图层】面板

2. 将附盘中"图库\第 08 章"目录下名为"荷花.psd"的文件打开，然后将各图层中的花朵分别合成到"蓝色背景"文件中，效果及【图层】面板如图 8-77 所示。其中，月季花生成的"图层 4"和"图层 5"的图层混合模式设置为"柔光"。

图8-77　合成的图像效果及【图层】面板

3. 将附盘中"图库\第 08 章"目录下名为"草地.psd"的文件打开，然后移动复制到"蓝色背景"文件中的下方位置。

4. 利用 ⬭ 工具绘制圆形选区，羽化后填充白色，制作出如图 8-78 所示的"太阳"图形。

图8-78　添加的草地及太阳图形

5.　为"太阳"图形添加图层样式，并制作出如图 8-79 所示的发射光线效果。

图8-79　制作的发射光线效果

6.　依次合成其他素材图片，最终效果如图 8-80 所示。

图8-80　添加的其他素材图片

7.　最后为画面添加星光效果及文字，即可完成电影海报的设计。

8.6　小结

　　本章主要介绍了有关通道的内容，包括通道的原理及用途、通道的类型、【通道】面板，及通道的应用技巧等。学习并熟练掌握这些基本内容，是成为图像处理及合成高手必须具备的先决条件，所以希望读者能够深入理解通道的概念和原理，做到灵活运用，从而为从事图像处理及合成工作提供最有利的帮助。

第9章　调整菜单——照片处理

在处理数码照片或其他各类图像时，色彩或明暗对比度等的调整是必不可少的工作。Photoshop CS4 中提供了很多类型的图像色彩调整命令，利用这些命令可以把彩色图像调整成黑白或单色效果，也可以给黑白图像上色使其焕然一新。另外，无论图像曝光过度或曝光不足，都可以利用不同的【调整】命令来进行弥补。本章就来介绍这些调整命令，希望读者通过本章的学习能够将图像色彩调整的方法熟练掌握。

【学习目标】

- 熟悉各调整菜单命令。
- 了解利用各调整命令调整图像的方法。
- 掌握黑白照片彩色化处理或转单色的方法。
- 掌握彩色照片转单色和黑白效果的方法。
- 掌握调整照片曝光度的方法。
- 掌握调制个性色调的方法。

9.1　【图像】/【调整】菜单命令

在【图像】/【调整】菜单中共包含 21 种调整图像颜色的命令。另外，【图像】菜单下还有【自动色调】、【自动对比度】和【自动颜色】3 个自动调整图像颜色的命令，下面分别来介绍各命令的功能。

一、　【亮度/对比度】命令

利用【亮度/对比度】命令可以增加偏灰图像的亮度和对比度，如图 9-1 所示。此命令只能对图像的整体亮度和对比度调整，对单个颜色通道不起作用。

图9-1　增加图像亮度和对比度前后的对比效果

执行【图像】/【自动对比度】命令，系统将自动调整图像的对比度，其工作原理是将图像中最暗和最亮的区域分别映射为黑色和白色，然后按比例重新分布中间调的图像，从而增大图像的对比度。

二、【色阶】命令

【色阶】命令是图像处理时常用的调整色阶对比的命令，它通过调整图像中暗调、中间调和高光区域的色阶分布情况来增强图像的色阶对比。

对于光线较暗的图像，可在【色阶】对话框中用鼠标将右侧的白色滑块向左拖曳，从而增大图像中高光区域的范围，使图像变亮，如图 9-2 所示。对于高亮度的图像，用鼠标将左侧的黑色滑块向右拖曳，可以增大图像中暗调的范围，使图像变暗。用鼠标将中间的灰色滑块向右拖曳，可以减少图像中的中间色调的范围，从而增大图像的对比度；同理，若将此滑块向左拖曳，可以增加中间色调的范围，从而减小图像的对比度。

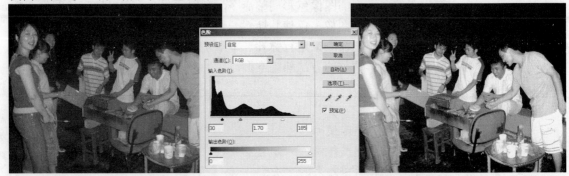

图9-2　图像调亮前后的对比效果

 执行【图像】/【自动色调】命令，系统将自动设置图像的暗调和高光区域，并将每个颜色通道中最暗和最亮的颜色分别设置为黑色和白色，再按比例重新分布中间调的颜色值，从而自动调整图像的色阶。此命令可以对图像进行简单调整，但要进行精确调整时，还应该利用【色阶】命令。

三、【曲线】命令

利用【曲线】命令可以调整图像各个通道的明暗程度，从而更加精确地改变图像的颜色。【曲线】对话框中的水平轴（即输入色阶）代表图像色彩原来的亮度值，垂直轴（即输出色阶）代表图像调整后的颜色值。对于"RGB 颜色"模式的图像，曲线显示"0～255"的强度值，暗调（0）位于左边。对于"CMYK 颜色"模式的图像，曲线显示"0～100"的百分数，高光（0）位于左边。

对于因曝光不足而色调偏暗的"RGB 颜色"图像，可以将曲线调整至上凸的形态，使图像变亮，如图 9-3 所示。

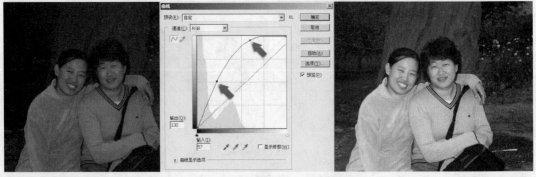

图9-3　图像调亮前后的对比效果

对于因曝光过度而色调高亮的"RGB 颜色"图像，可以将曲线调整至向下凹的形态，使图像的各色调区按比例减暗，从而使图像的色调变得更加饱和，如图 9-4 所示。

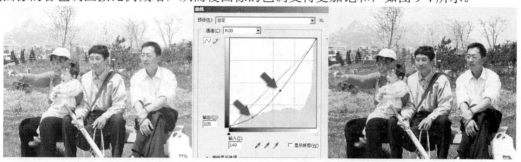

图9-4　图像调暗前后的对比效果

四、 【曝光度】命令

【曝光度】命令可以在线性空间中调整图像的曝光数量、位移和灰度系数，进而改变当前颜色空间中图像的亮度和明度。效果如图 9-5 所示。

图9-5　图像调整亮度和明度前后的对比效果

五、 【自然饱和度】命令

利用【自然饱和度】命令可以在颜色接近最大饱和度时最大限度地减少修剪。调整对话框中的【自然饱和度】选项可防止人物肤色过度饱和，如图 9-6 所示。

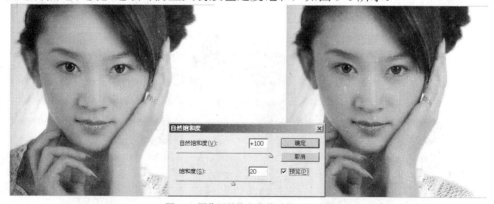

图9-6　图像调整饱和度前后的对比效果

六、 【色相/饱和度】命令

利用【色相/饱和度】命令可以调整图像的色相、饱和度和亮度，它既可以作用于整个图像，也可以对指定的颜色单独调整。当勾选【色相/饱和度】对话框中的【着色】复选项时，可以为图像重新上色，从而使图像产生单色调效果，如图 9-7 所示。

图9-7　图像原图及调整的单色调效果

七、【色彩平衡】命令

【色彩平衡】命令是通过调整各种颜色的混合量来调整图像的整体色彩，如图 9-8 所示。在【色彩平衡】对话框中调整相应滑块的位置，可以控制图像中互补颜色的混合量。【色调平衡】选项栏用于选择需要调整的色调范围。勾选【保持明度】复选项，在调整图像色彩时可以保持画面亮度不变。

图9-8　图像调整色调后的效果

 执行【图像】/【调整】/【自动颜色】命令可以自动调整图像的色彩，其工作原理是首先确定图像中的中性灰色图像区域，然后选择一种平衡色来填充，从而起到平衡色彩的作用。

八、【黑白】命令

利用【黑白】命令可以快速将彩色图像转换为黑白或单色效果，同时保持对各颜色的控制，如图 9-9 所示。

图9-9　图像转换为黑白和怀旧单色调时的效果

九、　【照片滤镜】命令

　　【照片滤镜】命令类似于摄像机或照相机的滤色镜片，它可以对图像颜色进行过滤，使图像产生不同的滤色效果，如图 9-10 所示。

图9-10　图像添加冷却色前后的对比效果

十、　【通道混合器】命令

　　【通道混合器】命令可以通过混合指定的颜色通道来改变某一通道的颜色。此命令只能调整 "RGB 颜色" 和 "CMYK 颜色" 模式的图像，并且调整不同颜色模式的图像时，【通道混合器】对话框中的参数也不相同。图 9-11 所示为调整 "RGB 颜色" 模式的图像原图及调整后的效果。

图9-11　图像调整前后的对比效果

十一、　【反相】命令

　　执行【图像】/【调整】/【反相】命令，可以使图像中的颜色和亮度反转，生成一种照片底片效果，如图 9-12 所示。

图9-12　图像反相前后的对比效果

十二、 【色调分离】命令

执行【图像】/【调整】/【色调分离】命令，弹出【色调分离】对话框。在对话框的【色阶】文本框中设置一个适当的数值，可以指定图像中每个颜色通道的色调级或亮度值数目，并将像素映射为与之最接近的一种色调，从而使图像产生各种特殊的色彩效果。原图像与色调分离后的效果如图 9-13 所示。

图9-13 原图及色调分离后的效果对比

十三、 【阈值】命令

【阈值】命令可以将彩色图像转换为高对比度的黑白图像。执行【图像】/【调整】/【阈值】命令，弹出【阈值】对话框。在其对话框中设置一个适当的【阈值色阶】值，即可把图像中所有比阈值色阶亮的像素转换为白色，比阈值色阶暗的像素转换为黑色，效果如图 9-14 所示。

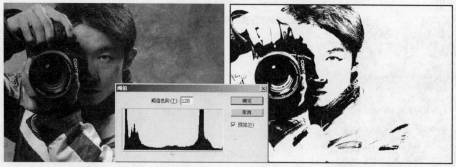

图9-14 图像转换前后的对比效果

十四、 【渐变映射】命令

【渐变映射】命令可以将选定的渐变色映射到图像中以取代原来的颜色。在渐变映射时，渐变色最左侧的颜色映射为阴影色，右侧的颜色映射为高光色，中间的过渡色则根据图像的灰度级映射到图像的中间调区域，效果如图 9-15 所示。

图9-15 图像映射颜色前后的对比效果

十五、　【可选颜色】命令

利用【可选颜色】命令可以调整图像中的某一种颜色，从而影响图像的整体色彩，效果如图 9-16 所示。

图9-16　图像调整颜色前后的对比效果

十六、　【阴影/高光】命令

【阴影/高光】命令用于校正由于光线不足或强逆光而形成的阴暗照片效果的调整，或校正由于曝光过度而形成的发白照片。执行【图像】/【调整】/【阴影/高光】命令，弹出【阴影/高光】对话框，在其对话框中阴影和高光都有各自的控制参数，通过调整阴影或高光参数即可使图像变亮或变暗，效果如图 9-17 所示。

图9-17　图像调整阴影及高光前后的对比效果

十七、　【变化】命令

利用【变化】命令可以直观地调整图像的色彩、亮度或饱和度。此命令常用于调整一些不需要精确调整的平均色调的图像，与其他色彩调整命令相比，【变化】命令更直观，只是无法调整"索引颜色"模式的图像。执行【图像】/【调整】/【变化】命令，弹出【变化】对话框，在其对话框中通过单击各个缩略图来加深某一种颜色，从而调整图像的整体色彩，原图像与颜色变化后的效果如图 9-18 所示。

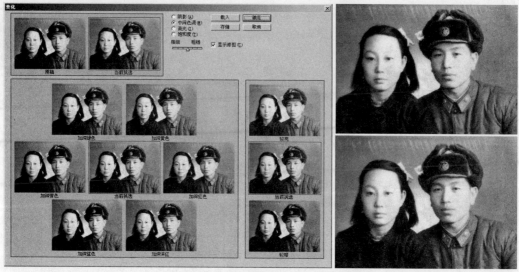

图9-18　原图像与颜色变化后的效果

十八、　【去色】命令

执行【图像】/【调整】/【去色】命令，可以去掉图像中的所有颜色，即在不改变色彩模式的前提下将图像变为灰度图像，如图 9-19 所示。

图9-19　图像去色前后的对比效果

十九、　【匹配颜色】命令

【匹配颜色】命令可以将一个图像的颜色与另一个图像的颜色相互融合，也可以将同一图像不同图层中的颜色相融合，或者按照图像本身的颜色进行自动中和，效果如图 9-20 所示。

图9-20　图像匹配颜色前后的对比效果

二十、　【替换颜色】命令

　　【替换颜色】命令可以用设置的颜色样本来替换图像中指定的颜色范围，其工作原理是先用【色彩范围】命令选择要替换的颜色范围，再用【色相/饱和度】命令调整选择图像的色彩，效果如图 9-21 所示。

图9-21　颜色替换前后的对比效果

二十一、【色调均化】命令

　　执行【图像】/【调整】/【色调均化】命令，系统将会自动查找图像中的最亮像素和最暗像素，并将它们分别映射为白色和黑色，然后将中间的像素按比例重新分配到图像中，从而增加图像的对比度，使图像明暗分布更均匀，效果如图 9-22 所示。

图9-22　图像色调均化前后的对比效果

9.2　黑白与彩色照片的转换

　　作为图像处理工作者，经常会遇到将彩色照片转单色、转成灰度效果或给黑白照片上色的工作，本节就针对黑白与彩色照片之间的相互转换做几个练习。

9.2.1 黑白照片彩色化

给黑白照片上色有很多种方法，下面来介绍一种效果真实且简单快捷的方法。

【步骤解析】

1. 打开附盘中"图库\第 09 章"目录下名为"人物 01.jpg"和"灰度效果.jpg"的文件，如图 9-23 所示。其中黑白照片是需要上色的照片，彩色照片是作为上色时颜色参考用的。

图9-23　打开的图片

2. 选择 ✐ 工具，在彩色照片的人物脸部位置单击，如图 9-24 所示，将其设置为前景色，作为给黑白照片绘制皮肤的基本颜色。

3. 将"灰度效果.jpg"文件设置为工作状态，执行【图像】/【模式】/【RGB 颜色】命令，将灰度模式图像转换成 RGB 彩色模式。

4. 在【图层】面板中新建"图层 1"，并设置图层混合模式为"颜色"。然后选择 ✐ 工具，设置合适大小的画笔后给皮肤绘制颜色，效果如图 9-25 所示。

图9-24　设置前景色　　　　　　　　　　　　图9-25　绘制的颜色

5. 选择 ⃟ 工具，把眼睛、嘴及其他皮肤以外的红色擦除，擦除后的效果如图 9-26 所示。

6. 将前景色设置为紫红色（R:200,G:110,B:180），然后选择 ⃟ 工具，并设置一个较小的画笔，再将属性栏中【不透明度】的参数设置为 "30%"。

7. 新建 "图层 2"，并设置图层混合模式为 "颜色"、【不透明度】参数为 "80%"，然后在眼皮位置拖曳鼠标光标，润饰上颜色，如图 9-27 所示。

图9-26　擦除颜色后的效果

图9-27　润饰眼睛颜色

8. 将前景色设置为红色（R:195,G:105,B:110），然后利用 ⃟ 工具为嘴唇绘制上口红颜色，再设置一个较大的画笔笔头，在脸部位置上不同程度的润饰上一点红色，使皮肤的红色出现少许的变化，效果如图 9-28 所示。

9. 将前景色设置为绿灰色（R:188,G:193,B:132），然后在脸部的暗部位置再不同程度的润饰上一点冷色，使其和亮部位置形成对比，丰富颜色效果，如图 9-29 所示。

图9-28　润饰嘴颜色

图9-29　润饰脸部暗部颜色

10. 将前景色设置为红褐色（R:154,G:72），新建 "图层 3"，并设置图层混合模式为 "颜色"，再给小女孩的皮衣绘制上颜色，效果如图 9-30 所示。

11. 在 "背景" 层的上面新建 "图层 4"，并设置图层混合模式为 "颜色"，然后给 "图层 4" 填充蓝绿色（R:64,G:113,B:127），效果如图 9-31 所示。

图9-30 皮衣上色

图9-31 填充背景颜色

12. 利用 ⬚ 工具，将小女孩脸上显示出的蓝绿色擦除，得到如图 9-32 所示的效果。

13. 按 Shift + Ctrl + Alt + E 键，复制并合并图层得到"图层 5"，然后在【图层】面板中将"图层 5"调整到所有图层的上方，并设置其图层混合模式为"滤色"、【不透明度】的参数为"50%"，照片的整体亮度提高了，效果如图 9-33 所示。

图9-32 擦除脸部多余的颜色

图9-33 增加亮度效果

14. 至此，黑白照片上色操作完成。按 Shift + Ctrl + S 键，将此文件命名为"黑白照片彩色化.psd"另存。

9.2.2 将彩色照片转为黑白效果

将一幅彩色照片转换为黑白效果有很多方法，可以直接使用【图像】/【调整】/【去色】命令，也可以使用【图像】/【模式】/【灰度】命令，但无论使用哪种方法，所得到的灰度图像效果都较为平淡。而利用菜单栏中的【图像】/【计算】命令则可以通过图像的各种通道以不同方法进行混合，在转换灰度时可以保留画面丰富的色阶层次，使转换后的灰度图像效果更加明亮且色阶层次非常丰富。

【步骤解析】

1.　打开附盘中 "图库\第 09 章" 目录下名为 "人物 02.jpg" 的图片文件，如图 9-34 所示。

图9-34　打开的照片

2.　执行【图像】/【计算】命令，弹出【计算】对话框，此时图像即变为灰度显示效果。

3.　在【源 1】选项设置区的【通道】下拉列表中设置 "红" 通道，在【源 2】选项设置区的【通道】下拉列表中设置 "灰色" 通道，此时的图像对比效果如图 9-35 所示。

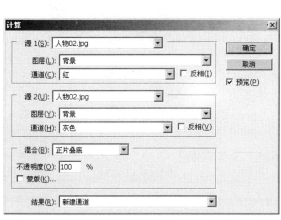

图9-35　【计算】对话框及效果

4.　在【混合】下拉列表中设置 "颜色减淡" 模式，此时图像的亮部区域将变得非常明亮，效果如图 9-36 所示。

5.　在【不透明度】参数设置区中设置不同的参数，查看图像不同的灰度色阶层次，此处设置的参数为 "20%"，在【结果】下拉列表中选择【新建文档】选项，其图像效果如图 9-37 所示。

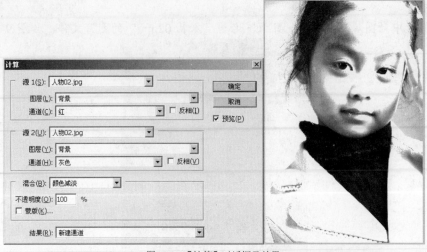

图9-36 【计算】对话框及效果

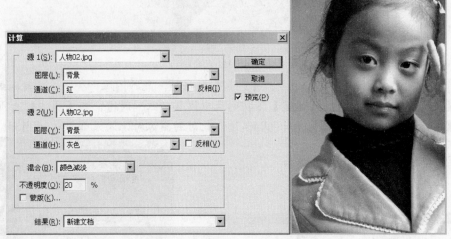

图9-37 【计算】对话框及效果

6. 单击 确定 按钮，即在工作区中出现一个灰度效果的新图像。

7. 打开【通道】面板可以看到当前图像只有一个"Alpha 1"通道。执行【图像】/【模式】/【灰度】命令，将只有一个"Alpha 1"通道的多通道模式图像转换成灰度模式，彩色转灰度图像效果即制作完成。

8. 按 Ctrl+S 键将此文件命名为"彩色转灰度效果.jpg"保存。

9.2.3 将彩色照片转为单色

利用【海绵】工具 去色是一种非常简单有效的方法，如图 9-38 所示为使用该工具降低颜色纯度后的对比效果。使用该工具虽然简单，但如果想得到任意的单色效果，必须借助颜色调整命令才能实现，利用【图像】/【调整】/【黑白】命令不但可以快速地将图像转换成黑白效果，而且还可以根据图像原有的颜色来增加或降低亮度，并且还具有类似相机一样增加滤镜的功能。如果读者想得到任意的单色调效果，利用此命令可以非常简单的实现。下面介绍利用该命令将彩色照片转为单色效果的方法。

图9-38 彩色照片与去色后的效果

【步骤解析】

1. 打开附盘中"图库\第 09 章"目录下名为"人物 03.jpg"的文件。

2. 执行【图像】/【调整】/【黑白】命令，打开【黑白】对话框，照片自动转为黑白效果，如图 9-39 所示。根据画面的影调，读者还可以分别调整每一种颜色的明暗影调。

图9-39 【黑白】对话框及去色后的效果

3. 打开【预设】下拉列表，其中列出了 10 种转换黑白的滤镜效果，如果选择【红色滤镜】，此时画面中的红色所包含的颜色都将变亮，如图 9-40 所示。

图9-40 【黑白】对话框及设置【红色滤镜】效果

243

4. 如果选择【绿色滤镜】，此时画面中的绿色所包含的颜色都将变亮，如图 9-41 所示。

5. 如果读者对转换后的某种颜色的色调感觉不满意，可以将鼠标光标移动到图像中需要再调整的颜色部位，左右拖曳鼠标光标，即可手动改变颜色的明暗，如图 9-42 所示。

图9-41 　【黑白】对话框及设置【绿色滤镜】效果

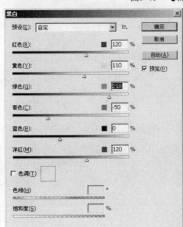

图9-42 　【黑白】对话框及手动调色效果

6. 勾选【色调】复选项，可以为黑白照片制作某种单色效果，如图 9-43 所示。

图9-43 　【黑白】对话框及制作的单色效果

7. 单击 确定 按钮，再利用 工具在人物的皮肤和衣服上轻轻地恢复一下颜色，立刻又得到了唯美的双色调效果，如图 9-44 所示。

图9-44　彩色照片原图及转单色效果

8. 按 Shift+Ctrl+S 键，将此文件命名为"转单色.jpg"另存。

9.2.4　将黑白照片转为单色

下面来介绍一种简单有效的将黑白照片转换成单色效果的方法。

【步骤解析】

1. 打开附盘中"图库\第 09 章"目录下名为"灰度效果.jpg"的文件，如图 9-45 所示。
2. 执行【图像】/【模式】/【RGB 颜色】命令，将灰度模式图像转换成 RGB 彩色模式。
3. 执行【图像】/【调整】/【变化】命令，弹出【变化】对话框，如图 9-46 所示。

图9-45　打开的图片

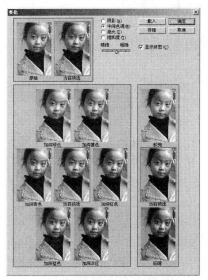

图9-46　【变化】对话框

对话框顶部的两个缩览图显示图像原始颜色效果和当前选择调整内容后的颜色效果。第一次打开该对话框时，这两个图像是一样的，随着颜色的不断调整，当前挑选的缩览图将随之更改以反映上一次使用此命令时所做的调整。

4. 首先在【加深青色】选项上单击两次，然后再分别单击【加深黄色】和【加深红色】
   一次，此时就把黑白照片调整成一幅单色照片了，单击 确定 按钮，效果如图 9-47
   所示。

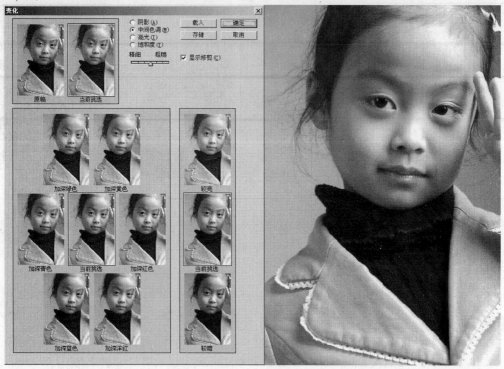

图9-47 【变化】对话框及加色后的效果

5. 按 Shift+Ctrl+S 键，将调整后的照片命名为 "黑白转单色.jpg" 另存。

9.3 调整图像的曝光度

在强烈的阳光下或者相机的光圈设置错误的情况下，拍摄出来的照片很容易曝光过度，
也就是照片亮度过高，缺乏亮部细节，整体缺少暗色调。而在阴暗的天气或者在室内拍摄出
来的照片很容易曝光不足，也就是照片亮度不足，缺乏暗部细节，整体缺少亮色调。遇到以
上这些情况，在 Photoshop 中只需几步操作就可以解决这些问题，下面来具体讲解。

9.3.1 调整曝光过度的照片

下面主要利用【图像】/【调整】/【曝光度】命令对曝光过度的照片进行处理。

【步骤解析】

1. 打开附盘中 "图库\第 09 章" 目录下名为 "人物 04.jpg" 的文件，如图 9-48 所示。
   这是一幅由于光圈设置的太大而拍摄出的曝光过度的照片，下面利用【图像】/【调
   整】下的命令来进行修复。

2. 执行【图像】/【调整】/【曝光度】命令，弹出【曝光度】对话框，设置的参数如图
   9-49 所示。

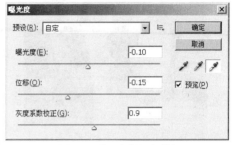

图9-48 打开的图片　　　　　　　　　　　　　　图9-49 【曝光度】对话框

3. 单击 确定 按钮，图像调整后的效果如图 9-50 所示。

4. 按 Ctrl+Alt+2 键，将画面中的亮部区域作为选区载入，如图 9-51 所示。然后新建"图层 1"，并为选区填充白色，再按 Ctrl+D 键去除选区。

图9-50 调整曝光度后的效果　　　　　　　　　　图9-51 载入的选区

5. 将"图层 1"的图层混合模式设置为"柔光"，【不透明度】参数设置为"80%"，效果如图 9-52 所示。

6. 按 Ctrl+E 键，将"图层 1"合并到"背景"层中，然后执行【图像】/【调整】/【照片滤镜】命令，弹出【照片滤镜】对话框，设置的选项及参数如图 9-53 所示。

图9-52　设置混合模式和不透明度后的效果

图9-53　【照片滤镜】对话框

7. 单击 确定 按钮，添加蓝色滤镜后的画面效果如图 9-54 所示。

图9-54　图片调整后的效果

8. 按 Shift+Ctrl+S 键，将此文件命名为"曝光过度调整.jpg"另存。

9.3.2　调整曝光不足的照片

下面主要利用【图像】/【调整】/【阴影/高光】命令和【图像】/【调整】/【色阶】命令对曝光不足的照片进行调整。

【步骤解析】

1. 打开附盘中"图库\第 09 章"目录下名为"人物 05.jpg"的文件，如图 9-55 所示。

图9-55　打开的图片

这是一幅由于在室内光圈设置的太小而拍摄出的曝光不足的照片，下面来进行调整。

2. 执行【图像】/【调整】/【阴影/高光】命令，弹出【阴影/高光】对话框，设置的参数如图 9-56 所示。

3. 单击 确定 按钮，图像调整后的效果如图 9-57 所示。

图9-56　【阴影/高光】对话框

图9-57　图像调整前后的对比效果

4. 按 Shift+Ctrl+S 键，将此文件命名为"曝光不足调整 01.jpg"另存。

对于调整曝光过度或曝光不足的照片有很多方法，下面再来学习一种利用【图像】/【调整】/【色阶】命令来调整曝光不足照片的方法。

5. 再次打开附盘中"图库\第 09 章"目录下名为"人物 05.jpg"的文件。

6. 执行【图像】/【调整】/【色阶】命令，弹出【色阶】对话框，单击对话框中的【设置白场】按钮，如图 9-58 所示。

7. 选择 按钮后，将鼠标光标移到照片中如图 9-59 所示的衣服上最亮的位置。

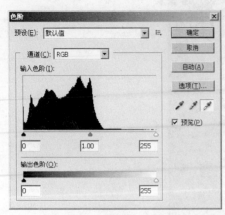

图9-58 【色阶】对话框

图9-59 选择最亮点

8. 单击鼠标左键以吸取参考色，显示效果如图 9-60 所示。

9. 在【色阶】对话框中对【输入色阶】的参数分别进行调整，如图 9-61 所示。

图9-60 设置亮度后的效果

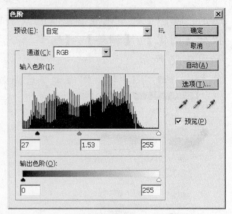

图9-61 【色阶】对话框

10. 单击 确定 按钮，完成照片的调整，对比效果如图 9-62 所示。

图9-62 图像调整前后的对比效果

11. 按 Shift+Ctrl+S 键，将此文件命名为"曝光不足调整 02.jpg"另存。

9.4　调制个性色调

灵活运用【图像】/【调整】菜单下的命令，可将照片调整出各种各样的个性色调，本节主要来调整浪漫高反差色调及浪漫紫色调图像。

9.4.1　浪漫高反差色调调整

在本例浪漫高反差色调调整实例中，主要用到【色彩平衡】、【曲线】、【色阶】、图层混合模式等命令，原图及调色后的效果如图 9-63 所示。

图9-63　原图及调色后的效果

【步骤解析】

1.　打开附盘中"图库\第 09 章"目录下名为"婚纱照.jpg"的文件。
2.　新建"图层 1"，填充深绿色（R:1,G:91,B:100），然后将图层混合模式设置为"叠加"，效果如图 9-64 所示。
3.　按 Shift+Ctrl+Alt+E 键，复制并合并图层，盖印得到"图层 2"，然后将图层混合模式设置为"强光"，效果如图 9-65 所示。

图9-64　叠加后的效果　　　　　图9-65　强光后的效果

4. 单击【图层】面板下方的 ◎ 按钮，在弹出的下拉菜单中执行【色彩平衡】命令，弹出【调整】面板，设置的参数如图 9-66 所示，图像调整后的效果如图 9-67 所示。

5. 按 Shift+Ctrl+Alt+E 键，再次复制并合并图层，盖印得到"图层 3"，如图 9-68 所示。

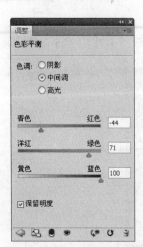

图9-66　【色彩平衡】参数设置　　　　图9-67　色彩平衡后的效果　　　　图9-68　盖印图层

6. 关闭除"背景"层外的所有图层，然后将"背景"层设为工作层。

7. 单击【图层】面板下方的 ◎ 按钮，在弹出的下拉菜单中执行【色阶】命令，在弹出的【调整】面板中分别设置"RGB"和"红"通道的参数，如图 9-69 所示，图像调整后的效果如图 9-70 所示。

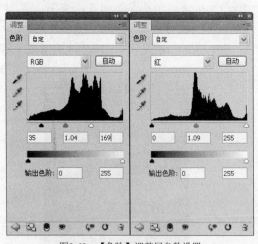

图9-69　【色阶】调整层参数设置　　　　　　　　图9-70　调整后的效果

8. 再次盖印图层得到"图层 4"，然后在【图层】面板中将"图层 4"调整到"图层 3"的下面。

9. 将"图层 3"显示并设为工作层，单击【图层】面板下方的 ◎ 按钮，添加图层蒙版。

10. 按 D 键将前景色设置为黑色，选择 ◢ 工具，设置画笔笔头为"45 px"，在图像的下方涂抹，通过蒙版屏蔽掉"图层 3"中下半部分的图像，显示出"图层 4"中的暖色调，效果如图 9-71 所示。

11. 再次盖印图层，得到"图层 5"，然后将图层混合模式设置为"柔光"，效果如图 9-72 所示。

图9-71　蒙版调整后的效果

图9-72　设置柔光后的效果

12. 单击【图层】面板下方的 按钮，创建【色彩平衡】调整层，设置的参数如图 9-73 所示，图像变化效果如图 9-74 所示。

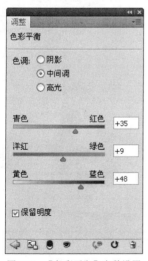

图9-73　【色彩平衡】参数设置

图9-74　变化后的效果

13. 将"背景"层设置为工作层，然后按 Ctrl+J 键，复制"背景"层为"背景 副本"层，然后将复制出的"背景 副本"层调整到所有图层的上面。

14. 执行【图像】/【调整】/【曲线】命令，弹出【曲线】对话框，设置的参数如图 9-75 所示，单击　确定　按钮，效果如图 9-76 所示。

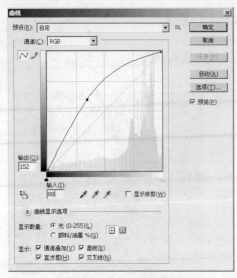

图9-75 【曲线】对话框

图9-76 曲线调整后的效果

15. 单击【图层】下方的 ▣ 按钮，为"背景 副本"层添加图层蒙版，然后给蒙版填充黑色，效果如图 9-77 所示。

16. 单击【图层】面板下方的 ⊘ 按钮，创建【色阶】调整层，设置的参数如图 9-78 所示，图像变化效果如图 9-79 所示。

图9-77 添加蒙版后的效果

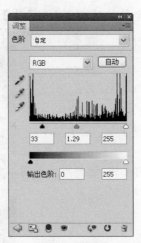

图9-78 参数设置

图9-79 色阶调整后的效果

17. 至此，婚纱照片调色完成，按 $\boxed{Shift}$+$\boxed{Ctrl}$+$\boxed{S}$ 键，将此文件命名为"婚纱照调色.psd"另存。

9.4.2 浪漫紫色调调整

在本例浪漫紫色调的调整实例中，主要用到【色相/饱和度】、【曲线】调整层及图层蒙版，原图及调色后的效果如图 9-80 所示。

图9-80　浪漫紫色调调整前后的对比效果

【步骤解析】

1. 打开附盘中"图库\第 09 章"目录下名为"美女.jpg"的文件。
2. 单击【图层】面板下方的 ◢. 按钮，在弹出的下拉菜单中执行【色相/饱和度】命令，在弹出的【调整】面板中依次设置"黄色"和"绿色"的颜色参数，如图 9-81 所示，图像调整后的效果如图 9-82 所示。

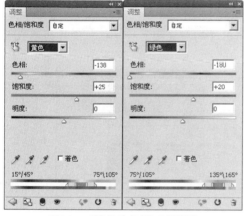

图9-81　【色相/饱和度】参数设置

图9-82　调色后的图像效果

从图中可以看出人物的皮肤出现了失真的现象，下面利用图层蒙版对其进行编辑，使其不应用【色相/饱和度】调整。

3. 单击 ◻ 按钮，为"色相/饱和度 1"调整层添加图层蒙版，然后选择 ◢ 工具，设置合适的笔头大小后，在人物的皮肤位置描绘黑色，编辑蒙版后的效果如图 9-83 所示。

图9-83　编辑蒙版后的效果

4. 再次单击 按钮，在弹出的下拉菜单中执行【曲线】命令，然后在弹出的【调整】面板中调整曲线的形态，如图 9-84 所示，调亮后的图像效果如图 9-85 所示。

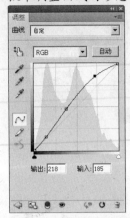

图9-84　调整的曲线形态

图9-85　调亮后的效果

5. 新建"图层 1"，然后按 Shift+Ctrl+Alt+E 键，将所有图层复制并合并到"图层 1"中，生成的【图层】面板形态如图 9-86 所示。

6. 执行【滤镜】/【模糊】/【高斯模糊】命令，弹出【高斯模糊】对话框，设置的参数如图 9-87 所示。

图9-86　复制并合并出的图层

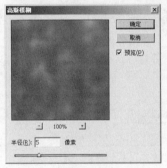

图9-87　【高斯模糊】对话框

7. 单击 确定 按钮，模糊后的图像效果如图 9-88 所示。

8. 单击 按钮，为"图层 1"添加图层蒙版，然后选择 工具，设置合适的笔头大小后，在人物区域描绘黑色，恢复人物的清晰度，效果如图 9-89 所示。

图9-88　模糊后的图像效果

图9-89　人物恢复清晰度后的效果

9. 在【图层】面板中依次将"色相/饱和度 1"调整层和"曲线"调整层隐藏，然后将"图层 1"的图层混合模式设置为"强光"，如图 9-90 所示。

10. 调整图层混合模式后生成的图像效果如图 9-91 所示。

图9-90　调整后的【图层】面板

图9-91　调整图层混合模式后的效果

11. 将附盘中"图库\第 09 章"目录下名为"星光.psd"的文件打开，如图 9-92 所示，然后将星光及文字依次移动复制到"美女"文件中的合适位置，效果如图 9-93 所示。

图9-92　打开的文件

图9-93　星光及文字在画面中的位置

12. 至此，浪漫紫色调调制完成。按 Shift＋Ctrl＋S 键，将此文件命名为"浪漫紫色调.psd"另存。

9.5　拓展案例

通过本章的学习，读者自己动手对下面的照片进行颜色调整。

9.5.1　为黑白照片上色

用与第 9.2.1 节相同的调色方法，为黑白照片上色，原图及上色后的效果如图 9-94 所示。

【步骤解析】

用与第 9.2.1 节相同的调色方法，为附盘中"图库\第 09 章"目录下名为"人物 06.jpg"的照片上色，参照的图片为附盘中"图库\第 09 章"目录下名为"人物 07.jpg"的文件。具体颜色参数设置详见作品。

图9-94　原图及上色后的效果

9.5.2　非主流色调调制

　　灵活运用通道及【图像】/【调整】/【曲线】命令来调制非主流色调，将原图片调整为军绿色调的对比效果如图 9-95 所示。

图9-95　原图及调整出的军绿色调效果

【步骤解析】

1. 将附盘中"图库\第 09 章"目录下名为"人物 08.jpg"的文件打开，按 Ctrl+J 键将"背景"层复制为"图层 1"。
2. 依次按 Ctrl+A 键和 Ctrl+C 键将图像选择并复制，然后按 Ctrl+D 键去除选区。
3. 打开【通道】面板，将"红"通道设置为工作通道，然后按 Ctrl+M 键，在弹出的【曲线】对话框中调整曲线的形态，如图 9-96 所示。
4. 单击"绿"通道将其设置为工作通道，然后按 Ctrl+M 键，在弹出的【曲线】对话框中调整曲线的形态，如图 9-97 所示。

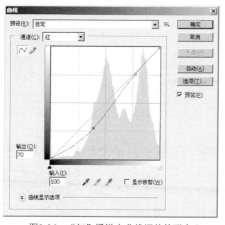

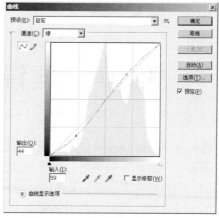

图9-96　"红"通道中曲线调整的形态　　　　　　图9-97　"绿"通道中曲线调整的形态

5. 单击"蓝"通道将其设置为工作通道，然后按 $\boxed{Ctrl}+\boxed{V}$ 键将前面复制的图像粘贴到"蓝"通道中，画面效果如图 9-98 所示。

6. 单击"RGB"复合通道，然后打开【图层】面板，并单击 ▣ 按钮为"图层 1"层添加图层蒙版。

7. 选择 ✐ 工具，在属性栏中设置一个边缘虚化且 不透明度: [20%] ▶ 参数为"20%"的画笔，利用黑色在人物身上绘制编辑蒙版，使其显示出"背景"层中原有的颜色，即可完成军绿色的调制，效果如图 9-99 所示。

图9-98　粘贴图像后的效果　　　　　　　　　图9-99　编辑蒙版后的效果

9.6　小结

　　本章主要向读者介绍了一些常用的图像颜色调整的方法和技巧，包括【图像】/【调整】菜单命令中的每一个颜色调整命令，利用这些命令可以调整出多种不同的色调。本章还介绍了多种图像颜色的调整以及转换方法，希望读者能够将本章介绍的这些内容熟练掌握并能做到应用自如，为将来的图像颜色调整工作打下坚实的基础。

第10章 滤镜应用——特效制作

滤镜是 Photoshop 中最精彩的部分之一，应用滤镜可以制作出多种不同的图像艺术效果以及各种类型的艺术效果字。有了滤镜的帮助，在图像处理及特效制作中更的是如虎添翼！Photoshop CS4 的【滤镜】菜单中共有 100 多种滤镜命令，每个命令都可以单独使图像产生不同的滤镜效果，也可以利用滤镜库为图像应用多种滤镜效果。

【学习目标】
- 了解滤镜的作用。
- 熟悉各滤镜命令的功能及使用方法。
- 熟悉应用多个滤镜的方法。
- 掌握奇幻背景效果的制作方法。
- 掌握各种光、火焰及爆炸效果的制作方法。

10.1 滤镜

Photoshop CS4 中的【转换为智能滤镜】命令，可以让用户像操作图层样式那样灵活方便地运用滤镜。在应用效果之前如果先转换成智能滤镜，在调制效果时通过智能滤镜可以随时更改添加在图像上的滤镜参数，并且还可以随时的移除或再添加其他滤镜。

利用智能滤镜在修改图像效果的同时仍可保留图像原由数据的完整性，如果觉得某滤镜不合适，可以暂时关闭，或者退回到应用滤镜前图像的原始状态。如果想对某滤镜的参数进行修改，可以直接双击【图层】面板中的该滤镜即可弹出该滤镜的参数设置对话框；单击【图层】面板滤镜左侧的眼睛图标，则可以关闭该滤镜的预览效果。在滤镜上单击鼠标右键，可在弹出的快捷菜单中编辑滤镜的混合模式、更改滤镜的参数设置、关闭滤镜或删除滤镜等。

10.1.1 应用滤镜

在滤镜菜单下面每一个命令都可以应用到 RGB 模式的图像中，而对于 CMYK 模式和灰度模式的图像则有部分滤镜命令无法执行，只有先将其转换为 RGB 模式才可以应用，这一点希望读者注意。

一、 应用单个滤镜

在图像中创建好选区或设置好需要应用滤镜效果的图层。然后执行【滤镜】菜单命令，在弹出的子菜单中选择相应的命令，如果滤镜命令后面带有省略号（…），则会弹出相应的对话框。单击对话框中图像预览窗口左下角的+和-按钮，可以放大或缩小显示预览窗口中的图像。设置好相应的参数及选项后单击 确定 按钮，即可将一种滤镜效果应用到图像中。

二、　应用多个滤镜

在图像中创建好选区或设置好需要应用滤镜效果的图层，然后执行【滤镜】/【滤镜库】命令，将弹出【滤镜库】对话框，当设置了相应的滤镜命令后【滤镜库】对话框中的标题栏名称则变为相应的滤镜名称，图 10-1 所示为【滤镜库】对话框执行相应命令后的显示形态说明图。

图10-1　【滤镜库】对话框说明图

 当执行过一次滤镜命令后，滤镜菜单栏中的第一个命令即可使用，执行此命令或按 Ctrl+F 键，可以在图像中再次应用最后一次应用的滤镜效果。按 Ctrl+Alt+F 键，将弹出上次应用滤镜的对话框。

10.1.2　【滤镜】命令

由于每一种滤镜都有自己独特风格的窗口和功能强大的选项及参数设置，其使用和操作方法相对也较简单。限于篇幅，下面将按照功能概括、效果展示的方式来向读者介绍 Photoshop CS4 的 100 多种自带滤镜。

一、　【风格化】滤镜

使用【风格化】菜单下的命令可以通过置换图像中的像素和查找特定的颜色来增加对比度，生成各种绘画或印象派的艺术效果。

【风格化】菜单下每一种滤镜的功能如下。

滤镜名称	功　　能
【查找边缘】	在图像中查找颜色的主要变化区域，强化过渡像素，产生类似于用彩笔勾描轮廓的效果，一般适用于背景单纯、主体图像突出的画面
【等高线】	在图像中每一个通道的亮区和暗区边缘勾画轮廓线，产生 RGB 颜色的细线条
【风】	在图像中创建细小的水平线条来模拟风吹的效果

续 表

滤镜名称	功　　能
【浮雕效果】	使图像产生一种凸起或凹陷的浮雕效果
【扩散】	根据设置的选项搅乱图像中的像素，使图像看起来聚焦不准，从而产生一种类以于冬天玻璃冰花融化的效果
【拼贴】	利用设定的颜色将图像分割成小方块，每一个小方块之间都有一定的位移
【曝光过度】	使图像产生正片与负片混合的效果
【凸出】	根据设置的不同选项，使图像生成立方体或锥体的三维效果
【照亮边缘】	对图像中的轮廓边缘进行搜索，产生类似霓虹灯光照亮的效果

【风格化】菜单下面每一种滤镜所产生的效果如图 10-2 所示。

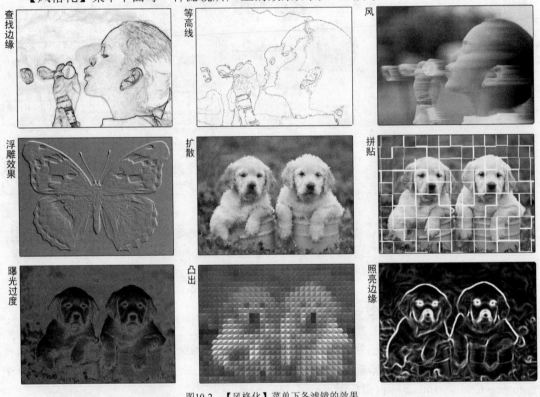

图10-2 【风格化】菜单下各滤镜的效果

二、【画笔描边】滤镜

使用【画笔描边】菜单下的命令可以使图像创造出各种不同的绘画艺术效果。

【画笔描边】菜单下每一种滤镜的功能如下。

滤镜名称	功　　能
【成角的线条】	在图像中较亮区域与较暗区域分别使用两种不同角度的线条来描绘图像，可以制作出类似用油画笔在对角线方向上绘制的效果
【墨水轮廓】	能够制作出类似钢笔勾画的风格，是用纤细的黑色线条在原细节上重绘图像
【喷溅】	用此命令可以模拟喷枪喷溅，在图像中产生颗粒飞溅的效果
【喷色描边】	此命令是将图像的主导色，用成角的、喷溅的颜色线条重新绘画图像

续　表

滤镜名称	功　　能
【强化的边缘】	对图像中不同颜色之间的边缘进行加强处理。设置较高的边缘亮度控制值时，强化效果类似白色粉笔；设置较低的边缘亮度控制值时，强化效果类似黑色油墨
【深色线条】	在图像中用短而密的线条绘制深色区域，用长的线条描绘浅色区域
【烟灰墨】	此命令可以使图像产生一种类似于毛笔在宣纸上绘画的效果，这种效果具有非常黑的柔化模糊边缘
【阴影线】	保留原图像的细节和特征，同时使用模拟的铅笔阴影线添加纹理，并使图像中彩色区域的边缘变粗糙

【画笔描边】菜单下每一种滤镜所产生的效果如图 10-3 所示。

图10-3　【画笔描边】菜单下各滤镜的效果

三、　【模糊】滤镜

使用【模糊】菜单下的命令可以对图像进行各种类型的模糊效果处理。它通过平衡图像中的线条和遮蔽区域清晰的边缘像素，使其显得虚化柔和。

【模糊】菜单下每一种滤镜的功能如下。

滤镜名称	功　　能
【表面模糊】	在保留边缘的同时模糊图像，用于创建特殊的模糊效果同时消除杂色或粒度
【动感模糊】	沿特定方向（从-360°到+360°）以指定的强度对图像进行模糊处理，类似于物体高速运动时曝光的摄影手法
【方框模糊】	此命令是基于相邻像素的平均颜色值来模糊图像
【高斯模糊】	通过控制模糊半径参数来对图像进行不同程度的模糊效果处理，从而使图像产生一种朦胧的效果。此命令是在图像处理过程中使用频率最高的一种图像模糊命令
【进一步模糊】	与使用【模糊】命令对图像所产生的模糊效果基本相同，只是比使用【模糊】命令产生的效果更加明显
【径向模糊】	类似于模拟移动或旋转的相机所拍摄的模糊照片效果
【镜头模糊】	类似于使用照相机镜头的柔光功能模拟制作的镜头景深模糊效果
【模糊】	使图像产生极其轻微的模糊效果，只有在处理更加清晰的图像效果时使用，要得到很明显的模糊效果，多次使用此命令才可以看出来
【平均】	此命令可以将图层或选区中的图像颜色平均分布产生一种新颜色，然后用产生的新颜色填充图层或选区
【特殊模糊】	对图像进行精细的模糊，只对有微弱颜色变化的区域进行模糊，不对图像轮廓边缘模糊
【形状模糊】	使用指定的形状来创建模糊，即先从【自定形状】预设列表中选择一种形状，然后调整【半径】值的大小，即可对图像进行模糊处理

【模糊】菜单下每一种滤镜所产生的效果如图 10-4 所示。

图10-4　【模糊】菜单下各滤镜的效果

四、【扭曲】滤镜

使用【扭曲】菜单下的命令可以对图像进行各种形态的扭曲，从而使图像产生奇妙的艺术效果。

【扭曲】菜单下每一种滤镜的功能如下。

滤镜名称	功　能
【波浪】	使图像产生强烈的波浪效果
【波纹】	在图像上创建波状起伏的褶皱效果，像水池表面的波纹
【玻璃】	使图像产生类似于透过不同质感的玻璃所看到的效果
【海洋波纹】	使图像表面产生随机分隔的波纹，看上去像是在水中的效果
【极坐标】	可以将指定的图像从平面坐标转换到极坐标，或从极坐标转换到平面坐标
【挤压】	使图像产生向外或向内挤压的效果，【挤压】对话框中的【数量】参数为负值时，图像向外挤压；数值为正值时，图像向内挤压
【镜头校正】	此命令可修复常见的镜头瑕疵，如用广角镜头拍摄的照片在形状上的失真、晕影和色差等
【扩散亮光】	此命令是按照工具箱中的背景色为基色对图像的亮部区域进行加光渲染
【切变】	使用此命令可以将图像沿设置的曲线进行扭曲，通过拖曳【切变】对话框中的线条可以改变图像扭曲的形状
【球面化】	此命令与【挤压】命令相似，只是产生的效果与参数设置正负值与【挤压】相反。此命令还多了【模式】选项，可以将图像挤压，产生一种图像包在球面或柱面上的立体感效果
【水波】	产生一种类似于投石入水的涟漪效果
【旋转扭曲】	可以使图像产生旋转扭曲的变形效果，【旋转扭曲】对话框中的【角度】参数为负值时，图像以逆时针进行旋转扭曲；数值为正值时，图像以顺时针进行旋转扭曲
【置换】	可以将 PSD 格式的目标图像与指定的图像按照纹理的交错组合在一起，用来置换的图像称为置换图，该图像必须为 PSD 格式

【扭曲】菜单下每一种滤镜所产生的效果如图 10-5 所示。

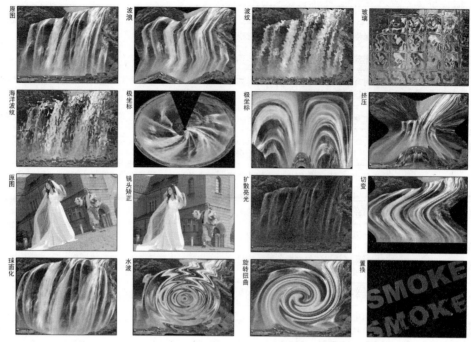

图10-5　【扭曲】菜单下各滤镜的效果

五、【锐化】滤镜

使用【锐化】菜单下的命令可以通过增加图像中色彩相邻像素的对比度来聚焦模糊的图像，从而使图像变得清晰。

滤镜名称	功　　能
【USM 锐化】	用来调整图像边缘细节的对比度，使模糊的图像变得清晰化，在数码照片处理中此命令非常实用
【进一步锐化】和【锐化】	使用【进一步锐化】和【锐化】命令都可以增大图像像素之间的反差，从而使图像产生较为清晰的效果。只是【进一步锐化】命令相当于多次执行【锐化】命令所得到的图像锐化效果
【锐化边缘】	使用此命令可以只锐化图像的边缘，同时保留图像整体的平滑度。其特点与【锐化】命令和【进一步锐化】命令相同
【智能锐化】	使用此命令可以通过设置锐化算法或控制阴影和高光中的锐化量来锐化图像

六、【视频】滤镜

【视频】菜单下每一种滤镜的功能如下。

滤镜名称	功　　能
【NTSC 颜色】	将图像的色彩范围限制在电视机可接受的色彩范围内，以防止发生颜色过渡饱和而电视机无法正确扫描的现象
【逐行】	使用此命令可以通过移去视频图像中的奇数或偶数隔行线，使在视频上捕捉的运动图像变得平滑

七、【素描】滤镜

使用【素描】菜单下的命令可以利用前景色和背景色根据当前图像中不同的色彩明暗分布来置换图像中的色彩，从而生成一种双色调的图像效果。

【素描】菜单下每一种滤镜的功能如下。

滤镜名称	功　能
【半调图案】	在保持图像连续色调范围的同时模拟半调网屏效果
【便条纸】	使图像产生一种类似于浮雕的凹陷效果
【粉笔和炭笔】	使用前景色在图像上绘制粗糙的高亮区域，使用背景色绘制中间色调，从而产生一种似粉笔或碳笔绘制的素描效果
【铬黄】	此命令可以将图像处理成类似于金属合金的效果，感觉高光部分向外凸，阴影部分则向内凹
【绘图笔】	使用细的、线状的油墨对图像进行描边以获取原图像中的细节，产生一种类似钢笔素描的效果。此滤镜使用前景色作为油墨，使用背景色作为纸张，以替换原图像中的颜色
【基底凸现】	此命令可以使图像产生凹凸起伏的雕刻壁画效果，用前景色填充图像中的较暗区域，用背景色填充图像中的较亮区域
【水彩画纸】	使用此命令将产生类似在潮湿的纸上作画溢出的颜料效果
【撕边】	在图像的边缘部分表现出一种模拟碎纸片的效果
【塑料效果】	按照三维塑料效果塑造图像，表现立体的感觉，用前景色和背景色给图像上色，图像中的亮部表现为凹陷，暗部表现为凸出
【炭笔】	用前景色和背景色来重新描绘图像，产生类似于用木碳笔涂绘制出来的效果
【炭精笔】	在图像上模拟用浓黑和纯白的炭精笔绘画的纹理效果，前景色绘制图像中较暗的图像区域，背景色绘制图像中较亮的图像区域
【图章】	简化图像中的色彩，使之呈现出用橡皮擦除或图章盖印的效果，前景色表现图像的阴影部分，背景色表现图像的高光部分
【网状】	模拟胶片中感光显影液的收缩和扭曲来重新创建图像，使暗调区域呈现结块状，高光区域呈现轻微的颗粒化
【影印】	模拟一种由前景色和背景色形成的图像剪影效果

【素描】菜单下每一种滤镜所产生的效果如图 10-6 所示。

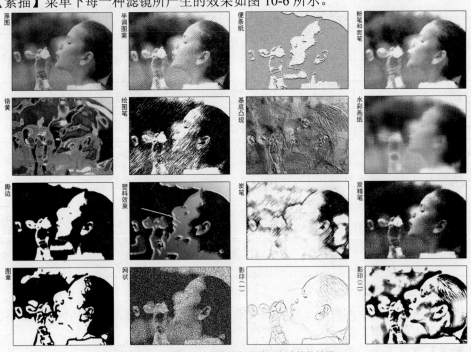

图10-6　【素描】菜单下各滤镜的效果

八、 【纹理】滤镜

使用【纹理】菜单下的命令可使图像的表面产生特殊的纹理或材质效果。

【纹理】菜单下每一种滤镜的功能如下。

滤镜名称	功　能
【龟裂缝】	模拟图像在凹凸的石膏表面上绘制的效果，并沿着图像等高线生成精细的裂纹
【颗粒】	利用颗粒使图像生成不同的纹理效果，当选择不同的颗粒类型时，图像所生成的纹理效果也各不相同
【马赛克拼贴】	将图像分割成若干个形状不规则的小块图形
【拼缀图】	将图像分解为若干个小正方形，每个小正方形都由该区域最亮的颜色进行填充，还可以调整小正方形的大小和凸现程度
【染色玻璃】	在图像中生成类似于玻璃的模拟效果，生成玻璃块之间的缝隙将用前景色进行填充，图像中细节将会随玻璃的生成而消失
【纹理化】	在图像中应用预设或自定义的纹理样式，从而在图像中生成指定的纹理效果

【纹理】菜单下每一种滤镜所产生的效果如图 10-7 所示。

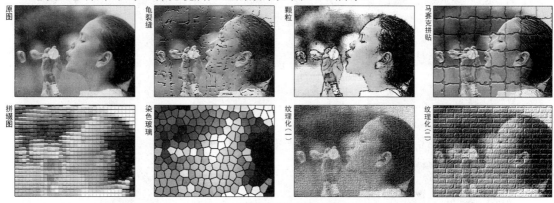

图10-7　【纹理】菜单下各滤镜的效果

九、 【像素化】滤镜

使用【像素化】菜单下的命令可以使图像中的像素按照不同的类型进行重新组合或分布，使图像呈现出不同类型的像素组合效果。

【像素化】菜单下每一种滤镜的功能如下。

滤镜名称	功　能
【彩块化】	将图像中的纯色或颜色相似的像素转化为像素色块，生成具有手绘感觉的效果
【彩色半调】	在图像的每个通道上模拟出放大的半调网屏效果
【点状化】	将图像中的颜色分解为随机分布的网点，如同绘画中的点彩派绘画效果一样，网点之间的画布区域以默认的背景色来填充
【晶格化】	使图像中的色彩像素结块，生成颜色单一的多边形晶格形状
【马赛克】	将图像中的像素分解，转换成颜色单一的色块，从而生成马赛克效果
【碎片】	将图像中的像素进行平移，使图像产生一种不聚焦的模糊效果
【铜版雕刻】	将图像转换为彩色图像中完全饱和的颜色，产生一种随机的模仿铜版画的效果

【像素化】菜单下每一种滤镜所产生的效果如图 10-8 所示。

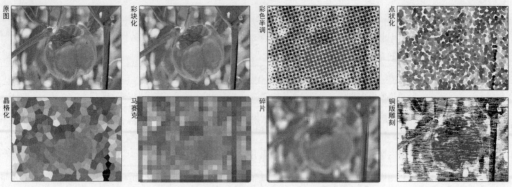

图10-8 【像素化】菜单下各滤镜的效果

十、 【渲染】滤镜

使用【渲染】菜单下的命令可以在图像中创建云彩、纤维、光照等特殊效果。

【渲染】菜单下每一种滤镜所产生的效果如图 10-9 所示。

图10-9 【渲染】菜单下各滤镜的效果

【渲染】菜单下面每一种滤镜的功能如下。

滤镜名称	功　　能
【分层云彩】	此命令是在图像中按照介于前景色与背景色之间的颜色值随机而生成的云彩效果，并将生成的云彩与现有的图像混合。第一次选择该滤镜时，图像的某些部分被反相为云彩，多次应用此滤镜之后，会创建出与大理石纹理相似的叶脉效果
【光照效果】	可以制作出多种奇妙色彩的灯光效果；还可以使用灰度文件的纹理制作出类似三维图像的效果，并存储自己的样式以在其它图像中使用。注意，它只能用于 RGB 颜色模式的图像中
【镜头光晕】	在图像中产生类似于摄像机镜头的眩光效果
【纤维】	通过前景色和背景色对当前像进行混合处理，产生一种纤维效果
【云彩】	根据前景色与背景色在图像中随机生成类似于云彩的效果。此命令没有对话框，每次使用此命令时，所生成的云彩效果都会有所不同

十一、【艺术效果】滤镜

使用【艺术效果】菜单下的命令可以使图像产生多种不同风格的艺术绘画效果。

【艺术效果】菜单下每一种滤镜的功能如下。

滤镜名称	功　能
【壁画】	在图像的边缘添加黑色，并增加图像的反差，从而使图像产生古壁画的效果
【彩色铅笔】	模拟各种颜色的铅笔在图像上绘制的效果，图像中较明显的边缘被保留
【粗糙蜡笔】	使图像产生好像是用彩色蜡笔在带纹理的纸上绘制的效果
【底纹效果】	根据设置的纹理在图像中产生一种纹理效果，也可以用来创建布料或油画效果
【调色刀】	减少图像的细节，产生一种类似于用油画刀在画布上涂抹出的效果
【干画笔】	通过减少图像中的颜色来简化图像的细节，使图像呈现出类似于油画和水彩画之间的干画笔效果
【海报边缘】	根据设置的参数减少图像中的颜色数量，并查找图像的边缘绘制成黑色的线条
【海绵】	在图像中颜色对比强烈、纹理较重的区域创建纹理，使图像看上去好像是用海绵绘制的效果
【绘画涂抹】	用选择的各种类型的画笔来绘制图像，产生各种涂抹的艺术效果
【胶片颗粒】	在图像中的暗色调与中间色调之间添加颗粒，使图像看起来色彩较为均匀平衡
【木刻】	把图像中相近的颜色用一种颜色代替，使图像看起来是由简单的几种颜色绘制而成的剪贴画效果
【霓虹灯光】	为图像添加类似霓虹灯一样的发光效果
【水彩】	通过简化图像的细节来改变图像边界的色调及饱和度，使其产生类似于水彩风格的绘画效果
【塑料包装】	给图像涂一层光亮的颜色以强调表面细节，从而使图像产生一种表现质感很强的类似被蒙上塑料薄膜的效果
【涂抹棒】	在图像中较暗的区域被密而短的黑色线条涂抹，亮的区域将变得更亮而丢失细节

【艺术效果】菜单下每一种滤镜所产生的效果如图 10-10 所示。

图10-10　【艺术效果】菜单下各滤镜的效果

十二、【杂色】滤镜

使用【杂色】菜单下的命令可以在图像中添加或减少杂色，以创建各种不同的纹理效果。

【杂色】菜单下每一种滤镜所产生的效果如图 10-11 所示。

图10-11 【杂色】菜单下各滤镜的效果

【其它】菜单下每一种滤镜的功能如下。

滤镜名称	功　能
【减少杂色】	在不影响整个图像或各个通道的设置保留图像边缘的同时减少杂色
【蒙尘与划痕】	通过更改图像中相异的像素来减少杂色，使图像在清晰化和隐藏的缺陷之间达到平衡
【去斑】	模糊并去除图像中的杂色，同时保留原图像的细节，当图像窗口较小时效果不是很明显，图像放大显示后才可以观察出细微的变化
【添加杂色】	将一定数量的杂色以随机的方式添加到图像中
【中间值】	通过混合图像中像素的亮度来减少杂色。此滤镜在消除或减少图像的动感效果时非常有用

十三、【其它】滤镜

使用【其它】菜单下命令可以创建自己的滤镜、使用滤镜修改蒙版、使图像发生位移和快速调整颜色等。

【杂色】菜单下每一种滤镜的功能如下。

滤镜名称	功　能
【高反差保留】	在图像中有强烈颜色过渡的地方按指定的半径保留边缘细节，并且不显示图像的其余部分
【位移】	将指定的图像在水平或垂直位置移动，而图像移动后的原位置会变成背景色或图像的另一部分
【自定】	可以设置自己的滤镜，根据预定义的数学运算可以更改图像中每个像素的亮度值，此操作与通道的加、减计算类似
【最大值】	对图像中的亮部区域扩大、对暗部区域缩小，产生较明亮的图像效果
【最小值】	此命令与【最大值】正好相反，是对图像中的亮部区域缩小、对暗部区域扩大

【其它】菜单下每一种滤镜所产生的效果如图 10-12 所示。

图10-12 【其它】菜单下各滤镜的效果

10.2　奇幻背景效果制作

奇幻背景效果在书刊封面、海报、包装、网络广告、POP 广告等众多广告设计及艺术创作运用非常广泛，掌握一些奇幻背景效果的制作，会给读者设计的作品锦上添花。

10.2.1　制作流体背景效果

下面灵活运用【分层云彩】命令、【干画笔】命令、【极坐标】命令和【波浪】命令来制作流体背景效果。

【步骤解析】

1. 新建一个宽度为"15 厘米"、高度为"8 厘米"、分辨率为"120 像素/英寸"、颜色模式为"RGB 颜色"、背景内容为"白色"的文件。
2. 确认前景色和背景色分别为黑色和白色，然后执行【滤镜】/【渲染】/【分层云彩】命令，为背景层添加由前景色和背景色混合而成的分层云彩效果，如图 10-13 所示。
3. 连续按 Ctrl+F 键，重复执行【分层云彩】命令，生成的画面效果如图 10-14 所示。

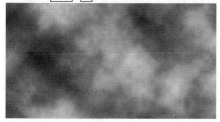 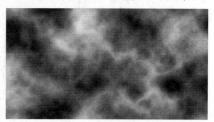

图10-13　添加的分层云彩效果　　　　　图10-14　重复执行【分层云彩】命令后的效果

由于执行【分层云彩】命令产生的效果是随机产生的，读者执行一次可能与本图例的效果不同，所以就多执行几次，直到与本图例的效果相似为止。

4. 执行【滤镜】/【艺术效果】/【干画笔】命令，弹出【干画笔】对话框，设置各选项及参数，如图 10-15 所示。

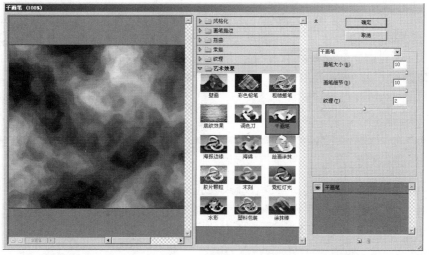

图10-15　【干画笔】对话框

5. 单击 确定 按钮，执行【干画笔】命令后的画面效果如图 10-16 所示。

6. 执行【滤镜】/【扭曲】/【极坐标】命令，弹出【极坐标】对话框，设置的选项如图 10-17 所示。

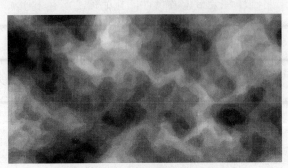

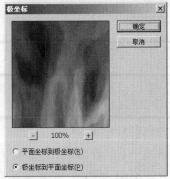

图10-16　执行【干画笔】命令后的效果　　　　　　　图10-17　【极坐标】对话框

7. 单击 确定 按钮，执行【极坐标】命令后的画面效果如图 10-18 所示。

8. 按 Ctrl+F 键，重复执行【极坐标】命令，生成的画面效果如图 10-19 所示。

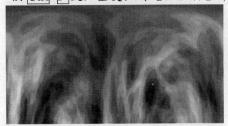

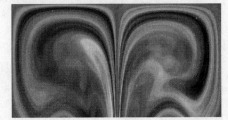

图10-18　执行【极坐标】命令后的效果　　　　　　图10-19　重复执行【极坐标】命令后的效果

9. 执行【滤镜】/【扭曲】/【波浪】命令，弹出【波浪】对话框，设置各选项及参数，如图 10-20 所示。

10. 单击 确定 按钮，执行【波浪】命令后的画面效果如图 10-21 所示。

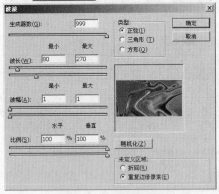

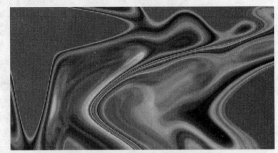

图10-20　【波浪】对话框　　　　　　　　图10-21　执行【波浪】命令后的效果

11. 新建"图层 1"，然后将其图层混合模式设置为"颜色"。

12. 选择 工具，激活属性栏中的 按钮，再单击属性栏中 按钮的颜色条部分，在弹出的【渐变编辑器】对话框中选择如图 10-22 所示的渐变样式，然后单击 确定 按钮。

13. 按住 Shift 键，在图像窗口中由上至下填充渐变色，效果如图 10-23 所示。

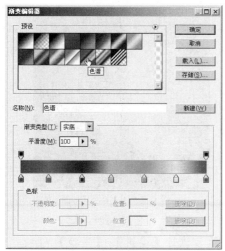

图10-22　【渐变编辑器】对话框

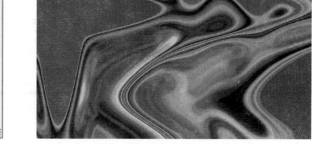

图10-23　填充渐变色后的效果

14. 按 Ctrl+S 键，将此文件命名为"流体背景效果.psd"保存。

10.2.2　制作奇幻背景效果

下面灵活运用图层、图层混合模式及【滤镜】/【扭曲】/【波浪】命令来制作奇幻的背景效果。

【步骤解析】

1. 新建一个宽度为"15 厘米"、高度为"15 厘米"、分辨率为"100 像素/英寸"、颜色模式为"RGB 颜色"、背景内容为"白色"的文件，然后为背景层填充黑色。
2. 将前景色设置为白色，然后单击【图层】面板下方的 ◯. 按钮，在弹出的下拉菜单中选择【渐变】命令，弹出【渐变填充】对话框，设置其参数，如图 10-24 所示。
3. 单击　确定　按钮，添加渐变填充调整层后的画面效果如图 10-25 所示。

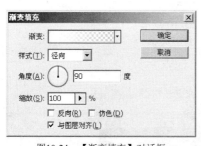

图10-24　【渐变填充】对话框

图10-25　添加渐变填充调整层后的画面效果

4. 按 Ctrl+E 键，将"渐变填充 1"调整层向下合并到"背景"层中。
5. 执行【滤镜】/【扭曲】/【波浪】命令，在弹出的如图 10-26 所示的【波浪】对话框中单击　随机化(Z)　按钮，使画面随机化产生波浪纹理，然后单击　确定　按钮，生成的画面效果如图 10-27 所示。

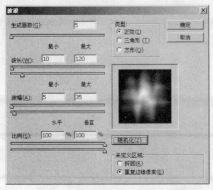

图10-26 【波浪】对话框

图10-27 执行【波浪】命令后的画面效果

6. 连续6次按 Ctrl+F 键，重复执行【波浪】命令，生成的画面效果如图10-28所示。

7. 按 Ctrl+J 键，将"背景"层复制为"图层1"，然后执行【编辑】/【变换】/【旋转90度（顺时针）】命令，将复制出的图像顺时针旋转。

8. 将"图层1"的图层混合模式设置为"滤色"，更改混合模式后的画面效果如图10-29所示。

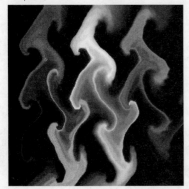

图10-28 重复执行【波浪】命令后的画面效果

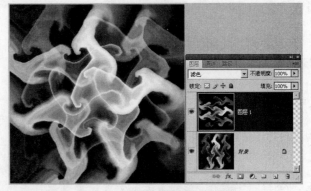

图10-29 更改混合模式后的画面效果

9. 按 Ctrl+E 键，将"图层1"向下合并到"背景"层中，然后将前景色设置为浅蓝色（G:233,B:255），背景色设置为紫色（R:255,B:252）。

10. 新建"图层1"，选择 工具，激活属性栏中的 按钮，然后在图像窗口中自中心向下填充由前景色到背景色的径向渐变色，效果如图10-30所示。

图10-30 填充渐变色后的画面效果

11. 将"图层 1"的图层混合模式设置为"颜色"，更改混合模式后的画面效果如图 10-31 所示。

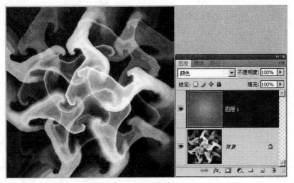

图10-31　更改颜色模式后的画面效果

12. 按 Ctrl+S 键，将此文件命名为"奇幻背景.psd"保存。

10.3　光、火焰及爆炸效果制作

光、火焰及爆炸效果在一些电影特技中是经常要表现和制作的内容，掌握几种光、火焰及爆炸质感效果的表现对于电影后期制作人员来说是非常有帮助的。

10.3.1　制作辉煌太阳光效果

下面主要运用【分层云彩】、【镜头光晕】及【光照效果】命令来制作辉煌的太阳光效果。

【步骤解析】

1. 新建一个宽度为"12 厘米"、高度为"12 厘米"、分辨率为"120 像素/英寸"、颜色模式为"RGB 颜色"、背景内容为"白色"的文件。
2. 确认前景色和背景色分别为黑色和白色，然后执行【滤镜】/【渲染】/【分层云彩】命令，为背景层添加由前景色和背景色混合而成的分层云彩效果，如图 10-32 所示。
3. 连续按多次 Ctrl+F 键，重复执行【分层云彩】命令，生成的画面效果如图 10-33 所示。

 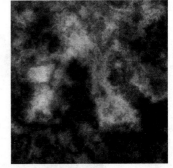

图10-32　添加的分层云彩效果　　　　　图10-33　重复执行【分层云彩】命令后的效果

4. 执行【滤镜】/【渲染】/【镜头光晕】命令，弹出【镜头光晕】对话框，设置其参数，如图 10-34 所示。
5. 单击 　确定　 按钮，添加镜头光晕后的画面效果如图 10-35 所示。

图10-34 【镜头光晕】对话框

图10-35 添加镜头光晕后的效果

6. 执行【滤镜】/【渲染】/【光照效果】命令，弹出【光照效果】对话框，设置各选项及参数，如图 10-36 所示。

7. 单击 ⬚ 确定 ⬚ 按钮，添加光照效果后的画面效果如图 10-37 所示。

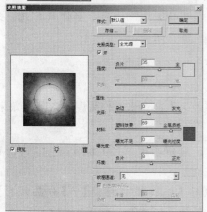

图10-36 【光照效果】对话框

图10-37 添加光照效果后的效果

8. 按 Ctrl+J 键，将"背景"层复制为"图层 1"，然后将"图层 1"的图层混合模式设置为"正片叠底"，更改混合模式后的效果如图 10-38 所示。

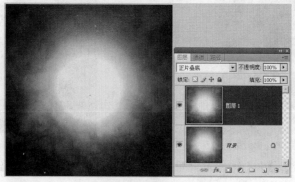

图10-38 更改混合模式后的效果

9. 按 Ctrl+S 键，将此文件命名为"辉煌太阳.psd"保存。

10.3.2 火焰效果制作

下面主要运用【镜头光晕】、【波浪】、【极坐标】和【置换】等滤镜命令以及多种颜色调整命令来制作比较真实的火焰效果。

【步骤解析】

1. 新建一个【宽度】为"20 厘米"、【高度】为"15 厘米"、【分辨率】为"150 像素/英寸"、【颜色模式】为"RGB 颜色"的文件，然后为"背景层"填充黑色。

2. 执行【滤镜】/【渲染】/【镜头光晕】命令，弹出【镜头光晕】对话框，将光晕中心设置到如图 10-39 所示的位置，单击 确定 按钮。

3. 再次执行【滤镜】/【渲染】/【镜头光晕】命令，将光晕中心设置到如图 10-40 所示的位置。单击 确定 按钮，添加镜头光晕后的效果如图 10-41 所示。

图10-39 【镜头光晕】对话框

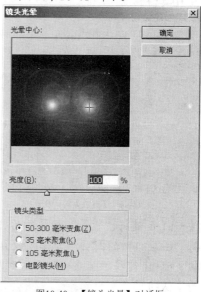

图10-40 【镜头光晕】对话框

图10-41 镜头光晕效果

4. 按 Ctrl+B 键，弹出【色彩平衡】对话框，设置的参数如图 10-42 所示。单击 确定 按钮，调整颜色后的效果如图 10-43 所示。

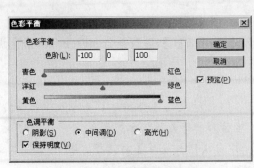

图10-42 【色彩平衡】对话框

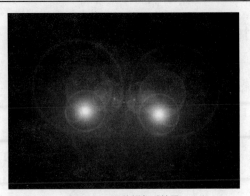

图10-43 调整颜色后效果

5. 执行【滤镜】/【扭曲】/【波浪】命令，弹出【波浪】对话框，设置各选项及参数，如图 10-44 所示。单击 确定 按钮，效果如图 10-45 所示。

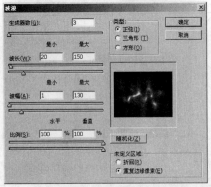

图10-44 【波浪】对话框

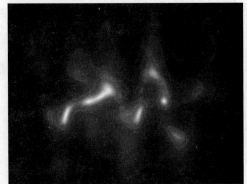

图10-45 波浪效果

6. 按 Ctrl+J 键将"背景"层复制为"图层 1"，然后按 Ctrl+I 键将图像反相显示。

7. 将"图层 1"的图层混合模式设置为"差值"，效果如图 10-46 所示。

8. 按 Ctrl+E 键将"图层 1"合并到"背景"层中，然后按 D 键，将前景色和背景色设置为默认的黑色和白色。

9. 执行【图像】/【调整】/【渐变映射】命令，在弹出的【渐变映射】对话框中单击渐变颜色色条，弹出【渐变编辑器】对话框，然后设置颜色参数，如图 10-47 所示。

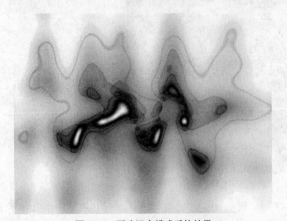

图10-46 更改混合模式后的效果

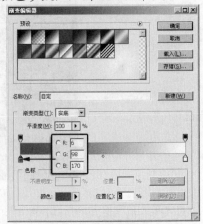

图10-47 设置的渐变颜色

10. 依次单击【渐变编辑器】对话框和【渐变映射】对话框中的 确定 按钮，调整颜色后的效果如图 10-48 所示。

11. 按 Ctrl+I 键将图像反相显示，效果如图 10-49 所示。

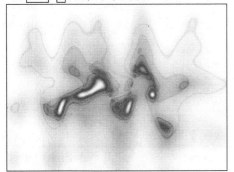

图10-48　调整颜色后的效果

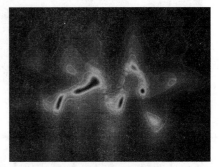

图10-49　反相后的效果

12. 按 Ctrl+M 键弹出【曲线】对话框，调整曲线形态来增加画面的亮度，曲线形态如图 10-50 所示，单击 确定 按钮，效果如图 10-51 所示。

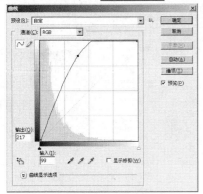

图10-50　【曲线】对话框

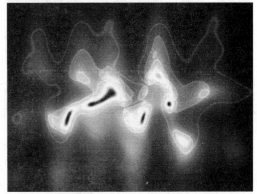

图10-51　调整曲线后的效果

13. 执行【滤镜】/【扭曲】/【极坐标】命令，在弹出的【极坐标】对话框中选择【极坐标到平面坐标】单选项，如图 10-52 所示，单击 确定 按钮，效果如图 10-53 所示。

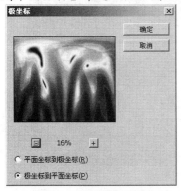

图10-52　【极坐标】对话框

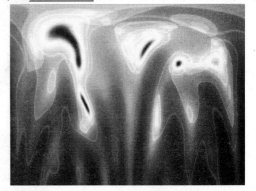

图10-53　极坐标效果

14. 执行【图像】/【图像旋转】/【垂直翻转画布】命令，将画布垂直翻转，如图 10-54 所示。

15. 执行【滤镜】/【扭曲】/【置换】命令，弹出【置换】对话框，设置的参数如图 10-55 所示。

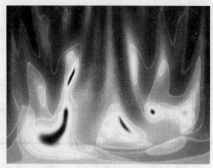

图10-54　垂直翻转后的效果

图10-55　【置换】对话框

16. 单击 确定 按钮，在弹出的【选择一个置换图】对话框中选择附盘中"图库\第 10 章"目录下的"纹理.psd"的文件，单击 打开(O) 按钮，置换后的效果如图 10-56 所示。

17. 执行【滤镜】/【扭曲】/【波浪】命令，再给火焰添加一点扭曲效果，使火焰的燃烧动感更强，设置各选项及参数，如图 10-57 所示，然后单击 确定 按钮。

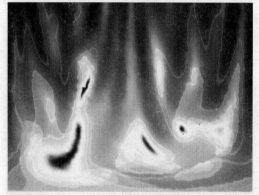

图10-56　置换后的图像效果

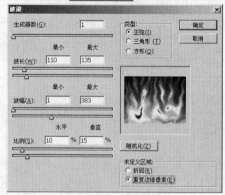

图10-57　选项及参数设置

18. 按 Ctrl+Alt+5 键载入"蓝"通道的选区，然后按 Ctrl+M 键弹出【曲线】对话框，调整曲线来增加火焰的亮度，调整的曲线形态及效果如图 10-58 所示。

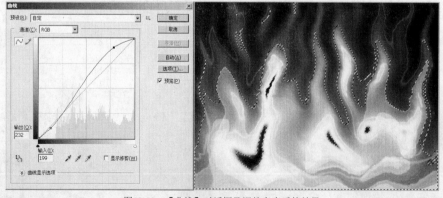

图10-58　【曲线】对话框及调整亮度后的效果

19. 按 Ctrl+D 键去除选区。然后按 Ctrl+M 键，在弹出的【曲线】对话框中将【通道】设置为"红"，通过调整曲线的形态增加画面中的红颜色，参数设置及调整后的效果如图 10-59 所示。

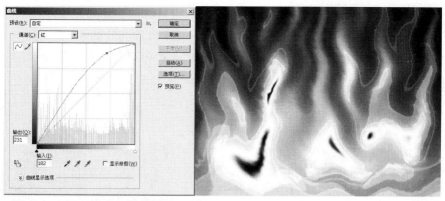

图10-59 【曲线】对话框及调整红色后的效果

20. 至此，火焰效果制作完成，按 Ctrl+S 键，将此文件命名为"火焰效果.jpg"保存。

10.3.3 星球爆炸效果制作

下面主要运用【滤镜】菜单下的【动感模糊】命令、【极坐标】命令和【分层云彩】命令及各种图像编辑命令来制作星球爆炸效果。

【步骤解析】

1. 新建一个【宽度】为"15 厘米"、【高度】为"12 厘米"、【分辨率】为"150 像素/英寸"、【颜色模式】为"RGB 颜色"、【背景内容】为"白色"的文件。

2. 执行【滤镜】/【杂色】/【添加杂色】命令，弹出【添加杂色】对话框，设置选项及参数，如图 10-60 所示，单击 确定 按钮。

3. 执行【图像】/【调整】/【阈值】命令，在弹出的【阈值】对话框中将【阈值色阶】的参数设置为"180"，单击 确定 按钮，效果如图 10-61 所示。

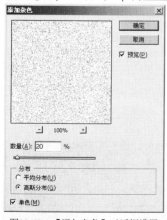

图10-60 【添加杂色】对话框设置

图10-61 执行阈值命令后的效果

4. 执行【滤镜】/【模糊】/【动感模糊】命令，弹出【动感模糊】对话框，将【角度】的参数设置为"90"度、【距离】的参数设置为"500"像素，单击 确定 按钮，效果如图 10-62 所示。

5. 按 Ctrl+I 键将画面反相显示，然后新建"图层 1"，并按 D 键，将前景色和背景色分别设置为默认的黑色和白色。

6. 选择 ■工具，确认在属性栏中激活了 ■按钮，且选择"前景到背景"的渐变样式。按住 Shift 键，在画面中由下至上填充从前景色到背景色的线性渐变色。

7. 将"图层 1"的图层混合模式设置为"滤色"，画面效果如图 10-63 所示，然后按 Ctrl+E 键，将"图层 1"向下合并到"背景"层中。

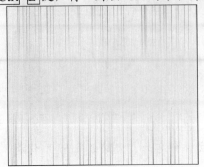
图10-62　动感模糊效果

图10-63　画面效果

8. 执行【滤镜】/【扭曲】/【极坐标】命令，在弹出的【极坐标】对话框中选择【平面坐标到极坐标】单选项，然后单击 确定 按钮，画面效果如图 10-64 所示。

9. 将背景色设置为黑色，然后执行【图像】/【画布大小】命令，弹出【画布大小】对话框，设置各选项及参数，如图 10-65 所示。

图10-64　极坐标效果

图10-65　【画布大小】对话框

10. 单击 确定 按钮，调整画布大小后的画面效果如图 10-66 所示。

11. 执行【滤镜】/【模糊】/【径向模糊】命令，弹出【径向模糊】对话框，选择【缩放】单选项后，将【数量】的参数设置为"100"，单击 确定 按钮。然后再按 3 次 Ctrl+F 键重复执行模糊处理，效果如图 10-67 所示。

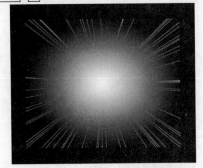
图10-66　调整画布大小后的效果

图10-67　径向模糊效果

12. 按 Ctrl+U 键，弹出【色相/饱和度】对话框，参数的设置如图 10-68 所示。单击 确定 按钮，调整颜色后的效果如图 10-69 所示。

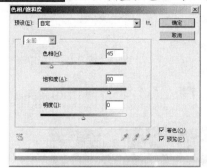

图10-68　【色相/饱和度】对话框

图10-69　调整颜色后的效果

13. 新建"图层 1"，并确认前景色和背景色分别为黑色和白色，然后执行【滤镜】/【渲染】/【云彩】命令，为"图层 1"添加由前景色与背景色混合而成的云彩效果。

14. 将"图层 1"的图层混合模式设置为"颜色减淡"，画面效果如图 10-70 所示。

15. 执行【滤镜】/【渲染】/【分层云彩】命令，使云彩发生变化，从而改变爆炸效果，此时根据效果也可以再按几次 Ctrl+F 键，直到出现理想的爆炸效果为止，图 10-71 所示的效果是按了 3 次 Ctrl+F 键生成的效果。

图10-70　添加云彩效果

图10-71　添加分层云彩效果

16. 按 Ctrl+E 键将爆炸效果的图层合并，然后打开附盘中"图库\第 10 章"目录下名为"海天.jpg"的文件。

17. 利用 工具将爆炸效果移动复制到打开的"海天.jpg"文件中，然后利用【自由变换】命令将爆炸效果调整到与画面相同的大小，再将其图层混合模式设置为"滤色"，更改混合模式后的效果如图 10-72 所示。

图10-72　制作的爆炸效果

18. 按 Shift+Ctrl+S 键，将此文件命名为"爆炸效果.psd"另存。

10.4　拓展案例

通过本章的学习，读者自己动手制作出下面的背景纹理和火焰字效果。

10.4.1　制作背景纹理

利用【滤镜】菜单下的【镜头光晕】、【铬黄】及【极坐标】命令，制作出如图 10-73 所示的背景纹理。

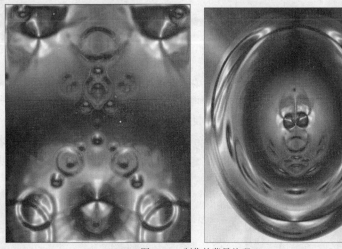

图10-73　制作的背景纹理

【步骤解析】

背景纹理的制作过程示意图如图 10-74 所示。

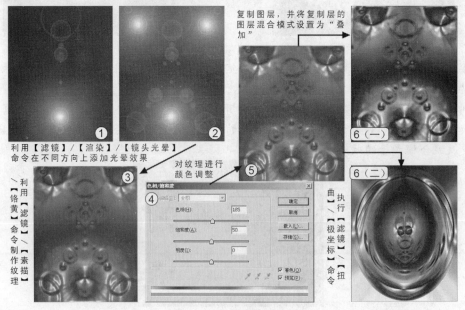

图10-74　背景纹理的制作过程示意图

10.4.2　制作火焰字效果

利用【滤镜】菜单中的【风】命令，并结合【液化】命令和【涂抹】工具，制作出如图
10-75 所示的火焰字效果。

图10-75　制作的火焰字效果

【步骤解析】

1. 新建黑色背景的文件，然后在画面的中心位置输入白色的"烈火真金"文字。

2. 将"背景"层和"文字"层复制，并将复制的两个图层合并，此时的【图层】面板如
   图 10-76 所示。

3. 依次执行【图像】/【旋转画布】/【90 度（顺时针）】命令和【滤镜】/【风格化】/
   【风】命令，然后在【风】对话框中设置如图 10-77 所示的选项。

4. 连续按 Ctrl+F 键重复风效果，直至出现如图 10-78 所示的效果。

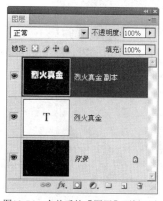

图10-76　合并后的【图层】面板形态

图10-77　【风】对话框中的选项设置

图10-78　执行【风】命令后的效果

5. 执行【图像】/【旋转画布】/【90 度（逆时针）】命令还原图像，然后执行【滤镜】/【模糊】/【高斯模糊】命令，设置【半径】选项的值为 "4 像素"。

6. 利用【图像】/【调整】/【色相/饱和度】命令调整颜色，设置的参数如图 10-79 所示。

7. 复制 "烈火真金 副本" 层为 "烈火真金 副本 2" 层，然后利用【色相/饱和度】命令调整颜色，设置的参数如图 10-80 所示。

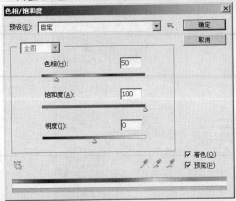

图10-79　【色相/饱和度】对话框中的参数设置　　　　图10-80　【色相/饱和度】对话框中的参数设置

8. 将 "烈火真金 副本 2" 层的图层混合模式设置为 "颜色减淡"，然后将其合并到 "烈火真金 副本" 层中。

9. 利用【滤镜】/【液化】命令，对火焰效果进行涂抹，效果如图 10-81 所示。

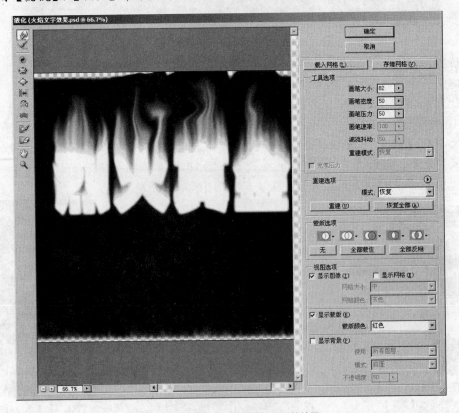

图10-81　【液化】对话框及涂抹后的效果

利用【液化】命令可以通过交互方式将图像进行拼凑、推、拉、旋转、反射、折叠和膨胀等变形。此步操作是在设置合适的笔头大小后，利用工具在预览窗口中拖曳鼠标光标，对火焰效果进行涂抹。

10. 利用工具对火焰的细部进行刻画，工具属性栏中的参数设置及涂抹后的效果如图 10-82 所示。

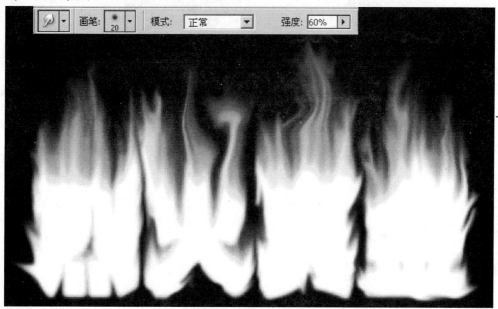

图10-82　工具的属性栏参数设置及涂抹后的效果

11. 利用【选择】/【色彩范围】命令将画面中的黑颜色选择并删除，然后将"烈火真金 副本"层调整至"烈火真金"层的下方，再将"烈火真金"层中的文字修改为黑色。

12. 利用图层蒙版为"烈火真金"层添加蒙版，蒙版形态及生成的效果如图 10-83 所示。

图10-83　添加的蒙版形态及生成的效果

最后来制作火焰字的倒影效果。

13. 依次复制"烈火真金"层和"烈火真金 副本"层，然后合并。

14. 利用【自由变换】命令，将合并后的图层调整至如图 10-84 所示的形态，然后将倒影层的【不透明度】参数设置为"50%"，即可完成火焰字的制作。

图10-84　倒影图像调整后的形态

10.5　小结

　　本章主要对 Photoshop CS4 中的滤镜部分进行了简要概括地介绍，并以案例的形式详细讲解了滤镜命令的使用方法。学习滤镜命令并不需要读者背命令、记参数，而是需要通过制作特效慢慢地来掌握，做的效果多了，记的滤镜命令也就多了。所以希望读者多加练习，做到举一反三，制作出更多的特效作品。